Hände hoch,
oder ich schreibe!

Essays für alle Lebenslagen 2
von Günter Leitenbauer

Foto Titelseite: © Günter Leitenbauer

Die Mamba am Umschlagfoto wurde im Reptilienzoo Nockalm mit freundlicher Unterstützung von Peter Zürcher (Inhaber) aufgenommen. Dieser Zoo in der Nähe von Bad Kleinkirchheim in Kärnten ist immer einen Besuch wert!

www.reptilienzoonockalm.at

Vorwort des Autors

„Günter, du bist so böse!"

Der Nachteil, wenn man mehrere Bücher schreibt, ist, dass einem irgendwann die Ideen für ein schlaues Vorwort ausgehen. Da kann man böse sein, wie man will, es fällt einem einfach nichts mehr ein! Haha, das habt ihr mir jetzt aber nicht wirklich abgenommen, oder?

Ich bin noch lange nicht am Ende! Ich bin immer noch böse (naja, eher sarkastisch) und es gibt noch so viel zu erzählen und zu sagen – es wäre eine Sünde an der Schöpfung, das der Welt vorzuenthalten! Ganz ohne Einbildung!

Somit habe ich also schon wieder ein Buch fertig. Wie das erste enthält es kurze Geschichten, Essays eher, in denen ich wieder mit dichterischer Freiheit und etwas Übertreibung versucht habe, einige Charaktermerkmale zu skizzieren, denen man im Laufe des Lebens da und dort begegnet. Eigentlich trifft es „Skizzieren" ganz gut, wenngleich ich dafür keinen grauen Bleistift sondern eher den literarischen Buntstift verwende. Schön plakativ soll es sein, damit sich einerseits jeder mit dem Argument davonstehlen kann: „Also, so arg bin ich aber nicht!" und damit aber andererseits die Charakterzüge doch deutlich erkennbar werden.

Und ja, *ihr* seid gemeint. Genau *euch* habe ich im Sinn, wenn ich meine Geschichten erzähle. Ob ich mich damit auch selbst meine? Das überlasse ich dann eurer Beurteilung. In meiner angeborenen, überheblichen Arroganz stehe ich über solch profanen Überlegungen!

Das letzte Buch enthielt 36 solcher Kurzgeschichten. Ich entwickle mich aber stetig weiter, also sind in diesem Werk hier 36+ Geschichten (Mathematik ist lange her) enthalten.

Nehmt also auch dieses Buch wieder als das, was es ist und als was es gedacht war: als Spaß und Zeitvertreib! Darum ist es auch weitgehend unpolitisch. Über Politik kann man ja heutzutage kaum noch lachen, höchstens über Politiker, aber das wäre zu einfach. Okay, Donald Trump bemüht sich redlich, aber der ist als Opfer einfach keine intellektuelle Herausforderung. Das ist auch der Grund, warum ich die österreichische Politik hier ausspare. Die sind auch ohne mich schon komisch genug. Außerdem wird immer wieder alles, was ich darüber schreibe, nach kurzer Zeit von der Realität getoppt, so schräg und skurril kann es gar nicht sein. Das ist einfach frustrierend, da lasse ich lieber die Finger davon.

Und zudem mag ich keine allzu einfachen Sachen. Ich habe es gern komplex. Ein wenig darf man seine Leserschaft schon fordern, finde ich!

An die Adresse meiner Leserinnen will ich auch noch was loswerden: Eine Frau, die so ein Buch kauft (oder gar liest), die hat Humor. Die ist emanzipiert. Die braucht daher auch sicher kein „Innen", um das zu wissen. Sie ist sich auch so darüber im Klaren, dass die Dummen immer die Männer sind und die Cleveren die Frauen.

Dieses Werk wäre übrigens erstens viel weniger unterhaltsam aber dafür zweitens viel reicher an Fehlern, wenn mir nicht wieder, wie schon beim letzten Buch und auch bei den vier Dumpfling-Romanen, meine Lektorin Doris Rettenegger so viele wertvolle Hinweise und Anregungen zu den Geschichten gegeben hätte. Herzlichen Dank, Doris! Du hast die Leser um den Spaß gebracht, allzu viele Rechtschreibfehler zu finden, und das Wort „veritabel" kommt auch nur noch einmal vor, nachdem du mich zu Recht darauf aufmerksam gemacht hast, dass ich das viel zu oft verwende (weil ich es halt so mag, das Wort).

Danke auch dieses Mal an alle jene, die mir absichtlich oder unabsichtlich Stoff für diese Geschichten geliefert haben. In den ganz wenigen Fällen, wo die Essays dann doch zu nahe an der Realität waren, habe ich ihre Namen natürlich geändert. In allen anderen auch.

Günter Leitenbauer, Jänner 2017

Inhalt

Vorwort des Autors 4
Inhalt 7
Pokemon Desaster 11
Pokemoneten 15
Provokation 19
Kindgerecht erklärt 24
Ganzkörperbadeanzug 33
Handtuchkrieg 36
Messebesuch 45
Die Party 50
Anbaggerhilfe 54
Ich wäre gern Dichter 59
Horsebackflying 65
Familienausflug mit Fotografen 70
Monokini 74
Rückenschmerzen 77
Fotografenleid 82
Halloween 86
Phantomschwangerschaft 90
Pechvogel 95
Ein Alptraum 102
Extrem-Bike 106
Wozu sind Freunde da? 114
Was ist Logik? 120
Abgemahnt! Abgesahnt! 125
Stella Award auf österreichisch 130

Die Brillenträger sind schuld!..135
Chili mal, Alter! 138
Mein Mann und sein Auto 144
Das WLAN Kabel...152
Es LANgt!..155
Barbaras Rhabarberbar...159
Quotenfrau 163
Das neue Peckerl...170
Wechseljahre 175
Da haben wir das Theater!...179
Fleischbeschau..186
Spoiler 191
Handeln! 197
Wild getrieben 202
Die ungeschminkte Wahrheit 206
Cat People..211
Blacklist Hitman 217
Duftölparty..223
Die Wal-Kommission 228
Hot Line..233
Männerkrippe 238
Noch eine Männerkrippe!...243
Eine nachhaltige Weihnachtsfeier 248
Lockvogelangebote 253
Under Cover 260
Nachbarschaftliche Zusammenarbeit 264
Eine Meta-Geschichte 269

„Ein Mensch ohne Phantasie
ist wie ein Vogel ohne Flügel."

Wilhelm Raabe (Jakob Corvinius)
(1831 – 1910)

Pokemon Desaster

Der Karli, mein Spezi, ist ja wieder single. Stellt euch vor, seine Esoterik-Liebste, die Sybille, hat ihn für ein Pokemon verlassen. Nein, nicht so, wie ihr vielleicht denkt, und ich will euch diese langweilige Geschichte auch gar nicht langatmig erzählen. Kurz gesagt: Sie spielte auch dieses Handyspiel und erwischte eine Pokemonfigur beim Friseur unter der Trockenhaube. Leider war die Figur eher IN der Trockenhaube als darunter oder darauf, worauf die Sybille den Karli anrief, panisch fast, und er sofort vorbeikommen und gegen den heftigen Widerstand und Protest der Friseuse das Trockenhaubengehäuse aufschrauben musste.

Sybille hat das Pokemon dann gefangen und einen elektrischen Schlag bekommen, der den weiteren Einsatz der Haartrocknung überflüssig und Karli wieder zum Single machte. Also nein, sie ist nicht gestorben, aber irgendwie hatte sie von Karli dann einfach die Nase voll. Und dem Karli gefiel sie mit den verbrannten Haaren auch gar nicht mehr.

Aber das ist eigentlich nur eine Nebenhandlung. Der Karli war natürlich fürchterlich zerknirscht, was einen sofortigen Noteinsatz aller seiner Freunde, also meiner Wenigkeit, nötig machte. In unserer Notfallambulanz beim Dorfwirtn, wo sonst? Die Ambulanzgebühr zahlte diesmal ich.

Wir sitzen nun so da, und der Karli erzählt mir die ganze Tragödie. Bei jedem Bier einmal. Also sehr oft. Irgendwann beim sechsten oder siebenten wird es mir zu blöd, und ich frage ihn, was das überhaupt für ein Spiel sei. Na, da müsste man sich am Handy was installieren und dann könnte man auf einem virtuellen Display der Umgebung, wo man halt gerade ist, sehen, ob sich da eine dieser hunderten Pocketmonster versteckt hält. Das kann man dann „käptschern" und damit gegen andere Monster kämpfen. Oder so. Irgendwie halt. Prost!

„Geht's noch blöder?", fragte ich und tippte mir an die Stirn.

Nein, eigentlich sei das Spiel ja ganz lustig, meinte der Karli, aber Sybille habe es eben etwas übertrieben. Und außerdem verstecken sich diese heimtückischen Pokemons praktisch überall, sicher auch hier beim Wirtn! Das musste ich natürlich genau wissen, und installierte das Spiel mal schnell. Nur so zum Nachsehen. Dann gleich wieder löschen.

Tatsächlich – Pikachu hinter der Theke! Genau dort, wo die Maria stand, also die neue, üppige Kellnerin in ihrem knappen Dirndl. Okay, Kellnerinnendirndl sind irgendwie immer knapp. Ich wie ein geölter Blitz hin mit dem Handy und irrtümlich, weil ich nur auf das Display geschaut hab', der Maria unter den Rock gefahren. Nur mit Hand und Handy, im Wesentlichen somit eh harmlos. Naja, das Pokemon hab' ich dort gefangen, wo es schön warm ist, worauf mein Handy freudig vibriert hat, und von der Maria hab' ich auch eine gefangen. Aber nur so eine Alibi-Ohrfeige, ich hatte nicht den Eindruck, sie wäre ernsthaft irritiert. Schon gar nicht, als ich ihr den gefangenen Burschen gezeigt habe. Tja, geendet hat es damit, dass sie, nachdem der mittlerweile bewusstlose Karli ins Taxi verfrachtet worden war, meinen gefangenen Burschen befreit ... aber das gehört auch nicht hierher. Obwohl, ein Taschenmonster sei der auch, sagte die Maria.

Ein bisschen sauer war sie nur, als ich im Bett auf Pokemonjagd gegangen bin, weil da urplötzlich eines aufgetaucht war. War aber schnell gefangen, und ich habe sie dann eh getröstet. Weil ich es erwischte und nicht sie, meine ich. Die spielt nämlich das Spiel jetzt auch.

Am nächsten Tag bin ich ein wenig früher auf, es war aber kein Pokemon in der Nähe. Also zuerst Frühstück und dann ab in die Arbeit. Bin sogar den Umweg über den Fischteich vom Franklmüller Bertl gefahren, weil mir die Maria sagte, dass man Wasserpokemons am ehesten bei Flüssen und Teichen erwischt. Tatsächlich: Da war eines. Ich den Blick fest am Handy auf der Jagd und ... iPhones sind nicht wasserdicht. Ich habe jetzt ein neues Galaxy, mit dem ist das Wasserpokemon heute fällig! Wenn es noch da ist, weiß man ja nie. Mein Chef hat auch ein wenig blöd geschaut, als ich waschlnass in die Bank kam. „Naja", sagte ich, „wird eh Zeit, dass da herinnen mal einer flüssig ist!"

Dann kam das Wochenende. Ich tu ja gerne Schlangen schauen, daher bin ich mit der Maria in den Reptilienzoo. Gefürchtet hat sich die! Dabei sind die eh alle hinter Glas, die Schlangerl. War wirklich ein netter Nachmittag, und es wäre alles perfekt gewesen, wenn sich nicht eines der tollsten Pokemons überhaupt gemeldet hätte. Blöderweise ausgerechnet aus dem Mambaterrarium. Die Maria und ich haben uns furchtbar gestritten, wer es da rausholt, aber dann habe ich ihr halt den Vortritt gelassen. Ob die Schlange giftig sei? Nein, meines Wissens sind grüne Schlangen nie giftig. Ganz sicher? Ja, klar! Weiß ich aus Facebook.

Ich musste dann den Chef vom Zoo ablenken, während ihm die Maria die Schlüssel stibitzte. Hab' ihn also über die Schlangen ausgefragt, war echt interessant, und Maria hat derweil das Pokemon gefangen. Die Schlange hatte allerdings auch Fangzähne. Und die hat damit die Maria gefangen. Bevor sie abgehauen ist. Die Schlange, nicht die Maria. Die ist nicht abgehauen, die ist abgetreten. Schade, war eine gute Kellnerin, und ihr Dirndl war wirklich knapp.

Nachdem das mit der Polizei alles erledigt und die Mamba wieder eingefangen war, die hatte sich glücklicherweise nur unter dem Rock der Frau eines holländischen Neowitwers versteckt, hätte echt schlimmer kommen können, meinte der Zoobesitzer, bin ich dann heim und hab' den Karli angerufen und ihm gesagt, dass das ganze Pokemontheater für mich völlig unverständlich sei. Was *daran* die Leute reizt, werde ich nie verstehen.

Am nächsten Tag ... Moment, ich erzähle euch den Rest morgen. Hab' grad ein Pokemon am Balkon entdeckt. Etwa einen Meter außerhalb des Gelä....

Pokemoneten

Da habe ich euch gestern geschrieben, wie es dem Karli und mir mit den Pokemons gegangen ist, und heute gibt es schon wieder Neuigkeiten!

Erstmal habe ich das Balkon-Pokemon gefangen und den Absturz gut überstanden. Ich habe ja auf der Terrasse unter dem Balkon ein Planschbecken stehen. Glücklicherweise. Die dreißig Zentimeter Wasser haben meinen Sturz etwas abgefangen und nein, das Pokemon ist auch nicht ersoffen. Glück gehabt! Naja, mein Hintern tut halt etwas weh. Wirbel angeknackst, sagte der Arzt, bevor er sich schnell ein Pokemon im Schwesternzimmer geschnappt hat, kurz bevor die Stationsschwester überhaupt gemerkt hat, dass eines da ist.

Also liege ich jetzt blöderweise auf meinem Bauch im Bett und telefoniere aus Langeweile alle meine Freunde durch. Alphabetisch aufsteigend nach Vornamen, die ganze Freundesliste, ich bin da ein wenig pedantisch. Schon der erste hatte was Interessantes zu berichten:

Ich ruf also den Yannick an, da meldet sich seine Frau, die Bettina. Klang irgendwie ein wenig angepisst, als hätte er ihr gerade ein Pokemon vor der Nase weggeschnappt. Sie sagt ja immer, ihre Freunde dürften sie ruhig „Betty" nennen. Sie ist eine resche Person, die weiß was sie will, das sag' ich euch!

„Hallo Bettina!", sag ich. „Ist der Yannick da?"

„Wie man's nimmt!", antwortet sie und erklärt mir dann, dass er im Moment leider etwas „indisponiert sei". Auf meine Frage, ob sie ihm das Handy bringen könne, lacht sie. Dann höre ich ihre Schritte, einen Schlüssel im Schloss, eine sich öffnende Tür, kurze Pause, eine sich schließende Tür und wie jemand zusperrt.

Und dann meldet sich Yannick. Er klingt ein wenig wie wenn er gestern zu lange im Wirtshaus gewesen wäre, erklärt mir aber dann, dass das nur wegen seiner geschwollenen Unterlippe sei.

„Alter!", sag ich, „Was ist los? Bist wieder besoffen mit dem Rad gefahren wie letztes Mal und in den Bach gefallen?" Er erklärt mir, dass er stocknüchtern sei, aber wenn man so wolle, sei quasi im übertragenen Sinne das Kind in den Bach gefallen, ja.

Das muss ich jetzt genauer wissen und hake nach. Und er erzählt, was gestern vorgefallen ist. Also er würde ja jetzt mit seiner Frau auch Pokemons fangen, nicht wahr? So eine Art Gemeinschaftsspiel. Wo jeder sieht, was der andere erwischt hat. Stachelt die Konkurrenz ganz schön an, meinte er, und das wäre mit der Betty eigentlich fast lustiger als Sex. Nein, nicht eigentlich. Das wäre definitiv lustiger als Sex mit ihr!

Ich beschließe, ihm da nicht rechtzugeben, obwohl ich weiß, dass es stimmt. Besser er weiß nicht, dass ich das weiß. Was er nicht weiß, macht ihn nicht heiß, und mich machte Betty ja auch nicht heiß. Wobei der Yannick eher cool ist. Wenn das Bier warm ist, stelle ich es immer einfach drei Minuten neben ihn und fische dann die Eisbröckerl raus, so unterkühlt ist der.

Also, fuhr er fort, er wäre ... ähm bei einer Bekannten ... ähm ... gewesen, während seine Betty geglaubt hatte, er wäre im Außendienst. War eher ein Innendienst, meinte er mit seinem trockenen Humor, noch dazu ein recht kurzweiliger. Ich will natürlich sofort wissen, wer die Bekannte ist. Unter Männern ist sowas nie ein Problem, wir haben voreinander keine Geheimnisse, und nach dreißig Minuten verschärftem Telefonverhör rückt er sofort damit heraus, dass es die Corinna ist. Die Frau vom Polizisten. Der Bulle war in der Tat im Außendienst, und da hat der Yannick halt ein wenig bei ihr ermittelt. „Interne Ermittlungen!", lacht er und dann höre ich einen gequälten Laut. Seine Unterlippe, meinte er. Die sähe aus wie ein Schlauch von einem Traktorreifen. Einem Hinterreifen wohlgemerkt.

Wie er also eindringlich bei Corinna ermittelt und den Tatort überprüft, piepst das Handy und er merkt, dass er nicht mit ihr allein im Raum ist. Da ist auch noch ein Pokemon im Zimmer. Ohne nachzudenken, fängt er es sofort. Corinna selbst spielt das Zeug ja nicht, also kein Problem.

Und danach hätte er mit ihr also noch ein wenig Räuber und Gendarm gespielt, meinte er, wobei sie dann der Gendarm war und er in Handschellen. Rollentausch quasi.

Das war der Moment, wo leider Corinnas Mann auftauchte und sich in die Ermittlungen einschaltete. Wie sich herausgestellt hat, weil Bettina auf ihrem Handy gesehen hat, *wo* ihr Mann gerade ein Pokemon gefangen hatte und den Zweimeterpolizisten daraufhin sofort anrief. Die Adresse kannte Bettina anscheinend noch vom letzten Mal, als Corinna drei Wochen auf Kur war und ihr Mann allein zuhause. Daher hatte sie wohl auch noch seine Telefonnummer. Die Welt ist eben schlecht! Das ist jetzt aber nur meine Vermutung, das sage ich dem armen Yannick besser nicht. Außerdem bin ich gerade dabei, den Techtelmechtelüberblick zu verlieren.

Nun ja, der Baum von einem Bullen ermittelte also mit. Wobei Corinna den Good Cop gab und er den Bad Cop, so wie es aussieht. Am Ende der Ermittlungen hat der Bulle den armen Yannick dann einfach über den Balkon geworfen. Hätte blöd ausgehen können, aber die wohnen eh im Erdgeschoß.

„Jössas, Alter, das klingt ja furchtbar! Und was sagte Bettina?", wollte ich wissen.

Nun ja, die hätte ihn ins Kinderzimmer gesperrt, wo es nicht einmal einen Fernseher gäbe, sagt er. Außerdem würde sie seit einer Stunde mit ihrem Anwalt in der Küche sitzen. Da ginge es wohl um die Scheidung und die Moneten. Quasi Pokemoneten, meinte er.

„Furchtbar!", bringe ich gerade noch heraus.

„Nein!", sagt er, „Furchtbar war, dass sie mir das Handy weggenommen und alle Pokemons im Haus erwischt hat. Aber jetzt hab' ich es ja wieder, dank deines Anrufs!"

Just da höre ich es bei ihm piepsen. Ich kenne das Geräusch. Akku aus.

Er ist wirklich ein Pechvogel, der Yannick.

Provokation

Ihr kennt ja sicher alle meinen Freund, den Karli. Der hat sich mit mir schon viel mitgemacht. Also nicht *mit* mir, nein, was ich meine ist: Wir haben gemeinsam schon viel durchgemacht. So, jetzt stimmt es!

Eigentlich ist er ja ein ganz unheimlich nettes (mit der Betonung auf „nettes", aber nicht immer!) Kerli, der Karli. Mit dem kannst du fast nicht streiten, außer darüber, wer das erste Bier zahlt. Er will immer das erste zahlen, ich aber auch, wir sind eben echte Freunde. Vor allem, weil ich mich immer durchsetze. In jeder Freundschaft braucht es eben einen, der den Ton angibt. Und wenn ich mich mal nicht durchsetze, dann bestellen wir halt einfach das zweite gleich mit.

Doch letztens ist was mit dem Karli passiert. „Es ist schon wieder was passiert!", wie es in diesen Filmen mit dem Hader als Kommissar Brenner immer so schön heißt. Nein, eh nichts Schlimmes, aber es hatte respektable Konsequenzen. Wie eben alles im Leben. Der Karli hatte nämlich im Internet so ein zweitägiges Persönlichkeitsbildungsseminar gebucht, um geradezu läppische 998,- EUR. Weil er sich nie durchsetze, sagte er, nichtmal beim Bierzahlen. Du Trottel, sagte ich, um das Geld hättest mir mein Bier drei Wochen lang zahlen können! Nein, meinte er, das Seminar wäre schon eine feine Sache, am Donnerstag ginge es los, Freitag Abschlussprüfung, am Samstag gemma auf ein Bier, dann müsste ich mich warm anziehen, um mich durchzusetzen, klar?

„Und was lernst du da?", wollte ich wissen, als ich gerade der Maria das Bier zahlte. Ja, die neue Kellnerin heißt wieder Maria, da muss irgendwo ein Nest sein. Und sie hat ebenfalls große ... Augen.

Naja, da ginge es wohl darum, das Selbstwertgefühl und das Selbstbewusstsein aufzumöbeln, erklärte er. Er wäre eh schon gespannt, wie die das machen wollten. Speziell nach der Sache mit der Sybille, die habe ihm schon einen ordentlichen Knacks verpasst, worauf ich mich fast am Bier verschluckte, weil ich kurz befürchtet hatte, er könnte das mit der Sybille und mir herausbekommen haben.

„Aha!", nickte ich pseudowissend. „Das mit dem Selbstwertgefühl verstehe ich ja noch, aber Selbstbewusstsein hat doch eh jeder, oder? Wenn man sich nicht seiner selbst bewusst wäre, dann müsste man sich ja für jemand anderen halten. Also rein klugscheißermäßig jetzt." Was der Karli irgendwie nicht so richtig verstanden hatte, schien mir. Na, vielleicht wäre das Seminar doch gar keine so üble Sache.

Wir tranken also noch ein paar Halbe, dann verabschiedeten wir uns und gingen nach Hause, wo mir die Sybille schon das Steak vorbereitet hatte. In die Pfanne legt sie es jetzt immer erst, wenn ich bei der Tür reingehe, ich hasse es, wenn ein Steak nicht auf den Punkt genau medium gebraten ist. Das hat sie bei mir schnell gelernt. Und weil Sybille und auch das Steak gut war, schön rosa und saftig, wie ich das mag, vergaß ich das mit Karlis Kurs gleich wieder.

Bis er mich am nächsten Samstag anrief und für den Abend absagte.

Er könne leider nicht kommen heute, weil er im Krankenhaus liege, meinte er mit schwer verständlicher Stimme.

„Alter, isst du gerade etwas? Ich verstehe dich ja kaum!"

Nein, das wäre nicht der Fall. Und ich sollte bloß nicht auf die Idee kommen, ihn im Krankenhaus, Unfallstation, 2. Stock Zimmer 203 zu besuchen, klar? „Wird schon wieder!", seufzte er und legte auf.

Eine halbe Stunde später sitze ich neben ihm am Bett. Er schaut furchtbar aus, als wäre er zuerst unter eine Straßenwalze geraten und dann das so entstandene, flache Etwas zerknittert, zerrissen und von einem blinden Schneider wieder zusammengenäht worden. Einem einhändigen, blinden Schneider ohne Lehrabschlussprüfung. Natürlich will ich wissen, was passiert ist.

Naja, ich wüsste ja noch, dass er Donnerstag diesen Selbstbewusstseinskurs gehabt hätte, oder? (Ja, jetzt, wo er es sagt, fällt es mir wieder ein). Das wäre auch ein toller Kurs gewesen, die Kursleiterin war eine hübsche, israelische Ex-Soldatin, die strotzte vor Selbstbewusstsein. Schon bei der Begrüßung hätte sie ihm beinahe den kleinen Finger gebrochen, als sie ihm die Hand schüttelte. Ein Mordsweib!

„Alter, sag bloß du hast mit der ..."

Nein, nein, das jetzt nicht, nein, ich solle jetzt einfach die Klappe halten und ihn erzählen lassen, es tue auch so genug weh, mit der aufgeplatzten Lippe! Zuerst der Yannick, dann er. Das wuchs sich langsam zu einer Seuche aus.

Also, die Dame hätte den Teilnehmern – zehn Leute, sämtlich Männer – am Donnerstag derartig das Gehirn gewaschen, dass sie allesamt am Freitag von Selbstbewusstsein nur so gestrotzt hätten. Man stelle sich vor, beim Mittagessen am Freitag, hätten sich alle ohne Widerrede von ihm die Getränke zahlen lassen. Da schaust, was?

„Klingt ja gut!", werfe ich ein, „aber ..."

„Klappe!", stöhnt er mich herrisch so laut an, dass ich mich fast fürchte. Also dann wäre die Abschlussprüfung gekommen. Die Kursleiterin wollte von ihnen wissen, wovor sie sich derzeit am meisten fürchteten. Er hätte gesagt, vermutlich vor einem Jobverlust, aber irgendwie wäre das Gespräch dann auf den islamischen Terror gekommen, und dann hätte sie ihm seine Prüfungsaufgabe gegeben. Und deswegen schaue er jetzt so aus und liege hier im Krankenhaus.

„Musstest du sie anbaggern?", lache ich.

Ich solle den Teufel nicht an die Wand malen, meint er, da würde ich jetzt wohl eher Blumen in sein offenes Grab werfen, nein, die Prüfungsaufgabe sei etwas ganz Anderes gewesen.

„Und was?", will ich wissen. Ich bin jetzt echt gespannt.

Naja, die Kursleiterin wäre ja, wie bereits erwähnt, eine Israeli gewesen, mit einem furchtbaren Hass auf alle Moslems. Und vielleicht deshalb, ach was wüsste man schon.

„Deshalb, WAS? Jetzt spann mich nicht so auf die Folter!"

Tja, also, die Aufgabe sei gewesen, nackt in die Moschee der Stadt zu gehen, während des türkischen Freitagsgebets und laut „Halleluja!" zu sagen.

„Und deshalb haben die Moslems dich gleich so verprügelt?", bin ich jetzt doch etwas überrascht. Auch über sein Selbstbewusstsein, ich weiß ja, wie er nackt aussieht, vom Saunieren.

Das wüsste er nicht, erklärt mir der Karli. Vielleicht wäre es auch wegen seiner Begleitung passiert.

„Begleitung? Wer?" Er spricht in Rätseln.

„Ich hatte eine Ziege an der Leine mit, auf der war am Rücken ein Pfeil aufgemalt, in Richtung ... ähm ... Ende des Rückens. Und über dem Pfeil stand in roten Buchstaben: ERDO-GANG!"

Ich beschließe, das Selbstbewusstsein Karlis im Gegensatz zu seinem Verstand nie wieder anzuzweifeln.

Kindgerecht erklärt

Meine Jungs fragen mich immer wieder so Sachen. Papa, wie funktioniert das? Papa, was ist das? Papa, gibt es Menschen, die ...? Gerade die „Gibt es Menschen, die ..." - Frage konnte schon ganz schön nerven, aber das hat sich irgendwann aufgehört, als sie etwa elf waren, wohl weil sie gemerkt haben, dass die Antwort immer „Ja" lautet, egal welche schrägen Eigenschaften die fraglichen Menschen haben sollten. „Papa, gibt es Menschen, die fliegen können wie Superman?" – „Ja, klar gibt es die. Aber die meisten schaffen nur einen Flug, und der ist ziemlich kurz und geht nur nach unten."

Also normalerweise bringen mich ihre Fragen schon lange nicht mehr aus dem Konzept, aber letztens fuhr ich auf eine Frage von ihnen tatsächlich mit dem Auto rechts ran (wie passend), um ihnen ihre Frage beantworten zu können. Weil das bei *dieser* Frage nicht in einem oder zwei Sätzen ging.

„Papa, wie funktioniert Populismus?"

„Ich habe euch doch gebeten, keine hässlichen Wörter zu verwenden, oder?"

Sie lachten nur. „Nein, im Ernst. Was ist das und wie wird man ein Populist? Weil immer, wenn du einen ‚Populist' schimpfst, ist der berühmt oder reich und im Fernsehen. Ich will auch berühmt, reich und im Fernsehen sein!", meinte einer der beiden.

Nun gut, Folks! Ihr wollt es nicht anders! Papa begann zu dozieren. Erfahrungsgemäß würden sie in etwa zwei Minuten das Interesse verlieren und sich mit ihren Handies beschäftigen – Papa ist ein langweiliger Dozent – dann konnte die Reise ja weitergehen. Es ist ja sowieso wahrscheinlicher, dass dich an einem wolkenlosen Tag in der Wüste Gobi ein Krokodil frisst, als dass ein Handy von Teenagern während eines Gesprächs mit ihrem Vater versehentlich in den Powersafemodus geht, nicht wahr?

Ihre Frage, was „Folks" bedeute, ignorierte ich. Ich bin anscheinend mit meinen Ausdrücken nicht mehr ganz up to date mit der heutigen Jugend. Letztens dauerte es ewig, bis ich verstand, was sie mit: „Oida, schau dir den Tintling mit der Idiotenantenne an! Voi der Spast!"

Nachforschungen ergaben, dass sie sich nicht über einen eigenartig gewachsenen, essbaren Pilz sondern über einen intensiv tätowierten Mann mit einem Selfiestick lustig machten.

Zurück zum Thema. Ich begann also zu erklären.

„Also, Populisten sind oft Politiker. Und wie ihr wisst, liebe Kinder, sagen Politiker oft das, was die Leute hören wollen. Aber eben nicht immer, vor allem nicht NACH der Wahl. Weil da müssen sie ja dann halbwegs vernünftig arbeiten, also Steuern erhöhen, Förderungen senken, ihre Freunde auf diversen, gut bezahlten Posten unterbringen und somit auch mal unbequeme Sachen sagen und machen. Bei Populisten ist das anders, die sagen immer, was die Mehrheit der Leute hören will, auch wenn sie dann etwas ganz anderes tun."

„Aber Papa – kommen da die Leute nicht irgendwann drauf?"

„Nein, so einfach ist das nicht, Jungs. Und dafür gibt es einige Gründe:

Erstens sind gute Populisten immer einigermaßen attraktive Menschen mit kurzen Namen. Okay, es gibt auch Ausnahmen wie die

Storch bei der AfD („Papa, was ist die AfD?" – „Das ist die Abkürzung für Alte Naive für Deutschland, Jungs." – „Ah, okay."), aber die lassen sie eh nicht mehr vor die Kamera.

Aber meistens kommen die Populisten hübsch, jung, schlank und immer lächelnd daher, da haben die Zahntechniker und Zahnärzte ein gutes Einkommen. Oder sie bringen die Zahntechniker überhaupt gleich mit. Nennen wir unseren erfundenen Populisten einfach mal STEINER, damit das Kind einen Namen hat.

Zweitens, haben die eine tolle Taktik, wenn man sie was Unbequemes fragt: Sie beantworten deine Frage nicht, sondern lenken ab. Wenn sie es gut machen, merken das die meisten Leute gar nicht, weil sie auf ein Thema ablenken, wo alle nicken und zustimmen können. ‚Genau, daran liegt es. Der Steiner hat vollkommen Recht. Der ist eh der einzige, der das deutlich sagt!' sagen sie dann. Und wenn der Populist es gut macht, dann klopfen sie sich auf die Schenkel, weil er einen Witz daraus gemacht hat. Man kann nämlich Schuldzuweisungen und Beleidigungen viel besser an den Mann bringen, wenn man sie in einen Witz verpackt, das wisst ihr sicherlich von eurem Deutschlehrer, oder?"

„Oh ja, der Professor Aichberger macht einen auch immer vor der Klasse lächerlich, wenn man was macht, was ihm nicht gefällt. Dann lachen alle, das tut weh, und dann ist man ruhig und will nicht mehr auffallen!"

„Eben. Das ist EINE Methode des Populismus. Ihr lernt ja doch etwas in der Schule! Der Aichberger ist ein guter Lehrer, das sehe ich schon.

Aber das alleine wäre natürlich zu wenig. Gute Populisten bieten noch etwas ganz wichtiges an: Sie geben den Leuten jemanden, auf den sie zornig sein können. Man nennt das ein Feindbild."

„So wie die Juden beim Hitler? Das haben wir in Geschichte gelernt. In Mauthausen waren wir auch. War ätzend langweilig. Und ein bisschen gruselig. Vor allem die Lampen aus Menschenhaut."

„Ja, genau wie damals die Juden. Nur heutzutage gibt es andere Feindbilder. Die Juden waren damals ein super Feindbild, weil es einige sehr reiche Juden gab und die meisten Leute arm waren. Und weil die Juden oft ein wenig anders aussahen und lebten als die nichtjüdischen Deutschen. Heute aber geht es den meisten ja halbwegs gut, und ein Hut und eine Haarlocke erschrecken keinen mehr. Nein, da muss man sich was anderes suchen. Wie geht es euch eigentlich, wenn ihr auf der Straße voll verschleierte Frauen seht?"

„Papa, die sind irgendwie komisch. Die verstehen wir nicht. Reden tun sie auch alle so eigenartig."

„Genau. Die sind uns fremd, da bleibt man besser auf Abstand, oder? Ganz eigenartige Leute! Man hat fast ein wenig Angst, nicht wahr"

„Ja, schon."

„Seht ihr? Es ist ganz natürlich, dass wir Menschen alles, was uns fremd ist, mit Vorsicht betrachten. Das kommt noch aus der Steinzeit, als alles Fremde fast immer auch eine Gefahr war. Das steckt in uns drinnen: Was wir nicht kennen, was wir nicht verstehen, da heißt es AUFPASSEN!

Und das machen sich Populisten zunutze."

„Papa, gab es im letzten Jahrtausend, als du noch jung warst, auch Feindbilder?"

Günter, bewahre Ruhe. Die machen das absichtlich. Wenigstens fragen sie nicht mehr, ob ich als Kind im Zoo noch Mammuts gesehen habe, bevor die ausstarben.

„Ja klar. Damals waren alle mit langen Haaren suspekt, das heißt verdächtig. Und natürlich alle Tätowierten. Und alle langhaarigen Tätowierten waren sowieso drogensüchtige Kinderschänder und Verbrecher."

„Waren die das wirklich?"

„Nein. Jedenfalls bin ich nie einem begegnet. Die meisten dürften vollkommen harmlos gewesen sein. Aber WENN einmal einer etwas angestellt hat, dann war das natürlich ein Beweis dafür, dass man mit der Einschätzung Recht hatte, dass eh ALLE so sind."

„Aber heute haben viele lange Haare und sind tätowiert, vor allem Mädels."

„Daran seht ihr schon, wie brandgefährlich die Frauen sind. Haltet euch bloß von ihnen fern!"

1:0 für mich.

„Also: Populisten wie unser Steiner bieten uns eine Gruppe Menschen an, auf die wir die ganze Schuld schieben können, klar? Wenn unser Auto einen Patschen am Vorderreifen hat, dann hat sicher ein Moslem oder ein Asylant einen Nagel unter dem Reifen platziert."

„Papa, das ist doch Blödsinn."

„Klar, aber damit kann man verdrängen, dass man selbst daran Schuld hat, weil man kurz vorher auf den Randstein gefahren ist. Und selbst wenn man das weiß, dann sagt sicher ein Populist, dass man nur auf den Randstein gefahren ist, weil diese Scheißasylantin mit dem Kopftuch so blöd über die Straße gegangen ist und man ausweichen musste. Die Leute flüchten sich eben gern in den Glauben, selbst an nichts schuld zu sein, versteht ihr? Das ist so, wie wenn ihr eure Aufgabe nicht macht und dann sagt, die Mama hätte euch nicht daran erinnert."

2:0 Das mit dem „letzten Jahrtausend" werden sie mir büßen. Aber sie ignorieren das wie ein guter Populist.

„Und so funktioniert Populismus?"

„Unter anderem. Aber da gibt es noch einiges, was dazu gehört. Vor allem eine wichtige Sache. Das mit dem Lügen und dem Hetzen."

„Politiker lügen doch alle, oder?"

„Stimmt, aber es gibt eine goldene Regel: Lass dich dabei nicht erwischen!

Nur: Populisten sind dagegen gefeit. Die kannst du so oft erwischen, wie du willst, denen macht das nichts, da bleibt nichts hängen. Die sind wie eine gute Teflonpfanne. Die haben da nämlich ein eingebautes Immunsystem."

„Häh?"

„Na, wenn ich euch zum Beispiel frage, ob ihr die Aufgabe gemacht habt und ihr bejaht, und ich kontrolliere dann und merke, dass ihr sie nicht gemacht habt, das hat dann Konsequenzen für euch, oder?"

„Ja, dann schaltest du wieder einen Tag das WLAN ab und schimpfst."

„Eben. Für gute Populisten hat das Erwischtwerden fast nie Konsequenzen. Und das kommt daher, weil es keinen interessiert, ob sie lügen. Weil sie nämlich, wenn du sie wieder einmal bei einer Lüge ertappst, sofort eine der folgenden Strategien anwenden:

Entweder sie gehen gar nicht darauf ein und lenken ab, indem sie irgend einen Skandal auspacken oder erfinden, wo angeblich ein Asylant am Zeltfest einer Kellnerin unter den Rock gegriffen hat, worauf ihre Fans wegen des immer funktionierenden Feindbildprinzips sofort zornig werden und die Lüge vergessen.

Oder sie stellen sich als Opfer hin, dass der böse Reporter seine ganze Energie darauf verwendet in seiner Lügenpresse Lügen über angebliche Lügen des guten, volksnahen Herrn Steiner zu verbreiten, anstatt sich gefälligst um den bösen Asylanten zu kümmern, der die Kellnerin begrapscht hat. Sie stellen sich nämlich gerne als unschuldige Opfer hin, weil ihre Wähler sich ja auch gerne als Opfer sehen. Das vereinfacht es zu akzeptieren, dass man selbst in seinem Leben das meiste verbockt hat, nicht wahr?

Oder sie streiten es einfach stur ab. Bei einer Fernsehdiskussion hat kaum jemand dann die Möglichkeit, seine Behauptung zweifelsfrei zu beweisen, und am nächsten Tag interessiert es eh keinen mehr.

Oder sie haben die Lüge nie selbst formuliert sondern nur angestoßen und die Drecksarbeit von irgendeinem ihrer Helfer machen lassen, der dann ein paar Wochen untertaucht.

Oder – und das ist das Totschlagargument – sie unterstellen dir, dass du ihnen unterstellst, ein Nazi oder ein Radikaler zu sein und verklagen dich dann vielleicht auch noch. Die Klage verlieren sie dann nach einigen Monaten zwar, aber das interessiert mal wieder keinen.

Und nach zwei Wochen kommt dann sowieso heraus, dass die Kellnerin das erfunden hat, weil sie Aufmerksamkeit wollte. Aber das …"

„… interessiert dann keinen mehr, Papa. Kapiert. War das alles, was einen Populisten ausmacht?"

„Fast. Der letzte wichtige Punkt – es gäbe noch viele andere, weniger wichtige – ist folgender:

Viele Politiker sagen ihren Wählern oft indirekt, was in diesem Land falsch läuft. Damit sagen sie ihnen aber auch oft, was die Leute ihrer Meinung nach falsch machen. Keiner macht sich beliebt, wenn er dir sagt, was du falsch machst, oder?

„Wie die Frau Professor Mühlsteiner! Die sagt es uns immer, wenn wir in Mathe was falsch gemacht haben. Noch dazu vor der ganzen Klasse!"

„Genau. Populisten müssen das nicht. Weil sie in Wahrheit ja nichts verbessern wollen. Die wollen einfach nur gewählt werden, um an die Macht zu kommen. Also sagen sie ihren Wählern lieber, wie gut die sind. ‚Ihr seid eh gut, schuld sind die Asylanten und die Moslems!' hört man dann. Und wer findet nicht den Steiner sympathisch, wenn der ihm sagt, wie gut man nicht ist? Also zumindest trifft das auf Leute zu, die nicht gerne über sich selbst und die eigenen Fehler nachdenken."

„Puh, Papa, das klingt alles so, als könne man gegen einen Populisten wie den Steiner nicht viel machen, oder?"

„Da habt ihr nicht ganz Unrecht. Wenn den Steiner nicht irgendwann einer in flagranti beim Kokainschnupfen erwischt, oder noch besser: filmt, dann kann ihm nicht viel passieren. Und selbst dann werden seine hartgesottenen Fans das als Lügenpressepropaganda bezeichnen und den Film als manipuliert und der Steiner wird den Reporter verklagen – und verlieren, was dann wieder keinen interessiert."

„Und was kann man dann dagegen tun?"

„Den eigenen Kindern das alles erklären. Damit die nicht auch einmal darauf reinfallen. Weil Bildung die einzige scharfe Waffe gegen Populismus ist."

Ich sah auf ihre Handies. Sie waren in den Powersafemodus gegangen.

Ganzkörperbadeanzug

Mann oh Mann! Da wird also in Frankreich eine Frau am Strand zwangsentkleidet, weil sie einen Ganzkörperbadeanzug trägt. Ihr könnt euch schon denken, dass das nach einer Aktion schreit, oder? Gesagt, getan! Ich nehme mir einen Kartoffelsack, nähe eine Kapuze mit Sichtfenster aus einem Haarnetz drüber, packe noch ein paar Sachen ein - und ab an die Cote d'Azur! Mit dem Karli im Gepäck. Und mit seiner Kamera.

Nach einer abenteuerlichen Reise, von der ich euch ein anderes Mal berichten werde, kommen wir in Nizza an. Bist du deppert, sind die Hotels da teuer! Der Karli und ich nehmen uns ein Doppelzimmer. Na macht nichts, ist eh nur für eine Nacht, und die Aktion ist es wert, da bin ich sicher. Nach dem Check in geht es sofort an den Strand. Ein wenig komisch schauen mich die Leute schon an, mit meiner selbstgebastelten Burka, aber was soll's? Einen Vorteil habe ich gleich mal bemerkt. Die vergessene Sonnencreme macht rein gar nichts und die Beine muss man sich auch nicht rasieren. Ich schnappe mir also meine Decke mit dem IS Symbol, das ich aus dem Internet heruntergeladen und auf Leinen ausgedruckt und auf die Decke genäht habe und lege mich mitten auf den Strand. Der Karli liegt mit seiner Kamera etwas abseits. Ich warte. Der Karli auch.

Es ist heiß und windig hier, ein Augusttag am Meer eben. Die Brise lässt den Sand zeitweise fliegen, und ich habe schon Angst, dass ich hier wohl keine große Aufmerksamkeit bekommen werde. Doch kurz vor dem Hitzschlag, also nach etwa fünfzehn Minuten, stehen zwei französische Polizisten vor mir und fordern mich auf, mir korrekte Badekleidung anzuziehen, weil die Burka hier am Strand verboten sei. Einen Strafzettel bekomme ich auch. Ich weigere mich natürlich in meinem holprigen Französisch, das sie sicher gleich vermuten lässt, dass ich wohl ein böser, illegaler, weiblicher Flüchtling oder Terrorist sein müsse, und weise darauf hin, dass sie ja auch nicht in Badekleidung seien, und sie wären hier definitiv am Strand oder?

Kurz schauen sie ein wenig verblüfft, dann machen sie mich darauf aufmerksam, dass sie berechtigt wären, mir die Burka mit Gewalt auszuziehen, wenn ich mich nicht fügen sollte. Ich sage ihnen, dass ich das keinesfalls tun würde, und sie legen los und Hand an. Was sie nicht wissen ist, dass ich darunter NICHTS anhabe. Ich hoffe, sie werden nicht neidisch, die armen Kerle! Nicht jeder ist von der Natur so gut ausgestattet worden wie ich!

Als sie beginnen, mich auszuziehen, beginne ich zu schreien. "Vergewaltigung! Hilfe!", und das ganze Zeugs. Ein Seitenblick auf den Karli überzeugt mich, dass er alles filmt. Braver Karli, also wirklich, wozu hat man Freunde? Nach einem kurzen Moment der Unsicherheit machen die beiden Büffel von Polizisten weiter. Plötzlich liege ich splitternackt da. Das ist der Moment, wo der Karli eingreift, den kleineren der beiden Polizisten an der Schulter rüttelt und ihm auf Englisch (Karli spricht kein Französisch. Das sei nur etwas für Weiber, sagt er.) klarzumachen versucht, dass das ja nun gar nicht gehe, dass hier am Strand jemand splitternackt herumliege. Noch dazu, dass die Polizei ihn sogar eigenhändig ausgezogen hätte. Er würde dafür sorgen, dass das in alle Zeitungen käme und anzeigen tät' er es auch. Jawohl!

Der Flic scheint nun etwas ratlos zu werden. Aber Karli gibt keine Ruhe. Er hätte alles gefilmt, und Zeugen gäbe es auch genug. Skandal! Unglaublich! Der Karli ist wirklich toll in Form. Wenn er kein Bier getrunken hat, kann man sich echt auf ihn verlassen!

Dem Polizisten wird das langsam ungeheuer. Die Burka können sie mir nicht mehr anziehen, die hat mittlerweile der Wind geholt. Die IS

Decke auch. Was also tun? Die einzige Lösung scheint zu sein, dass er mir seine Polizeijacke umhängt, aber die ist nicht lang genug. Karli fordert ihn auf, mir auch noch seine Hose zu geben, sonst ... Medien, Facebook, Anzeige, ...

Und so kommt es, dass ich jetzt diese französische Bullenkluft anhabe, während der eigentliche Inhaber in der Unterhose am Strand hinter dem Karli herläuft, um ihm die Kamera zu entreißen, weil der Karli das alles auch gleich noch gefilmt hat und jetzt über den Strand sprintet, während er "*Facebookstar, Facebookstar!*" brüllt. Aber der Karli ist sauschnell, der hatte eine Frau, die ihm immer Arbeit angeschafft hat, da lernst du das Davonlaufen. Der zweite Bulle hat sich überhaupt das Halstuch über das Gesicht gezogen und klammheimlich verdrückt. Von wegen Vermummungsverbot! Es ist ein Bild für Götter!

Am Abend bringe ich die Polizeiuniform auf das Kommissariat zurück und gebe ihnen gleich noch den Zettel mit dem Facebooklink des Videos vom Kollegen. Aber erst nachdem sie meine Anzeige wegen Körperverletzung und Nötigung aufgenommen haben. Ich habe nämlich eine sehr empfindliche Haut und jetzt einen leichten Sonnenbrand.

Bis nächstes Jahr an der Cote d'Azur!

Handtuchkrieg

Urlaub! Wir fahren gen Italien. Beziehungsweise war das vor einigen Jahren, aber ich denke, diese Geschichte ist auf ihre ganz eigene Art zeitlos. Okay, eigentlich war es Griechenland, aber „gen Italien" liest sich irgendwie zweideutiger, oder? Für einen billigen Witz kann man ein Urlaubsziel schon mal ändern! Na egal, wir kommen also am Flughafen in Korfu, das auf Griechisch wegen der allsommerlich dort in den Hotelburgen eingekerkerten Touristen KERKYRA heißt, an und werden von der zwangsgutgelaunten, braungebrannten, weiblichen Reiseleitung, die wir dann zwei Wochen hoffentlich nicht mehr sehen werden, mit dem Transferbus abgeholt. Unser Hotel liegt ziemlich im Süden der Insel, Fahrzeit also sicher knapp zwei Stunden. Auch egal, der Bus ist klimatisiert.

Nach einigen Minuten merken wir, dass eine Klimaanlage nur gegen Hitze aber nicht gegen hitzeinduzierte Spätfolgen wie Schweißgeruch hilft. Muss eine Art Erbsünde sein, dass ausgerechnet ich immer neben, vor oder hinter einem fetten, ungepflegten Typen zu sitzen komme. Irgendwie ein olfaktorisches Folterabonnement, das ich da habe. Freunde aus dem Nachbarland, und ich mag meine deutschen Nachbarn, die meisten sind wirklich nett, haben mir meine Vermutung zerstreut, dass dies ein rein österreichisches Problem sei. Nein, meinten sie, bei uns fliegen auch immer einige dieser Furz IV Typen mit. Da wärst du dann direkt froh, dass sie ungeduscht sind, weil dann wenigstens ein Geruch vom anderen ablenke.

Nach knapp zwei Stunden Fahr- und Hupzeit über enge, holprige, griechische Straßen hält der Bus bei einer Spelunke, die mir die Grausbirnen aufsteigen lässt. Das wird doch bitte, bitte nicht unser Hotel sein? Zwei Rucksacktouristen steigen aus, der Bus fährt zu unserer Erleichterung weiter. Ich bin mir sicher, das waren bezahlte Studenten. Die haben die Aufgabe, den Reisenden einen kleinen Schock zu verpassen, auf dass dann alle heilfroh seien, wenn sie das eigentliche Hotel sehen. So etwas reduziert die Beschwerden. „Natürlich, wenn Sie mit dem Zimmer unzufrieden sind, quartieren wir Sie gerne um. Das Hotel, wo wir vorher hielten, hat noch Zimmer frei!" – „Nein, danke, so schlimm sind die Kakerlaken hier eh nicht, und das heiße Wasser braucht im Sommer ja auch keiner wirklich!"

Die Überraschung ist perfekt, als sich das Hotel als recht ansehnlich entpuppt. Ja, wir werden es hier zwei Wochen gut aushalten. Die Kinder sowieso, sie haben die Spielautomaten schon entdeckt. Gut, dass Griechenland den Euro eingeführt hat. „Papa, hast 50 Cent? Nein, eigentlich mehrere 50 Cent. Danke!" So kann man wenigstens in Ruhe auspacken. Ich sehe meiner Frau gerne beim Auspacken zu. Also das Reisegepäck meine ich! Damit ich auch etwas tue, schließe ich die nicht funktionierende Klimaanlage kurz, voila! Die Schwierigkeit, dass diese Dinger nur funktionieren, wenn man das Fenster geschlossen hat, kann man mit einem kleinen Stück Alufolie recht gut meistern. So kann man wenigstens auch den Balkon benutzen, während das Ding läuft. Oder während man am Strand ist und das Zimmermädchen das Fenster gekippt lässt (damit die Klimaanlage eben nicht läuft). Wäre ja noch schöner! Wir haben diesen teuren Urlaub nicht gebucht, um zu schwitzen!

Leider sieht das Petrus anders. Hitzewelle. Kein Wind. Jeden Tag über 40 Grad. Im nicht vorhandenen Schatten. Okay, also es gibt Schatten, weil am Strand drei mittelgroße Eukalyptusbäume (schweres Wort, warum können das keine Palmen sein?) stehen. Unter diesen Bäumen stehen in Summe etwa sechs Strandliegen, und darauf liegen deutsche ... Handtücher, keine Menschen. Die sitzen an der Poolbar. Aber ihre Handtücher haben es gut kühl da im Schatten.

Müssen eben besonders empfindliche, teure Handtücher sein, obwohl sie aussehen wie alle Hotelhandtücher. Damit der Besitzanspruch klar ist, liegt eine Sonnencreme obendrauf. Oder so ein Damen-Umbindetuch. Keine Ahnung, wie die Dinger heißen. Die jüngeren Frauen wickeln sich diese dünnen Tücher um die Hüfte, wenn sie in die Strandbar gehen. Andere auch um den Oberkörper. Das sind dann meist ältere Frauen und die Tücher heißen dann Fallschirme. Weil sie gewisse Körperpartien vor dem jähen, unvermeidlichen, schwerkraftbedingten Absturz und andere daraufhin geschockte Gäste vor dem Hinfallen bewahren.

Jedenfalls stehst du dann da mit zwei Kindern unter zehn Jahren bei 40 Grad im theoretischen Schatten und fragst dich, warum deutsche Handtücher es kühler haben sollten als österreichische Urlauber. Was dazu führt, dass man die deutschen Handtücher samt Liegen drei Meter weiterbewegt und die eigenen Liegen in den Schatten schiebt. Zumindest die der Kinder. Auf denen man dann selbst liegt, weil die Kinder sich lieber im Wasser ihren Sonnenbrand abholen als auf der Liege. Nein, nicht im Meer. In der bakteriologischen Turbozuchtanstalt namens Hotelpool. Wo man sich dann wiederum frägt, ob das alles zuhause nicht billiger gegangen wäre ...

Zum Beantworten dieser Frage kommst du glücklicherweise nicht. Weil jetzt ein etwa 50-jähriger, sportlicher (das ist nur seine Selbsteinschätzung, wenn man das Radfahrertrikot betrachtet, das jeden Moment über seinem Bierbauch zerreißen muss. Es muss. Jetzt. Verdammt, es muss eigentlich zerreißen. Aber es hält. Ist eben deutsche Markenware, keine billige Kinderarbeit aus Bangla Desh.) Deutscher mit militärisch zielbewussten, nur durch einige Bier etwas derangierten, großen Schritten auf dich zu gestapft kommt. Zumindest bis er den Sand erreicht und merkt, dass er die Sandalen vergessen hat, was ihn sofort innehalten lässt.

Das hindert ihn aber nicht daran, sich seiner Überlegenheit als Herrenmensch bewusst, dich aus fünf Metern unter einem zehnminütigen, rheinländischen Redeschwall zu begraben, dessen Substanz sich auf den Satz: „Was bilden Sie sich ein, meine Liegen weg zu schieben?" reduziert werden könnte. Aus dem unverständlichen, wenn auch lauten, Sprachgewirr höre ich hie und da erkennbare Wörter wie „hinterlistiges Alpenvolk" oder „scheiß Ösis" heraus und beschließe, heute am Abend über den Wahrheitsgehalt derselben und mögliche Folgen und Reaktionen eingehend nachzudenken. Aber nicht jetzt, es ist einfach zu heiß. Ich sehe ihn daher nur aus meiner Liege an, hebe mit der rechten Hand die Sonnenbrille ein Stück an, luge darunter hervor wie Sean Connery als James Bond, schiebe die Brille wieder auf die Nase und lese weiter.

Das bringt ihn völlig aus der Fassung. Er negiert das Brennen des heißen Sandes an seinen Füßen und stapft auf mich zu. Na, bin gespannt, ob er jetzt handgreiflich wird. Zumindest pflanzt er seine vollen 175cm vor mir auf. In der Breite und in der Höhe. Ich komme geschlagene dreizehn Minuten nicht zum Lesen, auch wenn ich ihm das nicht zeige und alle drei Minuten umblättere, als würde ich ihn gar nicht bemerken. Dann kickt er mit dem Fuß eine Ladung Sand in meine Richtung, versaut mir damit meinen Drink, geht wütend zurück zu seiner Frau und dem befreundeten Pärchen, falls er überhaupt mit jemandem befreundet ist, und lästert lauthals über diese unverschämten Alpenproletarier weiter. Woher weiß er das bloß? Von meinem Buch? Auch Deutsche lesen die „Piefke-Saga", oder?

Seine Frau keift fast lauter als er. Ich denke kurz nach und entscheide mich dagegen, ihm das jetzt gleich mitzuteilen. Aber meinen Drink versaut mir keiner unbestraft, das ist mal fix!

*

Am Abend gibt es griechisches Buffet. Wie wir herausfinden werden, gibt es jeden Abend griechisches Buffet. Da wir griechische Speisen lieben, freut uns das, und wir langen kräftig zu. Zumal es wirklich ganz ausgezeichnet schmeckt. Vom Nebentisch – erraten, der Rheinländer – tönen missbilligende Wortfetzen über diesen „Scheißfraß" herüber. Und dass wenigstens Pizza oder Spaghetti ja nun wirklich nicht zu viel verlangt wären. Prost! Als wir gerade unser Schweinefleisch in Limettenrahmsauce kosten, kommt der Hotelmanager an unseren Tisch. Er ist Anfang Vierzig, besser angezogen als alle Touristen im Speisesaal, und ich bin froh darüber, die lange Baumwollhose und das Kragenhemd für das Abendessen gewählt zu haben statt T-Shirt und Shorts, wie die meisten hier. Er grüßt auf Deutsch mit „Guten Abend!" und ich antworte mit „Kalispera. Ti kanete?"

„Kala, evcharisto, essis?", will er wissen, ob ich mehr kann als nur den Gruß. „Ime poly kala, evcharisto sas!". Nichts einfacher als das. Ich kann zwar nur etwa 50 Worte aber die spreche ich ziemlich gut aus! „Sie sprechen ausgezeichnet Griechisch!", fährt er in seiner Landessprache fort (ich habe das übersetzt), was ich ebenfalls in Griechisch mit „Danke, aber ich spreche leider kaum Griechisch und verstehe auch nur sehr wenig!" beantworte. Er lacht, und ich weiß, dass wir die zwei Wochen mit Sicherheit gut mit ihm auskommen und alle Wünsche erfüllt bekommen werden.

Nun, da die Höflichkeiten ausgetauscht sind, fragt er auf Deutsch weiter, eben *weil* er höflich ist und sehr wohl überrissen hat, dass er mich mit Griechisch blamieren könnte, welche Probleme es mit dem Gast am Nebentisch gegeben hätte. Der hätte sich nämlich sehr aufgeregt beschwert, was bei Griechen zumeist nicht gut ankommt, wie ich aus Erfahrung weiß.

Ich erkläre ihm lachend, außer der Existenz dieses Kerls gäbe es gar kein Problem, aber meine Kinder hätten eine eher empfindliche Haut und die Liegen wären schon frühmorgens mit deutschen Handtüchern besetzt, ob er dafür eine Lösung hätte? Natürlich nur, wenn es keine Umstände mache, *ne*? Und im Übrigen großes Kompliment an den Küchenchef. Das wäre sein Vater, meint er strahlend, und bedankt sich.

Als ich nach dem Essen dann noch „Thelo no dio kafedes ellinikous, parakalo! Metrious, parakalo!" sage (ganz sicher bin ich mir eh nicht, ob das so stimmt), kommt er nicht nur kurz darauf mit den beiden halbsüßen, griechischen Kaffees, sondern setzt sich gleich auch mit einer Flasche Siebenstern-Metaxa zu uns, und wir verbringen einen richtig netten Abend, wobei er uns seine ganze Lebensgeschichte erzählt.

*

Am nächsten Morgen hält uns die Rezeptionistin auf, als wir nach dem Frühstück zum Strand gehen wollen. Weil sie kaum Deutsch spricht, ist die Verständigung holprig, also nimmt sie uns in Schlepptau, und wir gehen gemeinsam zum Meer, wo sie uns vier Liegen unter einem großen Sonnenschirm in einem soliden Betonständer zeigt. Darauf prangt ein in Plastik eingeschweißter Zettel mit dem Text: „Reserviert für Zimmer 54. Die Hotellleitung" Das ist unsere Zimmernummer. Ich bedanke mich höflich und nehme mir vor, mich dafür am Abend zu revanchieren, was ich dann mit einem kräftigen Trinkgeld auch mache.

Zehn Meter neben uns diskutiert mein Rheinländer mit einem eben angekommenen Gast über die Liegen. Ich höre wieder Wortfetzen wie „Scheiß Franken!" und „Nur Ärger mit euch!" und genieße die Show im Schatten liegend. Und dann reift in mir ein teuflischer Plan

... aber dazu muss ich morgen sehr bald aufstehen und heute nachmittags noch schnell in den „Hyper Market" im Ort pilgern, der zwanzig Minuten entfernt ist. Eine Apotheke gibt es da auch. Ich brauche ein paar Sachen ...

Der Badetag verläuft angenehm, wenn man von dem Seeigelstachel absieht, den ich meinem Sohn aus dem Zeh hole. Er zeigt mir dann, wo es passiert ist, und ich erkläre ihm, er solle im Wasser in den sandigen Bereichen bleiben. Seeigel mögen Steine, okay?

Seeigel mögen Steine, hmmm ...

*

Als ich am nächsten Morgen um fünf Uhr morgens im Meer schwimme, sehe ich den Franken, der meiner Einschätzung nach auch nicht viel sympathischer ist als der Rheinländer, die Liegen mit Handtüchern schmücken. Drei Liegen, obwohl die nur zu zweit sind, was ich gesehen habe. Schade, das zerstört meinen ganzen schönen Plan. Der Franke hat mir ja nichts getan. Ich schwimme also eine halbe Stunde, das Wasser ist wirklich herrlich am Morgen und spiegelglatt, und sehe dann, wie der nun gerade angetanzte Rheinländer schlafmützig die Handtücher des wieder in sein Zimmer zurückgegangenen Franken auf andere Liegen verfrachtet und seine Utensilien darauf ausbreitet. Naja, der Plan lebt wieder, wird aber um einen Tag verschoben. Heute genieße ich das Spektakel, wenn sich Franken und Rheinländer in die Wolle kriegen. 1. FC Köln gegen 1. FC Nürnberg ist nicht nur im Fußball eine heiße Partie.

Und es war wirklich ein lautes Spektakel. Inklusive Verlängerung und mit Option auf Wiederholung.

Und es wird den Verdacht von mir ablenken.

*

Die Wiederholung findet am nächsten Tag tatsächlich statt. Ich schwimme, der Franke reserviert, der Rheinländer „überarbeitet" die Reservierung etwas später und geht zurück ins Zimmer, wo beide sicher bis neun weiterpennen, um sich dann aufregen zu können, dass manche Sachen am Frühstücksbuffet schon aus sind.

Als der Homo unsympathicus weg ist, hole ich ein paar Utensilien aus meinem Zimmer. Und einen Seeigel aus dem Wasser. Der wird das leider nicht überleben, also der Igel, aber kleine Opfer muss man eben bringen. Ich beschließe, dafür dem World Wildlife Fund zwanzig Euro zu spenden.

Und dann habe ich zehn Minuten zu tun, ehe ich duschen gehe und mich noch ein wenig hinlege. Aber nicht zu lange. Ich will das heute auf keinen Fall verpassen.

*

Nach dem Frühstück dränge ich. Meine Familie versteht das zwar nicht, aber wir sind trotzdem um neun Uhr am Strand. Weil es da noch nicht so heiß ist, erkläre ich ihnen. Und weil es da heute wohl heiß hergehen wird, aber das behalte ich für mich.

Um halb zehn kommt mein Rheinländer und cremt sich ein. In der Apotheke haben sie nicht einmal nach dem Grund gefragt, als ich die Ameisensäure verlangte. Sonst hätte ich eben erklärt, dass ich sie für mein Rheuma brauche. Verdünnt ist das nämlich ein gutes Mittel gegen Rheuma oder auch gegen Warzen. Der Rheinländer hätte die Sonnencreme halt nicht auf die Liege legen sollen, ich habe zwar nur wenig Ameisensäure eingefüllt und die Flasche dann gut geschüttelt, aber es sollte reichen. In einer Stunde sieht er aus wie Yogi Bär mit

Masern, darauf halte ich jede Wette. Seine Frau hat eine eigene Creme, die habe ich nicht präpariert. Das mit dem Hautausschlag wird aber sowieso sein kleineres Problem bleiben, auch da bin ich mir sicher.

Jetzt legt er sich endlich in seine Liege. In die richtige. Gut, dass er sein Käppi darauf abgelegt hatte, das erleichterte mir die Identifikation. Er liegt allerdings nur Sekundenbruchteile drinnen. Dann springt er wie von der Tarantel gestochen auf, obwohl ihn eigentlich ein Seeigel erwischt hat, nämlich der, den ich auf einem Stein unter seiner Liege platziert habe, und dessen Stacheln er jetzt wohl reihenweise im Hintern hat. Seeigel lieben Steine. Seine Arschbacke sieht jetzt sicher aus wie ein unrasierter Südländer.

Seine Gattin, die sich gerade den Lippenbalsam aufträgt, den ich mit Tabascosauce verfeinert habe, blickt entsetzt auf. Ich werde nie erfahren, ob wegen des Schreis ihres Mannes oder wegen des Brennens auf ihren Lippen. Gegen die einsetzende Rötung auf der Haut ihres Mannes und der Kompanie abgebrochener Seeigelstacheln in seinem Hinterteil sind ihre geröteten Lippen Peanuts. Trotzdem konzertiert sie mit ihm eine Symphonie des dissonanten Wehklagens in vier Sätzen: Allegro – Largo – Andante – Allegro furioso. Applaus!

Als es gerade am schönsten ist, kommt der Franke und merkt, dass seine Handtücher schon wieder entfernt worden sind, und den der Rheinländer jetzt naturgemäß als Schuldigen für die Attacke verdächtigt.

Manche Szenen und Bilder kann man leider nur ungenügend in Worte fassen.

Und ja, ich habe darüber nachgedacht, was er mit *„hinterlistiges Alpenvolk"* gemeint haben könnte.

Messebesuch

Nein, weit gefehlt, das wird hier kein religiöser Exkurs! Gemeint ist die Frühjahrsmesse in der Kleinstadt. Welche Stadt? Beliebig austauschbar. Diese Messen sind ja eh überall gleich. Den Kindern gefällt es jedenfalls, die amüsieren sich köstlich im Vergnügungspark. Wobei sie mich darauf aufmerksam gemacht haben, dass sie sich das nicht leisten können. Wenn ich also zwei Stunden Ruhe für den Besuch der Ausstellungen haben möchte, dann sollte ich doch bitte so gut sein ... okay, da habt ihr einen Zwanziger! Gelächter. "Papa, wann warst du das letzte Mal im Vergnügungspark? Unter 80 EUR pro Person kannst du das totaaaaal vergessen!" Kleine Erpresser sind das! Ich bin direkt stolz auf sie.

Also ab ins Auto an diesem sonnigen Frühjahrssonntag. Wir sind früh dran, man will ja einen guten Parkplatz auch, nicht wahr? Den gleichen Gedanken hatten etwa 90% der Bevölkerung des Bundeslandes auch, wie ich zehn Minuten später an der Stadteinfahrt merke. Gott sei Dank habe ich noch ein paar Ausfahrtstickets von der Parkgarage der Bildungseinrichtung, an der ich bis vor einem Jahr unterrichtet habe. Von da sind es nur dreißig Minuten zu Fuß, da lache ich alle anderen regelrecht aus! Klappe Kinder, in Afrika gehen die Eingeborenen vier Stunden barfuß zur Wasserstelle und jammern die? Was? Ja, nur die Frauen, stimmt. Also benehmt euch nicht wie Zicken, ihr Mädchen! Ruhe jetzt! Wusstet ihr nicht, dass jedes Mal ein Einhorn weint, wenn ein Kind nörgelt? Nein, ich weiß nicht, ob die Tränen dann am Horn runterlaufen, ach, haltet einfach die Klappe!

Endlich am Messegelände. Was für eine Schlange! Aber wozu hat man einen Presseausweis? Also vorbei an der wartenden Normalbevölkerung, diesen unterprivilegierten Massen, und den Ausweis gezückt, zack, am Ordner vorbei. Was? Ja, das sind meine Assistenten, Mann. Irgendwer muss mir ja mit dem Licht helfen, wenn ich fotografiere. Kinderarbeit? Nein, die schauen jünger aus. Nein, sorry, ich habe jetzt echt keine Zeit für Diskussionen, der Landeshauptmann redet gleich, den muss ich für die Zeitung knipsen, den Jumping Joe.

Der Ordner gibt es auf und wir sind drinnen. Zwanzig Euro von den 160 der Kinder also quasi eingespart. Geht doch!

So Jungs, wir treffen uns hier beim - wie heißt das Gefährt? Turboschleuder, okay! - also, wir treffen uns hier bei der Turboschleuder um genau zwölf Uhr wieder, ja? Verpulvert bis dahin nicht alles, denn mehr gibt's nicht! Da braucht ihr gar nicht so blöd zu lachen! Eine Zehntelsekunde später hat die Menge sie geschluckt und ich habe drei Stunden Zeit. Wollte wegen des nächsten Urlaubs ein paar Sachen checken. Die Jungs möchten campen, Urlaub in kleinen Dosen quasi. Nichts für mich, aber schau'n wir mal, dann seh'n wir eh!

Nach dreißig Minuten und drei abgelehnten Prospekten, vier abgelehnten Teilnahmen an Gewinnspielumfragen („Nein, ich brauche keine neue Küchenmaschine. Woher wissen Sie überhaupt, dass ich frisch geschieden bin?"), sechs begrüßten Bekannten, an deren Namen ich mich sämtlich nicht erinnern kann – ging ihnen ähnlich, glaube ich – komme ich endlich zur Campinghalle. Ich hätte doch die bequemen Turnschuhe anziehen sollen, mir tun jetzt schon die Sohlen weh. Ich schlendere also im Außenbereich der Halle an den Campingbussen vorbei und bleibe beim größten stehen. Sofort startet ein Verkäufer mit Provisionsgier in den Augen auf mich zu, der hat sicher meine teuren Schuhe taxiert und hält mich für einen zahlungskräftigen, potentiellen Kunden. Ob er mir helfen könne? Er wäre gerne für mich da. Ich greife unwillkürlich zur Brieftasche, weil ich damit rechne, dass er jetzt gleich verlangt, dass ich die hundert Euro vorher auf den Nachttisch lege. Das sage ich ihm aber nicht, laut sage ich:

"Naja, meine Familie möchte Sardinenurlaub machen im Sommer. Die Dose hier scheint ja halbwegs groß zu sein. Halbwegs!"

Er erklärt mir, dass der Bus für Sardinien (das mit den *Sardinen* hat er entweder nicht kapiert oder bewusst missverstanden) perfekt geeignet sei. Es sei das Modell „HyperComfort XL", mit B-Führerschein gerade noch zu fahren, mit allen Extras wie Klimaanlage, gekühlte Getränkehalter im Cockpit, etc. Ich frage ihn, ob es auch ein Modell mit Bierkistenhalter gibt, gekühlt wäre fein. Da lacht er nur. Ich hasse es, wenn man mich nicht ernst nimmt!

Was die Mühle kostet, will ich wissen und reiße mich zusammen, als er die Summe nennt. Hab' nicht mit der Wimper gezuckt, ich schwör's, nur gefragt, ob das der Preis für den Campingbus sei oder der für das Grundstück am Meer, wo man ihn hinstelle. Der Typ lacht schon wieder. Muss eine Art Tick sein, bei diesem Lackaffen mit seiner geschmacklosen Krawatte. Dass der in seinem Stangenanzug bei der Hitze nicht schwitzt, verstehe ich sowieso nicht. Sicher ein Italiener. Die sehen immer aus, wie aus dem Ei gepellt, auch nach drei Stunden Rockkonzert bei 35 Grad im Schatten. Keine Ahnung, wie die das machen. Egal. Wir reden weiter. Ich will wissen, ob das Ding auch einen ersten Stock hat, meine Jungs schlafen zuhause auch nicht gern im Parterre. Wenn er jetzt wieder lacht, hau ich ihm eine in die Fresse. Scheint er zu spüren. Nein, sagt er ernst, aber sehr viel Platz im Innenbereich und man könnte ja auch ein Vorzelt aufstellen, das ginge total einfach.

Vorzelt? Ich erkläre ihm, er solle mir Bescheid geben, wenn er ein Modell mit Bierzelt hätte, drehe mich um und gehe weiter in die Halle mit den Betten. Meine Kinder wollen, dass ich mir ein Wasserbett kaufe. Keine Ahnung warum, sie haben eigene Zimmer. Sie meinen, vielleicht würde ich da weniger schnarchen, aber ich glaube, sie bilden sich da was ein. Das kann man unmöglich durch zwei geschlossene Türen hören, oder? Wieder startet so ein Geschniegelter auf mich zu, als ich nur kurz stehen bleibe, und quasselt mich sofort voll.

Meine Frage, ob das Bett nicht dauernd blubbert, schmettert er mit einem "Unsere Qualitätswasserbetten sind natürlich beruhigt!" ab, was ich mit einem "Aha, verwenden Sie dafür stilles Wasser?" kontere. Er hat keinen Humor oder versteht den Witz nicht. Egal. Ich frage weiter, ob die Firma für eventuelle Tsunamifehlwarnungen aufkäme, wenn ich mich mit meinen ... ähm ... 90 Kilogramm da ins Bett werfe. Wieder kein Anflug eines Lächelns. Ein armer Mensch ist das! Was der andere zu viel gelacht hat, lacht der zu wenig! Nein, ich würde das Bett nach einer Woche nicht mehr hergeben wollen, nicht um alles Geld der Welt, will er mir weismachen, bei Geld-zurück-Garantie! Naja, sage ich, um *alles* Geld der Welt könnte ich mir dann ja locker ein neues Bett kaufen und es bliebe noch viel übrig, nicht wahr?

Dann will ich noch wissen, ob das nicht gefährlich sei, von wegen, dass es ein Loch bekäme oder so. Er meint nur, solange man nicht mit spitzen Gegenständen im Bett hantiere, brauche man keine Angst haben. "Also wenn Ihre Frau im Bett gerne Highheels trägt, müssen Sie schon aufpassen!", lacht er jetzt doch tatsächlich einmal. Ich erkläre, dass Sex ohne Highheels eigentlich nur etwas für Spießer sei und verdrücke mich endgültig aus den Messehallen.

Jetzt ist ein Langos fällig! Es riecht nach Knoblauch und altem Frittierfett, aber mein Magen hält das erfahrungsgemäß aus. So schlendere ich also in den Vergnügungspark, obwohl ich viel zu früh dran bin, und wehre auf dem Weg wieder einige Meinungsgewinnspielumfragestudenten ab („Nein, ich will keine Weinverkostung machen, ich bin Biertrinker!"). Das Langos hilft beim Abwimmeln. Da sehe ich meine Jungs bei einem relativ harmlos aussehenden Dings stehen. "Fliegender Teppich" steht drauf. Sie sehen mich ebenfalls und nötigen mich, einen Ritt darauf zu wagen. Das geht grad noch. Da kann nicht viel passieren, oder? Auf einem Teppich ist mir schließlich noch nie etwas passiert.

Fünf Minuten später bitte ich Gott darum, mit Jim Lovell und Fred Haise von Apollo 13 tauschen zu dürfen und mache es dann wie dieser Astronaut im Film. Nur verteile ich keine Astronautennahrung sondern halbverdautes Langos und mache das nicht in der Schwerelosigkeit sondern über dem halben Vergnügungspark. War wohl doch das alte Frittierfett.

Als ich hinunterblicke sehe ich den Italienerverkäufertyp direkt in der Einflugschneise der Apollo 13 Langosreste stehen. Ich korrigiere mich:

Sie sehen doch nicht immer wie aus dem Ei gepellt aus.

Die Party

Da treffe ich letztens die Schackelline, eine alte Bekannte. Also lasst sie das bloß nie hören, weder das „alte" noch das „Schackelline", sie kann ja auch nichts für ihren Namen und möchte nur „Jacky" genannt werden. Was ihre Mutter aber konsequent ignoriert und sie in bestem Schulfranzösisch „Schaklin" nennt. Mich erinnert das immer an diesen Film, der mit dem Bruce Willis, wo er die amerikanische Präsidentengattin erschießen will. Der Schakal, genau, so heißt der Film. Egal. Darum geht's hier und heute ja nicht.

Wir treffen uns also auf der Straße, die Tschecki und ich, und mir fällt augenblicklich auf, dass sie sich ihre wunderschönen, langen Haare auf eine Stoppelglatze hat abschneiden lassen. Ich dachte natürlich sofort an eine schlimme Krankheit und Haarausfall infolge Chemotherapie, aber glücklicherweise war es das nicht. Nein, es war was anderes, auch schlimm, aber alles der Reihe nach.

„Wie geht es euch denn so?", frage ich ganz vorsichtig und sensibel, wie es eben meine Art ist, darum mag sie mich ja so. „Hast eh keinen Krebs, oder warum die Fastglatze?"

Sie lacht. „Nein, nein. Gott sei Dank nicht. Aber mein Mann liegt im Krankenhaus."

„Ojegale. Und da hast dir aus Gram die Haare ausgerissen oder wie? Was fehlt ihm denn, außer du natürlich im Moment." (Ich bin gut heute. Außerdem wäre die Tschecki schon mal eine kleine Sünde wert).

Wieder lacht sie. Das wäre eine etwas längere Geschichte. Ob ich Lust auf einen Kaffee hätte?

„Bei dir oder bei mir?". Ich lache dabei nicht, ich schau todernst drein. Aber sie lacht und meint, sie würde das Café um die Ecke vorschlagen. Auch gut, man muss ja nicht gleich mit dem Nespresso ins Bett fallen, oder wie das Sprichwort heißt. Also gehen wir ins „Owadruckta", so heißt das Café, und ich wähle einen Tisch in der Ecke aus, weil der als einziger noch frei ist. Gleich daneben ist der Eingang zum Klo, vermutlich ist er deshalb noch unbesetzt.

Die Speisekarte in diesem Café ist wie alles dort streng im oberösterreichischen Dialekt gemacht. Der Wirt ist ein Türke in der zweiten Generation, der damit seine Integration betonen will, vermute ich als Hobbypsychologe. Lachen muss ich, als ich das Einlegeblatt in der Karte sehe:

„Kane Ziegenwitz bittsche! I mog den Goasspudara söba net!"

Als Erkan die Bestellung aufnimmt, bestellt sich Tschecki einen „Häfalmüchkaffee" und einen „Opföstrudl mit Schlog" und ich einen „dowötn Owadrucktn" und ein „Kroassaunt". Mit Interesse vermerke ich, dass jetzt auch die Allergene vorschriftsmäßig ausgewiesen sind: „Bei uns kau oisse drin sei aussa Senfkerndln! Oiso Obacht!", steht da. Ob er mit der Lebensmittelpolizei Probleme hatte, oder warum er jetzt die Allergene drinstehen hat, will ich von Erkan wissen. „Jo!", sagt er. Was er dazu noch äußert, kann ich hier nicht wiedergeben.

Und dann erzählt mir die Tschecki, was vorgefallen war.

Ihre kleine Tochter, die Gertrud (wehe, es nennt sie jemand Gerti oder Trudi!) hatte vor zwei Wochen Geburtstag. Den ersten „Runden", also zehn Jahre wurde sie alt (für alle, die sich in Mathematik schwertun, wie vier von drei Österreichern eben.) Und weil die kleine Gerti, äh Gertrud, trotz ihres fortgeschrittenen Alters eben immer noch ein Fan von Märchen, Feen, und so Zeugs ist, haben sie ihr eine Feenparty ausgerichtet. Mit allem, was dazu gehört. Feenstaub, der plötzlich von der Decke rieselt, einem gemieteten Zauberer, einem als Einhorn verkleideten Onkel (der leider zu früh zu viel von der Bowle getrunken hatte, also von der Bowle für die Erwachsenen, nicht von der für die Kinder, weshalb das Einhorn etwas ... nun, etwas eigenartig herein getrabt war), einer Feenschlosshüpfburg im Garten und vielen kleinen Zwergen, als die sich ihre Gäste verkleidet haben. So eine richtig geile Kinderparty eben. Die Tschecki und ihr Mann haben ja ein nettes Haus in der Siedlung, mit einem schönen, gepflegten Garten. Eine Vorzeigefamilie quasi. Und der Rudi, ihr Mann, ist ein Tausendsassa, was Heimwerken betrifft. Er macht zwar alles ein wenig „Rudi-mentär", wie Tschecki immer sagt, wobei sie lacht, aber immerhin muss man ihn nicht alle sechs Monate daran erinnern, dass er die Glühbirne am Klo endlich auswechselt.

Der Rudi hatte dann noch eine besondere Überraschung vorbereitet, von der niemand etwas wusste. Nicht einmal die Tschecki. Er hatte sich einen Gartenhäcksler ausgeborgt, den ganz großen vom Siedlerverein, und hatte den gereinigt und oben in der Bibliothek aufgestellt, weil es dort ein großes Panoramafenster zum Garten gab, das man auch öffnen konnte. Und dann hatte er noch 100 Kilogramm Eiswürfel in Säcken besorgt.

Als im Garten die Feier ihrem Höhepunkt entgegenging, verschwand der Rudi, legte das Frau Holle Kostüm an, weil das das Lieblingsmärchen der kleinen Gertrud ist, schaltete den Häcksler ein und begann durch das geöffnete Fenster mit der Beschneiung, indem er die Eiswürfel in den Häcksler schüttete. Mitten im Juli Schnee! Geil! Gut, die Eisbröckerl waren ein wenig hart, es war mehr ein Eisregen als Schneefall, aber das sind vernachlässigbare Details. Die Kleine war hin und weg!

Der Häcksler kurz darauf auch. Wasser und Elektromotoren pflegen nunmal kein inniges Liebesverhältnis, wobei ich mir da nicht so sicher bin, weil Tschecki gerade erzählt, dass der Häcksler sozusagen augenblicklich Feuer und Flamme war. Wie kurz darauf auch die Bibliothek und nach dem Löschversuch auch ihre Haare. Gottseidank war noch ein Sack mit Eis übrig, mit dem sie den Brand löschte. Für den Rudi war dann leider keiner mehr übrig, der kann jetzt bestenfalls eine Fluglinie gründen, obwohl „AUA!" kann er sie nicht nennen, die gibt's ja schon, lacht Tschecki.

„Jössas!", sage ich, „Das nenne ich mal eine richtige Party! Wann kommt der Arme wieder nach Hause?"

Naja, wenn das Haus renoviert wäre, meint Tschecki. Im Moment schliefen sie auf einem Notbett in der Garage, was die kleine Gertrud ja ganz toll fände. Zumindest das Erdgeschoß wäre halbwegs verschont geblieben, mit der Küche, dem Wirtschaftsraum und dem Bad, aber der erste Stock – da frage man besser nicht nach. Und eben habe sie die Kleine zu einer Freundin gebracht, die feiere Geburtstag. Ohne Schneefall! Getrud bliebe dort über Nacht. Die hätte es gut, könne heute Nacht in einem richtigen Bett schlafen. Sie hingegen …

Naja, meine ich, damit könnte ich eventuell auch dienen. Nur Eis hätte ich keines im Haus. Falls es eine heiße Nacht werden sollte.

Der Rest des „Opföstrudls mit Schlog" bleibt stehen. Sie hat es eilig. Oder vielleicht ist es auch nur, weil gerade ein Kerl die Klotüre neben unserem Tisch offengelassen hat. Ich erzähle euch dann ein anderes Mal, wie heiß die Nacht war. Muss jetzt weg!

Anbaggerhilfe

Es ist furchtbar. Ich bin der Michael und sowas von schüchtern, ich trau mich einfach keine Frau anreden. Wenn ich es versuche, dann kann ich sicher sein, dass ich innerhalb von fünf Sekunden knallrot anlaufe. Als ich es mal auf der Straße versuchte, gab es einen Megastau, weil alle Autos glaubten, sie hätten Rot. Keine Ahnung, woher das kommt, das mit meiner Schüchternheit. Angeblich bin ich weder hässlich, noch habe ich Mundgeruch oder die Grätze. Nein, es ist eher eine Art Kommunikationsallergie. Jetzt bin ich fast fünfundvierzig und immer noch allein. Und traurig.

Anscheinend sieht man mir das auch an. Beim letzten Clubabend im Kegelverein hat mich eine Frau darauf angesprochen. Ein Hammerweib. So eine, die ich mich nie anzureden trauen würde. Gut, das gilt eh für jede Frau, aber die ist wirklich … puhhh! Normalerweise nimmt mich diese Art Frau nicht einmal wahr, die sehen einfach durch mich hindurch, aber ich hatte da Glück und schmiss beim Kegeln drei Sauen hintereinander und schaute offensichtlich trotzdem so traurig drein, dass sie mich darauf ansprach, worauf ich sofort mit einem Beleuchtungswechsel ins Purpurrote reagierte.

Sie fragte mich also, wo der Schuh drücke. Ich stotterte zuerst wirres Zeug, aber sie war sehr einfühlsam und sah mich beim Gespräch nicht direkt an, worauf ich dann langsam mit der Wahrheit herausrückte. Dass ich irrsinnig schüchtern sei und keine Frau anreden könne und furchtbar darunter litte, etc. Alle Versuche, das zu ändern, sei es mittels eingelernter Anmachsprüche, sei es mittels Augenkontakt (Oh Gott! Ein Alptraum!) oder was auch immer, hätten jedes Mal in einem veritablen Desaster geendet. Ich wäre also ein hoffnungsloser Fall. Sozusagen ein Flirtversager erster Güte.

„Hmmm!", sinnierte sie. „Ich kann dir helfen. Kostet dich aber etwas. Aber nur, wenn wir Erfolg haben!"

„Mir kann nichts helfen!", antwortete ich leiser, als ich beabsichtigt hatte. Es gibt ja Leute, die werden laut, wenn sie sich aufregen. Ich werde noch leiser. Eine Bekannte im Club sagte mal, sie wäre wegen mir schon zum Ohrenarzt, aber der hätte ihr ein ausgezeichnetes Gehör bescheinigt.

„Ich kann mit Frauen nicht reden, verstehst du?", schrieflüsterte ich.

„Das musst du auch nicht, versprochen!", lachte sie mich an, was mein Rot noch weiter verstärkte, worauf der Fritz zur Kellnerin rief, sie solle endlich diese Puffbeleuchtung ausmachen, es würde ihn beim Kegeln irritieren.

„Wir machen das so:", fuhr sie fort. „Wir fangen langsam an. Du kommst morgen um exakt 20:00 in die Himmelfahrt-Bar hier in der Stadt und setzt dich wortlos neben mich an die Bar. Ich nehme eine Zigarette und du gibst mir wortlos Feuer. Das ist die erste Übung. Mehr hast du nicht zu tun. Kostet dich zweihundert Euro, jetzt, bar auf die Hand. Kriegst du aber zurück, wenn es innerhalb einer Woche nicht mit einer Frau klappt."

Ich versuchte zaghaft, aus ihr herauszubekommen, was das bringen sollte, aber sie beantwortete mein leises „A-ha-hal-so …" nur mit einem strengen Blick und wandte sich ab. Naja, was soll's? Ich würde es also am nächsten Abend versuchen. Das war ein Samstag, weil wir immer freitags kegeln, rein in die Bar, Feuer geben, raus, fertig! Das war zu schaffen. Man muss eben klein anfangen, oder? Ich zückte meine Börse und gab ihr die zwei Hunderter. Sie nahm sie wortlos und zwinkerte mir zu, den Rest des Abends ignorierte sie mich dann komplett.

Ich zog mir also am nächsten Abend meine beste Cordhose an und das Hemd vom Opa, ein Erbstück, das ich nur zu besonderen Anlässen trage, mit echten Hirschhornknöpfen, und dann ging ich die paar Meter in die Himmelfahrt-Bar. Ist ja nicht weit von mir, seit ich nicht mehr bei Mama wohne. Die hat mich nämlich vor drei Jahren rausgeworfen, weil sie der Meinung war, langsam sollte ich auf eigenen Beinen stehen lernen. Vom Gehen könne eh noch keine Rede sein.

Ich betrat also die Bar und ging an der Wand entlang zur Bar. Ich hasse es, mitten durch einen Raum gehen zu müssen. Da sehen einen alle an. Das muss echt nicht sein.

Da saß nun die Frau aus dem Club, Marianne heißt sie. War noch nicht lange in unserem Kegelverein. Na, ich sag' euch, die war aufgespranzelt! Halb durchsichtige Bluse, bis auf die beiden untersten alle Knöpfe offen, dass man sogar den ganzen Spitzen-BH sah. Kurzer Jeansrock, Schuhe mit Absätzen in einer Höhe, wie ich sie noch nie gesehen habe. Und das bei ihren eh schon so langen Beinen. Die Bar war voll, aber genau der Platz neben ihr war frei. Komisch. Vermutlich lauter schüchterne Männer hier. Ich begann gleich, mich etwas weniger unbehaglich zu fühlen.

Als ich zur Bar schlich, drehte sie sich um wie die Sharon Stone in diesem Film. Sie hatte unter dem Rock das Gleiche nicht an wie die Sharon Stone damals nicht an hatte. Mein Gott, ich sollte mich sofort umdrehen und gehen, aber sie sah mich scharf an, da musste ich einfach hingehen und mich neben sie setzen. Irgendwie war das Hypnose. Gott sei Dank verhüllte die Cordhose, was da bei mir in diesem Moment los war.

Sie drehte sich wieder um und nahm eine Zigarette aus der Packung. Ich hatte sicherheitshalber drei Feuerzeuge eingesteckt, in jede Tasche eines, riss eines heraus und gab ihr Feuer. Oder versuchte es zumindest. Und dann ging's los.

Sie sah mich entgeistert an, fing an zu lachen, mich regelrecht *auszulachen* und wetterte in einem Redefluss los, dass mir alles verging. Was ich mir einbilde, sie derart anzumachen hier? Ob ich glaube, sie hätte selbst kein Feuer? Sie hätte mehr Feuer als ich Witzfigur mir in meinem Leben vorstellen könne. Was das überhaupt für eine alberne, fantasielose Anmache sein solle? Und wie ich daherkäme? Ob mein Urgroßvater davon wüsste, dass ich seine Hose geklaut hätte? Der sei vermutlich aber eh noch attraktiver und erfolgreicher bei Frauen als ich, selbst als Leiche. Ja, so ein Hemd hätte sie schon mal gesehen. In einem Stummfilm, ja genau! Ob ich mich schon mal in einen Spiegel zu schauen getraut hätte? Und ob es den Spiegel noch gäbe, oder ob es mir gegangen wäre wie Herman Munster? Ob ich (irrsinniges Auflachen) ernsthaft glauben würde, sie würde eine Zigarette rauchen, die ihr so ein Trottel angezündet hätte? Wirklich? Und ob die Beule in meiner Hose eine reingestopfte Socke wäre oder ob ich jetzt tatsächlich die erste Erektion in meinem Leben bekommen hätte? „Geh heim zur Mama, du Flasche, und hol dir einen runter, wenn du das hinbekommst!" Und dann knallte sie mir noch eine, legte einen Zwanziger auf den Tresen und ging aus der Bar.

Und das war jetzt nur eine kurze Zusammenfassung. Ich hatte mich noch nie so mies gefühlt wie in diesem Moment. Ich war knallrot, die eine Backe noch ein wenig mehr als die andere, und spürte, wie mir die Augen feucht wurden. Ich würde jetzt aus dieser Bar gehen und von der Brücke springen. Ja, das schien mir die einzige Lösung zu sein. Aber vorher würde ich noch eine letzte Zigarette rauchen.

In diesem Moment kam eine wirklich nett aussehende, etwas pummelige Frau zu mir, vielleicht zehn Jahre jünger als ich, auch eher unauffällig gekleidet, und gab mir Feuer. Sie sagte nichts. War auch nicht nötig, ich konnte es in ihren Augen sehen, wie sie mit mir litt. Sie war auch ein wenig errötet, so schien mir. Wohl von diesem skandalösen Auftritt jener unsäglichen Marianne.

Es ist schon komisch, wir sprachen den ganzen Abend fast nichts, aber danach kam sie mit zu mir. Josefine heißt sie. Wir saßen auf der Couch und sahen eine romantische Teeniekomödie auf SAT 1, und als der schüchterne Junge die Cheerleaderin am Ende küsste, da küssten wir uns auch. Sie ging dann noch schnell auf die Toilette, als ihr Handy am Couchtisch piepste. Ich schaue ja normalerweise nie auf fremde Handies, aber dieses zeigte die Nachricht am Begrüßungsschirm an, sodass ich gar nicht anders konnte, als sie zu lesen. Die Nachricht war von einer gewissen Marianne und lautete:

„Na, Josefine? Muss ich dir die 200 EUR zurückzahlen oder klappte es?"

Ich wäre gern Dichter

Meine Söhne kommen zu mir. Sie lernen in der Schule gerade von Goethe, Schiller und den anderen großen Dichtern der deutschen Klassik.

„Papa, der Verrückte will doch tatsächlich, dass wir die Bürgschaft komplett auswendig lernen. Der spinnt, die hat über zwanzig Strophen mit sieben Zeilen. Kannst du uns da helfen?"

Naja, der Papa kann doch immer helfen, oder? Also was tun? Mein Logiksektor schaltet sich ein und die Lösung wird sichtbar wie ein ferner Berg, wenn sich der frühmorgendliche Herbstnebel verzieht: Strophen reduzieren, Strophen kürzen, Gedicht mit Spaß lernen. Klingt gut, oder?

„Also Jungs, sage ich, gebt mir mal eine Stunde Zeit, okay? Dann werde ich eine Lösung für euch haben!"

Es dauert dann zwar fast zwei Stunden, aber schlussendlich hole ich sie wieder ins Zimmer. Widerstrebend, weil gerade „Call of Duty" wichtiger ist, was immer das ist. Sicher ein Lernprogramm für Pflichterfüllung oder sowas. Jedenfalls nichts, worüber man sich bei Fünfzehnjährigen Sorgen zu machen braucht.

„Also, ihr macht das dann so mit dem Deutschlehrer.", erkläre ich ihnen. „Ich gebe euch jetzt ein Gedicht, das auch DIE BÜRGSCHAFT heißt, aber es ist nicht vom Fritze sondern von mir. Wenn er motzt, dann sagt ihr ihm, ihr hättet das missverstanden. Aber er wird nicht motzen, er wird lachen und euch eine Eins geben. Wenn nicht, kümmere ich mich selbst um die Sache, da könnt ihr sicher sein!"

Sie blicken etwas ungläubig drein, aber als ich ihnen das Gedicht gebe und ihnen erkläre, sie sollten es alternierend vortragen, also immer einer eine Strophe, der andere die nächste, was den Aufwand glatt halbieren würde, da sind sie Feuer und Flamme.

Das Gedicht? Hätte ich glatt vergessen jetzt. Hier ist es, ich habe es in der Limerick-Form geschrieben, soll ja lustig sein:

Die Bürgschaft

(sehr frei nach Friedrich Schiller)

Zum Tyrannen schlich still vor Äonen,
der Damon um ihn zu entthronen.
Er wollt IHN glatt erstechen.
Doch erwischt! Er muss blechen!
Mit dem Leben am Kreuz sollt' er's lohnen!

"Nun, ich hätte da gar nichts dagegen!"
meint dazu er zum König verwegen
"Im Moment ist's halt blöd.
Weißt' Du, ohne mich steht
meine Schwester als Braut dann im Regen."

"Na was schlägst Du denn vor Todgeweihter?"
Meint der König zum Damon recht heiter.
"Wie wär's mit einem Bürgen?
Als Ersatz, zum Erwürgen?
Mein Freund Phintias sicher bereit wär!"

"Dann zisch' ab, komm' in drei Tagen wieder!
Denn sonst brech' ich dem Kerl glatt die Glieder!"
meint der König und lacht
(gut gelaunt und das macht
die Brigitte im hautengen Mieder!)

"Wie bring ICH das dem Freunde nur bei?"
denkt der Damon, schaut bei ihm vorbei.
Doch der Freund ist besoffen
so sagt er's ihm ganz offen.
(er kriegt eh nichts mit, ist total high.)

Und der Freund wird nun schnell inhaftiert,
während Damon zur Hochzeit spaziert.
Schnell die Schwester vermählt.
Sie 'nen and'ren jetzt quält.
Und zurück, sonst wird Freund massakriert!

Wieder stimmt die Voraussage nicht,
als der dritte Tag morgens anbricht,
gießt es aus tausend Eimern.
Dabei sollte doch heim er.
Als gerade die Brücke zerbricht!

Und so läuft er am Ufer herum.
Schreit nach Fähren, sehr laut, sieht sich um.
Doch er sieht keinen Nachen.
Und die Fährschiffer lachen:
"Bei dem Sauwetter trink ich Tee-Rum!"

"Ach was soll's, dieses Mitleidsgejaule,
eh' am Ufer ich hier nur verfaule,"
denkt er: "Spring ich hinein!
'S wird so schlimm schon nicht sein!"
Und durchschwimmet den Strom halt im Kraule!

Und er schafft es, kommt an, aber leider
stehn' da drüben schon Räuber und Neider.
Sie schrei'n: "Geld oder Leben!"
Er: "Hab' nichts, kann nichts geben!
Selbst das Leben dem König schuld', leider!"

Und da wird es dem Damon zu dumm.
Ja auf einmal hat ER richtig Mumm.
Nimmt dem ersten die Keule
und mit Donnergeheule
haut die Kerles er ganz einfach um!

Nach dem Regen kommt meistens die Hitze.
Und an diesem Tag war's Jahresspitze!
Es brennt ihn urgewaltig
diese Sonne ganz faltig.
"Ach hätt' ich doch nur noch meine Mütze!"

Aber weil er doch ein schöner Kerle,
denkt 'ne Göttin sich: "Ach diese Perle
lassen wir hier verdorren?
Das wär mehr als verworren!"
Schickt 'ne Quelle ihm, unter der Erle.

Und beinahe schon ist er zuhause.
Nur noch schnell eine deftige Jause,
um zu bleiben bei Kräften,
wenn sie ihn ans Kreuz heften
So viel Zeit muss schon sein, für die Pause!

Er ist schnell, hat nicht grade viel Muße.
Schließlich muss er zurück, zu tun Buße.
So will er sich erheben.
Leider geht das daneben.
Eingeschlafen ist ihm grad der Fuße!

Irgendwie ist sich's grad ausgegangen
Denn der Freund hat schon oben gehangen.
"Lasst den Armen herab!" -
"Oh Mann, Freund, war das knapp!
's Kreuz hat schon mir zum Wehtun ang'fangen!"

Und der König, der hört das Getöse.
Wenn genau man schaut, war er nicht böse.
Die Geliebte war ehrlich
auf die Dauer beschwerlich.
's wär nur Recht, wenn man ihn schnell erlöse.

Und so sprach er: "Es ist bei uns Sitte,
zu belohnen die Treu', darum bitte:
Schenk' ich beiden das Leben.
Doch würd' ich viel drauf geben,
wär' ich in Eurem Bunde der Dritte!"
(„Und wenn's geht, dann erlöst mich von Gitte!")

Sie bekamen eine Eins „für die Originalität" und müssen jetzt in der Theatergruppe der Schule die Hauptrollen in Schillers Wallenstein spielen. Ganz schön viel Text!

Sie waren ziemlich sauer auf mich.

„Hilf uns bloß nie wieder bei den Hausaufgaben!"

Naja, dann hatte es ja doch seinen Zweck erfüllt, das Gedicht!

Horsebackflying

Habt ihr schon einmal ein Kabarett mit Mario Barth gesehen? Ja? Wenn er eine Geschichte erzählt, bei der man mit Garantie lachen muss, sagt er vorher immer: „Eins zu eins so passiert. Kein Scheiß!"

Nun, das was jetzt folgt, ist eins zu eins so passiert. Kein Scheiß!

Es war etwa 1993, als ich mit meiner Freundin und späteren Exfrau in die Dominikanische Republik auf Urlaub flog. Mit 80 Kilogramm Gepäck inkl. zwei Surfbrettern und fünf Segeln und ohne ein Quartier gebucht zu haben. Ging aber alles gut, nach fünf Stunden Verhandlung mit dem Taxifahrer saßen wir im Auto, er legte die Bretter aufs Dach, band sie durch die Fenster fest (Dachträger? Haha!), sodass wir keinesfalls fliehen hätten können und brachte uns von Puerto Plata die 30 Kilometer nach Cabarete, wobei er den Spoilereffekt der Bretter kräftig nutzte und wirklich das Letzte aus seinem 57er Plymouth herausholte. Aber darum geht es hier gar nicht.

Worum es geht, das ist der Reitausflug, den wir machten, als uns die Hände vom vielen Surfen unter den Passatwinden wehtaten. „Vierstündiger Reitausflug in den Dschungel um 500 Pesos inkl. Mittagessen" stand da, was ziemlich genau 500 öS entsprach.

„Ich kann aber nicht reiten!", protestierte ich erfolglos bei meiner Freundin, die das mit einem „Nach den vier Stunden wirst du es schon können!" abtat.

Durch den Dschungel sollte der Ausflug gehen. Also vermutlich auch durch reißende Flüsse. Am besten ziehe ich unter den Jeans die Badehose an, dachte ich mir – und ich mache meistens, was ich mir denke (wenn ich denke).

Als die kleine Gruppe von etwa zehn Leuten sich auf der Ranch der Kanadierin traf, die diese Ausflüge organisierte – ein Püppchen von maximal 45 Kilogramm, wie sollte die einen Gaul kontrollieren können – fragte sie jeden, wie gut er reiten könne. Ein Deutscher vor mir meinte, er sei noch nie geritten und bekam eine Mähre, bei der ich befürchtete, sie würde spätestens in zwei Stunden unter ihm aus Altersschwäche zusammenbrechen. Nein, den Fehler mache ICH nicht, dachte ich mir und meinte nur: „I was ridin' my whole life!". Sie sah mich an und antwortete, dass ich ja nun kein absolutes Leichtgewicht sei, also würde sie mir den „Demon" geben. Ich müsse ihm halt nur gleich zeigen, wer der Herr sei, dann wäre der kein Problem. Meine Freundin meinte nur, ich solle mich in der Gruppe hinten halten, das würde schon gehen.

Ging auch. Solange wir im Schritt ritten. Als die Führerin in den Trab fiel, tanzte ich im Sattel umher wie ein Affe auf einem unwuchten Schleifbock. Meine Freundin meinte nur, ein langsamer Galopp wäre leichter zu beherrschen, ich sollte nur kurz mit der Zunge schnalzen und die Zügel lockerer lassen, diese Westernpferde würden ... den Rest hörte ich schon nicht mehr, aber es stimmte: galoppieren ist leichter als traben!

Ich schloss also schnell zur Führerin auf, und die interpretierte den langsamen Galopp als Zeichen, dass es uns zu zäh ginge und ... ich hörte kein Zungenschnalzen, sie flog einfach im Galopp davon. Es war ein Feldweg mit ein paar Büschen an der Seite, noch kein Urwald, da ging das.

Demon – das erfuhr ich später – hasste es, wenn er ein Pferd vor ihm hatte. Zumindest, wenn es ihm davon galoppierte. Und nachdem der Typ im Sattel die Zügel so locker ließ ... Freunde, ein schneller Galopp in der ersten Stunde auf einem Pferd ist ein tolles Erlebnis. Du fliegst nach vor, du fliegst zurück, in der Kurve fliegst du zur Seite und wenn einer der Büsche einen Ast über den Weg streckt, fliegst du mit dem Holz im Gesicht runter wie im Film. Zumal ich da instinktiv statt intelligent reagierte und mich zurücklehnte, als ich den Ast kommen sah (anstatt mich nach vorne zu ducken, wie man mir zuvorkommenderweise *nach dem Sturz* empfahl).

Leider beschloss einer meiner Füße, im Steigbügel hängen zu bleiben und ein weiteres Klischee zu bedienen, bevor nach gefühlten hundert (realistisch waren es keine zwanzig) Metern der Gaul stehenblieb, weil wegen meines Gebrülls auch die Führerin angehalten hatte. Ich hatte mich nicht gröber verletzt, weil ich glücklicherweise einen Rucksack umgeschnallt hatte, der den Sturz dämpfte. Sozusagen ein Idiotenairbag.

Meine Freundin kam panisch zu mir gelaufen, der Schreck war ihr ins Gesicht geschrieben, und in diesem Moment freute mich dieser Ausdruck höchster Sorge in ihrem Antlitz. Das ist eben echte Liebe! Als sie mich erreichte, ließ sie ihren Gefühlen freien Lauf, riss mir den Rucksack vom Rücken und sah sofort nach: „Gott sei Dank! Die Kamera ist heil geblieben!" Irgendwer hat mich dann auch vom Steigbügel befreit.

Der Rest des Ausflugs war dann aber sehr schön. Wir ritten in der Tat bis zu den Hüften durch einen Fluss, durch den Dschungel, durch Kakaoplantagen, machten ein Picknick, es war herrlich.

Und der Wolf, den mir die nasse Badehose unter den Jeans verpasste, erinnerte mich noch tagelang daran! Ganz offen tat er das!

Ich würde NIE – read it from my lips – NIE wieder reiten! Nie, nie, nie wieder!

1997 heirateten wir, und die Hochzeitsreise ging ... in die Dominikanische Republik. Diesmal allerdings All Inclusive in einer wunderschönen Hotelanlage an der Punta Cana, also im Südosten der Insel.

Weil baden selbst am schönsten Strand irgendwann fad wird, buchten wir einen Reitausflug. Am Strand – bloß keinen Dschungel mehr. Und keine Badehose darunter. Man lernt dazu! Und ich würde mich nie wieder aus Angst zurücklassen, wenn es gefährlich wird, nach vorne mit dem Gewicht! Man lernt ja dazu!

Es wurde nicht gefährlich. Es war ein netter Ausflug, etwas heiß halt. Auch für die Pferde. Am Ende, kurz vor dem Stall, beschloss mein Gaul, die Sache etwas zu beschleunigen, sprich: Schneller zum Stall zu kommen, um etwas zu trinken. Nicht mit mir. Nicht diesmal. Nicht schon wieder! Ich ließ mich nach vorne, worauf er noch mehr beschleunigte und wir flogen über den Sand bis zu den schattigen Palmen beim Stall, wo mein Gaul eine ultimative Schnellbremsung hinlegte und genau im Schatten zu stehen kam.

Allerdings nur er.

Meine Vorlage war wohl doch nicht so optimal gewesen, weil ich – schon wieder wie im Film – mit einem stilechten Salto über seinen Kopf noch ein Stück weitergaloppierte, ehe ich im heißen Sand ebenfalls zum Stillstand kam. Abgang vom Pferd: Note 10! Diesmal hatte ich keinen Rucksack dabei, was jegliche Panikreaktionen meiner Frau von vornherein ausschloss.

Zumindest nichts gebrochen und keinen Wolf und nach ein paar Schneuz- und Hustdurchgängen auch keinen Sand mehr in den Atemwegen. Man darf das getrost als Fortschritt betrachten!

Aber – lies es von meinen Lippen – das war endgültig das letzte Mal, dass ich auf ein Pferd gestiegen bin! Jawohl! Nie wieder! Einmal hinten und einmal vorne abgeworfen zu werden, das reicht echt! Nie, nie, nie, nie wieder!

Ein paar Jahre später waren wir im Urlaub auf Levkas in Griechenland. Ihr wisst schon, was jetzt kommt, oder? Nein Schatz, ich reite nicht mehr! Einmal vorne, einmal hinten – es reicht! Was? Dann hätte ich eh schon alles durchgemacht, schlimmer könne es nicht mehr kommen? Nein, ich reite nicht mehr! Basta!

Linda war ein sehr ruhiges Pferd. Meine Frau hatte dafür gesorgt, dass ich das bravste und ruhigste Pferd von allen bekam. Linda war schon alt, ging nur Schritt und sah nicht mehr so gut. Und die griechischen Straßengräben brechen schon mal ein wenig weg, wenn ein Pferd zu weit auf das Bankett kommt. Aber ich flog weder hinten noch vorne runter. Von Linda.

Diesmal war es seitlich.

Lies es von meinen aufgeplatzten Lippen: Nie wieder!

Familienausflug mit Fotografen

Ich bin nebenberuflicher Berufshobbyfotograf. Oder so. Ja, diese Bezeichnung trifft es ganz gut, glaube ich. Ich habe ein eigenes Fotokonto, alles was ich an Fotoausrüstungsgegenständen kaufe, wird von den Einnahmen aus der Fotografie getätigt. Ein Hobby, das sich selbst erhält! Wer kann so etwas noch von seinem Steckenpferd behaupten?

Wenn die Frau nicht aufpasste, dann habe ich zwar schon auch einmal ein kleines Objektiv aus meiner Privatkasse bezahlt, aber davon musste sie ja nichts erfahren, oder? Auch Männer dürfen ein kleines Taschengeld haben, von dem, was sie verdienen!

Meine damalige Ehefrau war sehr unternehmungslustig. Ein Sommersonntag faul auf Balkonien? Wir sind ja noch nicht neunzig! Nein, wir machen einen Ausflug zu einem netten Waldsee. Eine kleine Wanderung, sagt der Schwiegervater, den ich wirklich sehr mag und der leider sehr gerne wandert, was ich wirklich nicht mag.

„Wie lange gehen wir da?", will ich von ihm wissen.

„Ach, das ist nicht schlimm. Vielleicht eine Stunde."

Also drei bis vier Stunden. Ich kenne seine „Stunden" mittlerweile. Mein Einwand, dass das aber für den Zwillingskinderwagen gangbar sein sollte, wischt er vom Tisch. Alles kein Problem, und einen Kälberstrick habe er immer mit, für das eine kleine Steilstück, da zöge er und ich müsse halt schieben.

Mir schwant Fürchterliches, aber ich habe die Woche viel gearbeitet und bin einfach zu müde für Gegenwehr. Zumal man mich eh schon vor vollendete Tatsachen gestellt hat. Alles schon vorbereitet, inklusive Badesachen und Schwiegervater. Und weil er mir eben sympathisch ist, wehre ich mich nicht lange, sage nur, ich müsse noch meine Fotosachen packen, was sofort einen Aufschrei meiner Frau zur Folge hat, weil mein Rucksack schon vorbereitet wäre. Negativ, Baby! Du kannst mich zu einer Wanderung nötigen, aber nicht, etwas anderes als meinen Fotorucksack zu schultern. Take it or leave it, eine andere Lösung gibt es nicht!

Sie packt also ein wenig um. Verbandszeug raus. Getränk für mich raus. Jause für mich ... he, so geht das nicht! Okay, Jause für mich bleibt drinnen, und ich weiß ja: Ein paar Dosen Bier hat der Schwiegervater sicher im Rucksack, er kennt mich.

Fotozeug packen ist bei uns Fotografen so eine Sache. Man lässt mit Sicherheit genau das zuhause, was man dann gebraucht hätte. Aber heute nehme ich wirklich nur das Nötigste mit: Die normale Kamera, die Infrarotkamera, das Standardzoom, das Fischauge, das Weitwinkelzoom, das Normalobjektiv, das mittelschwere Tele (es könnten ja Tiere auftauchen, die ich knipsen will), den Telekonverter, die Makroringe (oder es tauchen Blumen oder Schmetterlinge auf), das Stativ und die Graufilter (oder Fließgewässer, da braucht man unbedingt ein Stativ), das Putztuch, den Regenschutz, den Blitz (für Gegenlichtaufnahmen) und noch ein paar Kleinigkeiten.

Also dann! Der Rucksack wird geschultert, das Schlüsselbein knackst bedenklich bei den gut zwölf Kilogramm. Aber es wird schon gehen! Gejammert wird dann am Abend! Ich kann sehr glaubwürdig jammern, das kostet sie dann immer eine Massage!

Nach kurzer, einstündiger Anfahrt mit dem Auto hatschen wir also los. Samt Zwillingskinderwagen. Zu den Ödtseen, irgendwo im Salzkammergut (sollte eigentlich Salzjammergut heißen, meint meine Frau) oder was weiß ich wo. Hab' nicht aufgepasst. Ich bin bei Familienwandertagen ein typischer Hinterherläufer. Anfangs Schotterstraße, das geht zäh aber es geht. Dann durch den Wald, über Stock und Stein. Abkürzungen mag mein Schwiegervater, zumal man da den Massen ausweicht. Nach eineinhalb Stunden packt er den Strick aus, er zieht und schwitzt dabei wie ein Marathonläufer bei Kilometer 35 und ich schiebe und bin zu tot zum Schwitzen. Nach einer weiteren halben Stunde sind wir am Wasser. Zwei Stunden zurück, ich denke mit Schaudern daran, stehen uns abends bevor.

Unterwegs hätte es viele schöne Motive gegeben, aber ich wollte die ganze Partie nicht aufhalten. Und den Rucksack abzunehmen wäre zwar gegangen, aber ihn wieder zu schultern? Besser das Schicksal nicht provozieren!

Immerhin war der Weg ungefährlich. Das war schon einmal ein Fortschritt zu unserer letzten Wanderung am Miesweg, denke ich, als wir uns am See niederlassen. Alle sitzen auf einer Decke. Meine fiel meinem Rucksack zum Opfer. Aber das ist mir egal, er hat nämlich wirklich ein Bier für mich dabei. Und meine Frau greift unter den Kinderwagen und holt eine Kühltasche hervor. Mit einer riesigen Melone.

„Sag mal, rennt's dir noch?", frage ich. „Du lässt mich zwei Stunden lang den eh schon so unhandlichen Wagen schieben – und deinen Vater ziehen – und packst dann unten noch eine Zehnkilowassermelone in die Kühltasche?" Auch mein Schwiegervater schaut jetzt leicht missmutig, was mich sogleich etwas befriedigt und die Stimmung abkühlt.

„Die geht aber sehr gegen den Durst!", ist die Antwort. Ja klar, einen Durst, den ich ohne das Ding gar nicht hätte. Jedenfalls nicht so viel. Und Süßes geht selbstverständlich immer gegen den Durst. Hallo! Da liegt ein ganzer Waldsee vor mir. Ein kleiner, okay! Aber der hätte zur Not gegen den Durst mehr als ausgereicht! Aber das Bier schmeckt. War gut eingekühlt, ist immer noch kalt. Da kann man sich auf den Schwiegervater immer verlassen!

„Du machst so viele Bilder, aber von der Familie nie welche! Mach jetzt mal ein Bild von uns!", werde ich kurz darauf im Kasernenton angeherrscht. „Damit du das Zeug nicht mal wieder *völlig umsonst* mitgeschleppt hast!" Sie betont das „völlig umsonst" in einer provokanten Art und Weise, wie das nur Ehefrauen können. Sicher nimmt man die schon als Mädels in der Schule zur Seite und bringt ihnen diesen Ton bei, ganz sicher sogar!

Ich montiere also brav den Blitz auf die Kamera, dann die Kamera aufs Stativ, stelle scharf und den Selbstauslöser ein, stolpere über eine Wurzel zur bereits aufgestellten Familie, alle lachen (ich lache ein wenig gezwungen), es piepst noch drei Mal, dann blitzt es, ich gehe zur Kamera und kontrolliere das Bild – und die Kamera meint nur:

„NO MEMORY CARD!"

Monokini

Nie wieder Ganzkörperbadeanzug! Nach dem Ausflug nach Nizza war mir das klar. Und ich habe das auch kommuniziert. Blöderweise.

Weil mir daraufhin nämlich die letzte Weihnachtsfeier des Fotoklubs auf den Kopf beziehungsweise den Kollegen wieder einfiel, im übertragenen Sinne, nein eigentlich im nicht getragenen Sinne. Wie? Das versteht ihr nicht? Ja, damit seid ihr nicht allein. Ich auch nicht.

Bei der letzten Jahresabschlussfeier (Weihnachtsfeier wird ja wegen des Anklangs an ein religiöses Fest heutzutage als nicht mehr „politisch korrekt" eingestuft) gab es nämlich wie immer eine Tombola. Man zieht ein Los und bekommt mit etwas Glück tolle Gewinne wie Felgenreiniger, lila Regenschirme, Solarlichter für den Garten – oder eben einen Monokini. So einen wie Borat ihn trug, also Sascha Baron Cohen, im gleichnamigen Film „Borat". Die pure Verstofflichung abgründigster Frauenträume war dieser Badeanzug, eine Inkarnation feuchter Fantasien des weiblichen Geschlechts, der Grund so manchen angepatzten Slips unter weiblichen Röcken. Mehr sexy geht einfach nicht!

Zumindest, wenn ein Chippendale Stripper ihn trägt. Bei einem Mittvierziger im sechsten Lebensjahrzehnt (50 ist das neue 40!), mit dezent sich andeutendem Wohlstandsbäuchlein und eingebautem Ertrinkschutz an den Hüften (Rettungsreifen ist ein böses Wort!) ist der Grad der sexuellen Attraktivität dieser Art Badebekleidung schon eher anzuzweifeln, weshalb ich mich bei besagter Weihnachtsfeier – Verzeihung: Jahresabschlussfeier – auch dem Gejohle samt lautstarken Aufforderungen, dieses unsägliche Ding anzuziehen, unter Wahrung eines letzten Rests Würde wort- und kompromisslos entzogen hatte.

Damit wäre die Geschichte eigentlich zu Ende, wenn ich nicht so gerne und oft wetten würde. Meistens gewinne ich ja und genieße es dann, wenn der Karli oder der Fredl sich die Haare lila färben oder High Heels tragen muss, je nachdem, was der Wetteinsatz war.

Aber man kann nicht alle Wetten auch immer gewinnen. Manchmal verliert man eben mal eine. Wenn man schlau ist, plant man das sogar, damit den anderen nicht die Lust am Wetten ganz und gar vergeht. Nur sucht man sich dafür eine Wette aus, wo der Wetteinsatz ein Abendessen oder ein Fass Bier ist, aber keine Wette, wo man mit einem Borat-Badeanzug ins Freibad gehen muss! Noch dazu an einem Sonntag im August!

Andererseits – hätte ich die Wette, dass Rapid auch das Heimspiel nach dem 4:0 Auswärtssieg in der Euroligaqualifikation gewinnt, gewonnen, dann wären der Karli und der Fredi mit dem Boratanzug ... egal, die hirn- und rücksichtslosen Rapidler verloren sang- und klanglos 0:2. Was für jedes Tor Vorsprung eine Stunde Boratanzug im Welser Freibad am Sonntagnachmittag bedeutete. Und zwar nicht gut versteckt unter irgendeinem Handtuch sondern gut sichtbar am Beckenrand stehend.

Ja, sehe ich auch so. Ziemlich scheiße das Ganze! Wenn du dich in diesem grünen Monster auch nur leicht bewegst, verrutscht das Ding und dann ... SIEHT MAN ALLES!

Zumal mir ein Blick auf die Wettervorhersage den letzten Rest Hoffnung raubte, das könnte noch halbwegs unauffällig über die Bühne gehen: Sonntag, 29 Grad und wolkenlos. Na bestens. Fehlte nur noch, dass der Fredl das auf seiner Pin postet.

Nein das fehlte natürlich nicht, er hatte auf diesen Beitrag schon 54 Likes, als ich kurz darauf nachsah.

Aber ich bin ja gerissen. Um das Desaster etwas abzumildern, hatte ich Gegenmaßnahmen ergriffen, wobei ich den entsprechenden Facebookbeitrag vor meinen Freunden und den ganzen Likern verborgen hatte, um Gegenmaßnahmen gegen meine Gegenmaßnahmen zu verhindern.

Der Sonntag kam, ich ging mit meinen Freunden ins Freibad, zog mich um – und einen Bademantel darüber, was Proteste meiner Freunde auslöste, die ich mit dem Hinweis „Zwei Stunden am Beckenrand war der Deal, und keine Sekunde länger!" erfolgreich abwürgte.

Wir gingen also Punkt 11 Uhr zum Beckenrand, und ich sah, dass meine Aktion Erfolg haben würde. Da standen acht Leute mit den aberwitzigsten Badebekleidungen: Burkini, Regenmantel, Badeanzug aus den 1920ern, Neoprenanzug, etc. Ich ließ den Bademantel fallen und holte das vorbereitete Schild hervor, auf dem stand:

„Wir protestieren für unser Recht, dass jeder in der Badebekleidung baden kann, die er oder sie will!"

Ich liebe Facebook. So macht man mittels sozialem Netzwerk aus einem Fiasko eine politische Aktion! Und ich liebte das blöde G'schau meiner Freunde, die kapierten, dass ich sie wieder einmal gelackmeiert hatte! Ich würde die zwei Stunden problemlos und ohne gröbere Rufschädigung überstehen und lachte, dass es mich schüttelte.

Worauf der Badeanzug verrutschte.

Rückenschmerzen

Es war ein sonniger Frühsommertag, als ich herrlich ausgeschlafen aufwachte und mich freute, ins Büro zu gehen, um gut gestimmt mein Tagwerk zu vollbringen.

Nein, das wird jetzt kein Rosamunde Pilcher Kurzroman und ich habe auch keine Wahnvorstellungen – ich arbeite ja wirklich ganz gerne. Wer seinen Beruf mag, der hat seinen Lottosechser schon gewonnen, sage ich oft. Mir tun die Leute echt Leid, die ihre Arbeit nicht mögen (oder ihren Chef – ich mag meinen Chef) und sie nur als notwendiges Übel betrachten. So etwas macht die Tage unnötig länger als sie sind. Subjektiv gesehen. Wenn einem etwas Spaß macht, vergeht die Zeit ja wie im Fluge.

Und dieser Tag schien so ein Flugtag zu werden. Ab ins Auto, in zwölf Minuten bin ich in der Firma. Wenn ich langsam fahre. Und ich fahre eigentlich immer langsam. Ich bin ein Gleiter, das Hetzen überlasse ich denen, die ihre Arbeit nicht mögen. Was an und für sich schon absurd genug ist, aber das diskutieren wir ein anderes Mal. Und die Frauen mögen das an mir, dass ich ein Gleiter bin.

Um 6:40 Uhr bin ich im Büro. Computer einschalten, Kaffeemaschine einschalten, dabei streife ich mit dem verlängerten Rücken ein paar Blätter vom an und für sich aufgeräumten Schreibtisch. Ich bücke mich, um sie aufzuheben – da rammt mir doch tatsächlich irgendein Dämon ein glühendes Messer zwischen die Lendenwirbel. Es ist dreiviertel sieben. Und genauso sieht meine Körperhaltung jetzt aus. Wobei die Uhr noch tickt und der Zeiger sich weiterbewegt, was bei meiner Körperhaltung leider nicht der Fall ist. Der Dämon hat das Messer nicht einfach nur hinein gerammt, nein, er hat es gedreht und verriegelt. Ich kann mich keinen Millimeter mehr bewegen, weder hinunter noch hinauf noch zur Seite. Lupenreiner Hexenschuss, sagt mir mein Logiksektor nüchtern. Worauf mein weniger logischer Teil des Gehirns entgegnet, dass mir neu wäre, dass die jetzt schon auf ihr eigenes Personal schießen. Ja, ich bin ein Mann, aber im Sinne der Gleichberechtigung dürfen wir auch Hexer sein, oder?

Ich weiß, dass kurz vor sieben die Sekretärin kommt und beschließe, mich bis dahin möglichst nicht zu bewegen. Das hat man jetzt davon, wenn man als guter Chef immer der erste im Büro sein will. Das Vorhaben, mich nicht zu bewegen, ist sehr leicht umsetzbar, weil ich wie gesagt dazu eh nicht in der Lage bin. Ich muss im Moment aussehen wie eine halb geschmolzene und dann erstarrte Wachsfigur bei Madam Trussaud.

Um 6:58 läutet das Telefon. Haha. Sehr witzig. Nach dem sechsten Läuten höre ich die Stimme des Anrufbeantworters, dann ein Piepsen und dann die Sekretärin, die sich für heute leider krank melden muss. Fuß verstaucht, sie geht zum Arzt und kommt später, meint sie.

Um 7:45 beginnen meine Oberschenkel zu zittern. Die haben ja keine Starre und regen sich so über die Dauerbelastung in der für sie anstrengenden Stellung auf. Ich werde wagemutig und versuche einen Belastungswechsel, was das glühende Messer im Kreuz sofort mit einer sanften Erinnerung an die Gesamtsituation beantwortet. „Du solltest Bewegungen tunlichst vermeiden!", erinnert mich mein Logiksektor. Arschloch! Das weiß ich selber!

7:53 Uhr: Das Zittern der Oberschenkel alleine löst schon Wellen stechender Schmerzen im Kreuz aus. Irgendwann ist der Punkt erreicht, wo ein Schmerzgleichgewicht eintritt. Das heißt, es ist egal, ob ich mich bewege oder nicht, es tut soundso derart weh, dass mir nicht nur der Schweiß aus allen Poren spritzt sondern auch der Kreislauf wegzukippen droht. Mit letzter Überwindung schlurfe ich millimeterweise die Füße ziehend zum Schreibtisch (das sind fast unüberwindliche dreißig Zentimeter), halte mich dort fest und gehe langsam auf die Knie. Nach einer kurzen Erholungspause lasse ich mich mit Mühe seitlich nieder und liege endlich auf dem Boden. Okay Hexe, du hast gewonnen. Wenn die Sekretärin am späten Vormittag kommen wird, dann bin ich sicher schon tot. Frauen und ihr Geburtsschmerz? Lächerlich. DAS hier sind Schmerzen! Das ist die Mutter aller Schmerzen!

Ich habe Zeit nachzudenken. Das heißt zwischen zwei Schmerzwellen alle paar Minuten. Ich bin 50, das ist doch kein Alter für Hexenschüsse, oder? Und das zwei Tage vor dem geplanten Skiurlaub! Na, das wird noch interessant werden, das Skifahren!

Um 10:30 kommt die Sekretärin bei der Tür herein und sieht mich mit großen Augen an. Ich sage ihr, sie soll keine Fragen stellen, sondern mir bitte ein Ibuprofen und ein Glas Wasser bringen, mir aufhelfen und mich zum Arzt fahren. „Ja, aber ..."

KEINE FRAGEN!

Zwanzig Minuten und 1200 Milligramm Ibu – das brächte einen Ochsen dazu, den Elektroweidezaun nicht mehr zu spüren – später sitzen wir im Auto und fahren zum Arzt. Mir geht es schon etwas besser. Ich verliere zumindest nicht bei jedem Schlagloch kurz das Bewusstsein, nur bei den großen, und nehme mir vor, beim Firmenwagen demnächst endlich die Stoßdämpfer richten zu lassen.

Auf eine Wartezeit beim Arzt habe ich aber keinen großen Bock in dieser gekrümmten Haltung, also steige ich gar nicht erst aus sondern ersuche sie, hineinzugehen und ihm zu sagen, dass ich nicht aus dem Auto komme vor Schmerzen.

Zwei Minuten später steht er mit beiden Sprechstundenhilfen beim Auto – die süße Blonde ist auch dabei – und sie schleppen mich in einem Rollstuhl hinein. Ich mag ihr Parfum, mir geht es gleich ein wenig besser. Bis sie mir sagt, dass der Duft „Witchcraft" heißt.

„Alter!", sagt der Arzt. „Gestern hast mich noch in der Halle beim Tennis geschlagen und heute bist du ein Fall für's Euthanasieprogramm!" Ich mag normalerweise seinen schwarzen Humor ja, aber ...

„Glatter Hexenschuss. Blattschuss, wenn ich so sagen darf. Bullseye!", fährt er fort. „Ich verschreibe dir Sirdalud, dann bist du in zwei Wochen wieder soweit, dass du dich alleine anziehen kannst." Er lacht herzhaft. Ich hasse ihn!

Und das könnte ihm so passen. Dass ich für das Frühjahrsturnier in drei Wochen ausfalle. Aber das sage ich ihm nicht. Laut sage ich:

„Ich fahre übermorgen in den Skiurlaub. Also verschreib' deine Pseudopulverl den alten Schasrodln da draußen und jag mir gefälligst ein Cortisonjaukerl hinein!"

Nein, das mache er ganz ungern, meint er. Sei auch nicht so gesund, die muskelrelaxierenden Tabletten wären da wesentlich gescheiter, worauf ich ihm in meiner freundlich-kollegialen Art mitteile, dass es mir scheißegal sei, was er gern oder ungern mache und er mir jetzt flottest die Spritze geben solle, sonst würde ich ab sofort zum Rainer gehen. Das ist der andere Arzt im Ort, und die beiden mögen sich nicht besonders. Vorsichtig ausgedrückt.

Seine Miene wird hart wie die Muskeln in meinem Rücken, er geht zum Schrank und zieht mit der Miene von Christoph Waltz im letzten James Bond eine Spritze auf, deren Länge mich an der Verwegenheit und Sinnhaftigkeit meiner Bitte sofort wieder zweifeln lässt. Die sieht nicht aus wie eine kleine Cortisonspritze, die sieht eher aus wie die Besamungsspritze eines Tierarztes, nur mit einer Nadel vorne drauf. Mit einer riesigen Nadel!

Was dann folgt, erspare ich euch. Man kann Spritzen in verhärtete Muskeln so oder so geben. Er gab sie SO!!!! Und sicherheitshalber gleich an mehreren Stellen, damit es auch wirklich helfe, wie er mit einem kalten Lachen meinte.

Zwei Tage später stand ich auf den Skiern. Und drei Wochen später auf dem Siegespodest beim Tennisturnier. Mit dem Rainer im Doppel. Rache ist süß!

Und auf seine süße, blonde Sprechstundenhilfe stand ich auch noch lange. Aber ohne Erfolg.

Nur auf meine Arbeit stehe ich seitdem nicht mehr so.

Fotografenleid

Es gab mal eine Zeit, da wollte ich unbedingt Frauen fotografieren. Am besten im Studio, am besten junge, die sich keine Kleidung leisten können. Nur bin ich – wie ihr ja wisst – von Grund auf ein schüchterner Mensch – daher stellte sich das Problem: Wie kommt man zu einem Modell?

Also machte ich das, was alle angehenden Fotografen in so einer Situation machen: Man bucht einen Aktworkshop.

Und dort machte ich das, was alle Fotografen in so einer Situation machen: Man lässt den Finger am Auslöser bis das Ding glüht. Also die Kamera. Nicht was Falsches denken jetzt. Ich war da eher brav. Da gab es andere Knipser. Solche, die einem Modell am liebsten mit der Kamera hineinkriechen würden, „Tittenknipser" nennen wir Fotografen das. Die sind allseits beliebt: Bei den Modellen, weil sie die Damen immer unabsichtlich berühren, bei den Kollegen, weil sie immer im Weg sind und den Ruf ruinieren, und bei den Workshopleitern, weil sie alles besser wissen und sich an keine Vorgaben halten.

Ich machte bei diesem Workshop dann auch Bilder, die alle Fotografen machten: schlechte nämlich. Aber zumindest fiel ich nicht negativ auf. Das tat ein deutscher Kollege, der, glaube ich, drei Stunden lang eine Dauererektion hatte. Also wenn ihr mal eine erektile Dysfunktion habt, bucht einen Aktworkshop!

Der Workshopleiter war natürlich gemein, der wollte, dass wir uns für ein Bild auf den Boden legen, wegen der Perspektive. Das konnte der Tittenknipser halt nicht. Erstens zu alt, zweitens zu fett, drittens zu geil. Manchmal ist das Leben härter als jeder Schwanz!

Danach habe ich nie wieder einen Workshop gebucht. Das mit dem Anschreiben der Damen klappte auch so, und nach etwa einem Jahr machte ich so gute Studiobilder, dass die Damen vermehrt mich anschrieben. Das las sich dann manchmal so, ich gebe euch ein Beispiel:

Hi Du!

IcH hABe AuF dEiNeR pIn So ToLlE bIlDeR gEsEhEn VoLl WeiSsE uNd So ... WiLlStE mAl MiT mIr NeN sHoOtInG mAcHeN, jA? ... LiEbE gRüSsE bUsSi HeRzl

ChAnTaL

Ja Leute, das war die Zeit, wo es für die Mädels das höchste war, abwechselnd Groß und Klein zu schreiben und ein Duckfacebildchen als Profilbild zu haben. Duckface kennt ihr nicht? Ihr wisst schon – sie steht irgendwie schief da, wie ein Werbefoto für eine Wirbelsäulenverkrümmung und macht eine Zuckerschnute, mit weit aufgerissenen Augen, die dir sagen sollen: Ich will genau mit dir, nur mit dir, ja mit dir ... Bilder machen!

Okay, als ich mir ihre Pinnwand angesehen hatte, wo außer ein paar Handybildern (inkl. einem grässlichen Duckfacebild vor dem Spiegel) nichts zu sehen war außer ein leidlich hübsches Mädchen, und nachdem ich nach zehn Minuten ihr Ansinnen entschlüsselt hatte (die Rechtschreibfehler habe ich hier nicht wiedergegeben, sonst hättet ihr keine Chance gehabt, aber erfahrene Modelfotografen sind immer auch ausgebildete Sprachdetektive) schrieb ich ihr also eine PN (das heißt: „Private Nachricht"), dass die Möglichkeit grundsätzlich bestünde. Welche Art Bilder sie sich vorstellen würde? Weil ich keine 0815 Bilder machen würde. Liebe Grüße.

Nach etwa einer Woche kam dann auch blitzartig die Antwort. Der Emailpostweg braucht halt auch seine Zeit. Nun ja, ihr Freund hätte übernächste Woche Geburtstag, also so ein wenig erotische Bilder wären schon toll, damit sie ihm eventuell eines schenken könnte, aber nichts Nacktes, weil sie ja noch eine tolle Modelkarriere vor sich hätte, und ihre Freundin hätte ihr gesagt, da darfste keine Nacktfotos machen, sonst biste weg. Und ob 150,- EUR die Stunde für mich okay wären?

Hä?

Die wird doch nicht glauben, ich zahle für sie? Wenn sie mich anschreibt, weil sie Bilder für ihren Freund will und ganz offensichtlich noch null Erfahrung mit Shootings hat? Nein, das kann nicht sein. Also antwortete ich, dass 150,- pro Stunde *absolut okay* wären, aber ich wolle mal nicht so sein, ich würde für sie einen Sonderpreis machen und nur 120,- verlangen, bei etwa vier Stunden Shooting solle sie dann bitte also 550,- EUR mitnehmen, da wären das Studio und die Visagistin dann auch schon inkludiert. Termin könnte ich ihr schon in vier Monaten einen machen, weil mir gerade ein Modell ausgefallen sei. Das ginge sich dann für den Geburtstag ihres Freundes im nächsten Jahr locker aus.

Diesmal kam die Antwort schon nach einer Stunde.

Ich hätte sie da offensichtlich total missverstanden. Also sie würde natürlich *zu bezahlen sein*, immerhin sei sie ein tolles Model, und ich bekäme da ja auch super Bilder, etc. etc.

Na klar, mache ich nächstes Mal beim Dorfwirt auch. Er soll mich für's Essen bezahlen, schließlich wäre ich eine tolle Werbung, oder? Normalerweise breche ich daher hier mit einer kurzen Nachricht, dass kein Interesse mehr bestünde, ab. Aber in diesem Fall war mir fad. Also ließ ich den arroganten Starfotografen raushängen.

Und habe dann nichts mehr von ihr gelesen oder gehört. Nur dass sie das mit der Modelkarriere dann doch aufgegeben hatte und zuerst Visagistin und dann Fotografin geworden ist. Das schrieb sie jedenfalls auf ihrer Pin über ihren unscharfen, fehlbelichteten Werken.

Muss sie mal anschreiben. Ich will Bilder von mir. Um 200,- pro Stunde ist sie dabei.

Hi Du!

IcH hABe AuF dEiNeR pIn ...

Halloween

Alle Jahre wieder!

Nein, nicht das Christkind ist gemeint, sondern die ganz und gar unchristlichen, heidnischen Gebräuchen frönenden und lärmenden Gören vor der Haustüre am 31. Oktober. Dieser Brauch, und das wissen viele nicht, kommt ja gar nicht aus dem gelobten Land, also den USA, sondern ist ein Überbleibsel der alten, keltischen Religionen. Dort feierte man nämlich am 1. November das Fest Samhain, das dann von gefinkelten Christen in Allerheiligen umgewandelt wurde, weil man ja heidnische Feste viel leichter auslöschen kann, wenn man sie mit christlichen Inhalten überlagert. Was die Kleriker nicht auslöschen konnten, war der heidnische Glaube, dass sich in der Nacht vor Samhain die Tore zum Jenseits öffneten und die Toten in unsere Welt kommen dürfen. Vermutlich, um die Vorräte an Wein aufzufüllen. Ich habe da nämlich so meine Zweifel, ob die im Paradies guten Wein keltern können, bei der ganzen Frohlockerei. Keltern konnten die Kelten sicher besser, das sagt ja schon der Name.

Jedenfalls war das der Abend vor Allerheiligen, also der „All Hallows Eve(ening)", und aus dem wurde dann abgekürzt und etwas vernuschelt eben „Halloween". Das haben die Kelten, ähm die Iren, dann in die USA exportiert, und wir haben es von religiösem Beiwerk befreit und reimportiert und zum Leidwesen der RAIBA damit den uralten christlichen Brauch des Weltspartages quasi gänzlich eliminiert. Naja, Weltspartag mit eBanking ist ja auch so eine Sache. Man bucht das Geld mit ELBA auf das Sparbuch und bekommt dafür ein virtuelles Grillbesteck für eine virtuelle Grillfeier. Nicht besonders verlockend!

Und jetzt stehen die Bälger der Nachbarn, die mir sonst die Kirschen und Zwetschgen vom Baum klauen, quasi im Weltspartagskompensationsbrauch vor der Türe und läuten Sturm und brüllen „Süßes! Sonst gibt's Saures!"

Bei den Kleineren warten zehn Meter dahinter die Mamis und passen auf, dass die Kleinen keinen Unsinn machen und sich nicht eventuell ins Wirtshaus verlaufen, wo sie einen Eindruck von ihren Vätern bekommen könnten, den man den Kindern ersparen sollte. Zumindest wenn sie nicht gerade so mit dem Tratschen beschäftigt wären, die Mamis, dass sie nicht einmal merken würden, dass man ihre als Bär verkleidete Kleine gegen einen Neufundländer ausgetauscht hat.

Ich habe aber leider keinen Neufundländer mehr. Schon seit vorvorigem Halloween nicht mehr. Also muss ich mir etwas anderes einfallen lassen, damit die Gfraster wenigstens im nächsten Jahr nicht mehr wiederkommen. Außer die Kleine vom Bungalow drei Häuser weiter. Die darf. Aber nur, wenn sie ihre Mami mitnimmt. „Süße, gleich gibt's was Hartes! Haha!"

Voriges Jahr habe ich ja einfach nicht geöffnet. Schlechte Taktik. Ganz schlecht! Kinder sind erstens einfallsreich und zweitens nachtragend. Ich will nicht näher darauf eingehen, welche Streiche sie mir das letzte Jahr gespielt haben, nur dass ich wieder über die Anschaffung eines Hundes nachgedacht, es dann aber doch gelassen habe.

Also heuer muss eine neue Strategie her! Aber welche? Ich denke an die Kirschen und Zwetschgen, die sie mir klauten und die ich sonst so gerne gedörrt habe und es fällt mir wie Schuppen aus den Haaren: Heuer gibt es was Süßes! Rumzwetschgen bekommt ihr heuer, liebe Kinder!

Um 18:27 steht schon die erste Dreikindhorde vor der Tür (samt Mamis am Gartenzaun). „Schüüüscheesch schont ibt Schauresch!", brüllt mich die maximal Fünfjährige Alice im Wunderland mit ihrem niedlichen Sprachfehler an. Na gerne doch meine Kleine! Halt deinen Beutel auf, ich habe was Guuuuutes für dich, das bringt dich tatsächlich ins Wunderland! Und jaaaaa, ich bin der irre Hutmacher!

Die Mami lächelt mir vom Gartenzaun zu und formt ein lautloses „Danke!", da kriege ich fast ein schlechtes Gewissen. Fast.

Ab jetzt geht es im Zwanzigminutentakt weiter. Da könnten sich die Wiener Verkehrsbetriebe was abschauen, so pünktlich wie die Gören sind! Und alle bekommen sie was von mir, ich beginne fast, dabei Freude zu empfinden. Weil sie sich so darüber freuen? Auch. Naja, ein wenig halt.

Um 20:27 kommt die letzte Gruppe. Ist eigentlich nur ein viel zu groß geratenes Kind, das sich als Polizist verkleidet hat. Und der hat auch seine Mami mit, ich pack' es nicht! Na egal. Dem gebe ich, bevor er noch was sagen kann und auch, um ihm die Freude zu verderben, den Rest der Rumpflaumen. Er hat zwar keinen Beutel mit, aber die Polizeikappe in den Händen, da werfe ich die halbe Packung rein, die ich noch habe. Ja mein Freund, die Nacht und den Brand morgen wirst du lange nicht vergessen, hahaha!

Oh, da sehe ich: Die Mami, die er mit hat, das ist ja diese heiße Braut. Wusste gar nicht, dass die außer der kleinen Tochter auch noch einen größeren Sohn hat. Und weil ich selbst auch zwischendurch immer ein paar Rumzwetschgen genascht habe und ein wenig angeheitert bin, was mutig macht, lalle ich ihr zu, sie solle doch ihren Sohn alleine nach Hause schicken und sich statt um den Bengel lieber um meinen Schwengel kümmern.

Um meinen Schwengel hat sich der Arzt schon gekümmert. Nur eine Prellung mit Bluterguss, meinte er. Der Arzt vernäht jetzt gerade das Cut über meinem rechten Auge, während ich an all das zurückdenke. Meinen Arm hat er vorher schon eingegipst und meint, ich könne in drei Tagen sicher wieder nach Hause, wenn ich die ausgekugelte Schulter wieder bewegen könne. Der Doktor quasselt echt die ganze Zeit, das nervt ziemlich. Jetzt gerade sagt er:

„War übrigens ein netter Polizist, der Sie vorhin hergebracht hat. Kennen Sie den näher? Der war heute schon das zweite Mal da. Ich habe nämlich seiner Tochter wegen einer leichten Alkoholvergiftung den Magen auspumpen müssen. Unglaublich, was manche Leute Kindern antun, nur weil sie zu Halloween um Süßigkeiten betteln."

Ich beschließe, mir doch wieder einen Hund zuzulegen. Einen Bullterrier. Die heißen nicht umsonst so. Vor denen haben sogar Bullen Terror.

Phantomschwangerschaft

Jeder hat mal einen. Einen schlechten Tag meine ich. Da darf man mir dann eben nicht blöd kommen, sonst werde ich richtig ungut. Wobei „ungut" bei mir nicht heißt, dass ich aggressiv werde, nein, da werde ich wirklich ungut. Subtil ungut. Gefinkelt, ausgekocht, erfinderisch ungut!

Letzten Donnerstag war so ein Tag. Ärger in der Firma, Kopfweh, Rasenmäher eingegangen, Kratzer am Auto. Was tut man in so einer Situation? Nur absolute Masochisten sehen sich da auch noch die Nachrichten im Fernsehen oder gar ein Fußballspiel einer österreichischen Mannschaft in der Euroliga an. Nicht mit mir! Ich beschließe also, zum Stammtisch zu gehen und mich ein wenig abzulenken. Oder abzureagieren. Bei einem Bier. Oder auch bei fünf Bieren. Sowas soll man nicht planen. Pläne sind sowieso nur unsere hilflosen Versuche, das Schicksal zum Lachen zu bringen.

Ich komme also zum Dorfwirtn und poltere in die Gaststube, wo man seit kurzem gar nicht mehr rauchen darf. Was meine Laune jedes Mal drückt, wenn ich die alte, knarrende Eichentür aufdrücke. An normalen Tagen ist das kein Problem, wenn ich dann in das freundliche Gesicht vom Karli oder in das dümmliche vom Fredi blicke, aber heute ...

„Grüß Euch, ihr Fetznschedln!", melde ich mich mit meinem üblichen Gruß an. Muss ja nicht jeder gleich wissen, wie ich drauf bin, oder? Da kann man durchaus so freundlich wie immer willkommen sagen.

„Servas, du Plutzer!", tönt es wie gewohnt aus der Runde. Sie haben also nichts gemerkt. Noch nicht. Wir sitzen dann in unserer Männerrunde und trinken friedlich unser Bier, meine Laune bessert sich zusehends aufgrund des intelligenten Schweigens in der Runde, als der Fredi mit hochrotem Kopf herein stolpert und ohne zu grüßen gleich mit der Tür ins Wirtshaus fällt.

„Ihr müsst mir helfen!"

Wir erklären ihm höflich, dass er sich zuerst einmal hinsetzen und ein Bier trinken soll, dann würden wir uns sicher seines Problems in unserer üblichen, sachlich-rationalen Weise annehmen:

„Deppada, zuerst setzt du dich mal her und saufst eines mit. Dann schauen wir, verstehst? Glaubst wir haben nichts anderes zu tun als uns deinen Scheiß anzuhören?"

Gelächter. Ja, wir pflegen einen herzlichen Umgangston in unserer Runde.

Er bestellt sein Bier, wir stoßen an, worauf sich der Karli die halbe Halbe fluchend auf seine Hose schüttet, was ein paar blöde Sprüche auslöst wie „Na, jetzt spürst da unten auch mal was Feuchtes, hahaha!" – und plötzlich beginnt der Fredi fast zu weinen und erzählt.

Er hätte gestern Sex gehabt mit einer neuen Bekanntschaft. Ohne Gummi blöderweise, weil die immer reißen, sein Ding sei einfach zu groß, meint er, was wieder Gelächter auslöst, diesmal aber eher ein verlegenes, neidisches Gelächter, wir waren nämlich schon mit diesem Angeber in der Sauna. Die Welt ist manchmal tatsächlich ziemlich ungerecht. Und irgendwie sind wir alle sauer auf ihn, weil er die Ansprüche der Damenwelt damit in Bereiche treibt, wo wir anatomisch einfach nicht mithalten können. Das würde also heute der Tag der Rache, denke ich mir, als er weitererzählt:

Jedenfalls – ähm – als er ihn rauszog, hätte er gemerkt, dass – ähm – nun, die Frau wäre anscheinend – ähm – na, man kenne das ja, dass Frauen manchmal indisponiert (das Wort verwendete er nicht, er meinte es aber wohl, als er „intubiert" sagte) – ähm ...

„Da ist der Seemann wohl unabsichtlich ins Rote Meer gestochen, was?", lache ich auf, ohne ihn über seinen intubiert-indisponiert-Fehler aufzuklären. Damit soll er sich ruhig noch einmal woanders blamieren.

Rot wird jetzt auch der Kopf vom Fredi, als er kaum merklich nickt. Und da erinnere ich mich daran, dass ich heute richtig mies drauf bin.

„Na, dann ab zum Frauenarzt. Weil sowas darfst nicht auf die leichte Schulter nehmen!". Ich habe meine todernsteste, seriöseste Miene aufgesetzt, derer ich fähig bin.

„Wieso das?", will er wissen, wobei ich seine Angst förmlich riechen kann.

„Fredi, du weißt ja, dass bei der Regel die Frauen die Eizellen mit dem Blut abstoßen, oder?"

„Ähm ... ja, glaub schon!"

„Eben. Normalerweise wird ja dein Sperma die Eizelle im Eileiter der Frau befruchten. Dann wird sie schwanger. Das wäre schlimm genug, aber wenn sie die Regel hat, dann ... uiuiui!"

Ich trinke in aller Seelenruhe einen Schluck, um das wirken zu lassen und beobachte eher die Kumpani und weniger den Fredi, wobei ich mit Genugtuung bemerke, dass sie Mühe haben, sich das Lachen zu verkneifen. Ich schaue sie mit einem kaum merklichen Kopfschütteln finster an. Jetzt noch nicht lachen, Leute, bitte! Der Fredi ist jetzt von einem satten Rot in ein fahles Grauweiß gewechselt und flüstert mehr als er sagt:

„WAS ist dann? Was meinst du?"

Ich fahre todernst fort: „Na, dann schwemmt also die Regel die Eizelle aus, und wenn du da mit ihr Verkehr hast, dann gelangt also diese Eizelle in deinen Pimmel und von dort in deine Hoden und dort hat sie Millionen Spermazellen und kann sich eine zum Befruchten aussuchen."

„WAS?", jetzt schreit er tatsächlich, wenn auch ein wenig heiser. Jetzt stinkt er fast nach Panik.

„Ja!", fahre ich fort, „Das nennt man dann eine sogenannte Testikularschwangerschaft. Grausliche Sache, redet keiner gerne drüber, aber kommt durchaus vor. Auf Deutsch: Du bist möglicherweise schwanger, und wenn du das nicht schnell abtreiben lässt, werden dir in einigen Tagen die Eier platzen. Kein schöner Anblick!"

Der Fredi tut mir jetzt fast schon leid. Der Karli muss sich umdrehen, so reißt es ihn beim Versuch, das Lachen zu unterdrücken. Aber er hält durch. Braver Karli!

„Das ist jetzt nicht wahr, oder? Du pflanzt mich, oder?" Fredi wäre jetzt schon längst umgefallen, wenn er nicht sitzen würde. Ich bleibe aber ernst. Meine Miene ist aus Stein, als ich langsam und mitleidend den Kopf schüttle. Und die vom Franzl ist auch todernst, als er sagt:

„Fredi, ich habe noch nie darüber gesprochen, aber mir ist das vor Jahren passiert. Sie konnten es gerade noch rechtzeitig rausschneiden, die Schmerzen waren fürchterlich, aber wenigstens funktioniert jetzt wieder alles. Der Arzt sagte: Einen Tag später und wir hätten die Nüsse knacken müssen."

Schweigen. Nach geraumer Zeit kommt ein kaum hörbares „Und was soll ich jetzt tun?" vom Fredi.

Wir erklären ihm, dass er ohne zu zögern morgen früh sofort zur Frauenärztin muss. Bei so einem schweren Notfall bräuchte er eh keinen Termin. Einfach der Empfangsdame sagen, dass er möglicherwiese eine Testikularschwangerschaft hätte. Wenn er das nicht täte ... gute Nacht ihr beiden da unten! Danke für die schönen Momente, ab heute komme ich ohne Frauen aus!

Aber jetzt solle er erstmal ein paar Bier trinken. Alkohol verlangsame nämlich die Zellteilung, darum sollten ja Frauen keinen trinken, wenn sie schwanger sind, nicht wahr?

Es bleibt nicht bei einem Bier. Fredi hat viel zu viel Angst. Gut dass die Frauenärztin ihre Ordination mitten im Ort hat und der Fredi ganz in der Nähe wohnt, denke ich mir, während sich meine Laune langsam hebt. Da kann er morgen zu Fuß hin wanken, mit all dem Restalkohol.

Alles in allem war es dann noch ein recht netter Abend. Und als ich am Freitagmorgen in die Arbeit fahre, mache ich kurz vor acht kleinen Umweg über das Ortszentrum. Genau zur richtigen Zeit. Ich sehe gerade noch, wie sich der Fredi verstohlen um sich blickend durch die Eingangstür in die Ordination stiehlt.

Nächsten Donnerstag werde ich den Stammtisch lieber meiden. Beim Fredi ist nämlich alles ziemlich groß, von seinem Verstand mal abgesehen.

Pechvogel

Ich war ja zeitlebens ein Glückspilz. Ich habe zwar nie etwas im Lotto gewonnen, was auch äußerst eigenartig gewesen wäre, wenn man bedenkt, dass ich mich immer standhaft geweigert hatte, diese Deppensteuer zu bezahlen, aber sonst – ich kann echt nicht klagen. Im Übrigen ist Glück ja etwas Relatives. Wenn ich mir da nämlich als Normativ den Martin betrachte, dann sind alle anderen Menschen auf der Welt Glückspilze. Der Martin ist wirklich die Verkörperung eines Pechvogels. Dabei ist er weder linkisch noch tollpatschig, nein, er zieht einfach nur Unfälle magisch an. Er ist quasi ein Katastrophenmagnet, wie meine Exfrau einmal so treffend formulierte, als er nach einem Kaffee bei uns beim Aufstehen das Tischtuch unabsichtlich samt des von Oma geerbten Gmundner Porzellans vom Tisch zog. Ich für meinen Teil sah mich in diesem Moment mal wieder eher als Glückspilz, weil dieses scheußliche grünweiße Zeug endlich kaputt war. Ich war ja nie Rapidfan, nach der verlorenen Badeanzugwette schon gar nicht mehr.

Dabei hat es auch gute Seiten, ein Pechvogel zu sein. Wenn meine Freunde ein Haus bauen, fragen sie immer mich und nie den Martin um Hilfe. Jedenfalls nicht mehr, seit er beim Betonieren einer Kellerdecke beim Sepp samt Betonelementen hinunter krachte und sich beide Unterschenkel brach, weil der Hersteller die Elemente noch „grün", also unausgehärtet geliefert hatte – und noch dazu zu kurz. Messfehler, meinte er lakonisch, als er Martin einen Blumenstrauß ins Krankenhaus brachte. Leider waren es Narzissen. Martin ist allergisch auf Narzissen. Das wusste der Baufirmenheini aber nicht und ging gerade noch rechtzeitig, bevor Martin seinen anaphylaktischen Schock bekam.

Ich kenne mich ja ein wenig mit Statistik aus. So etwas wie Pech gibt es nicht auf Dauer. Jedenfalls sagt die Statistik nichts darüber aus, wie das jeweils nächste Ereignis ausfallen wird, egal wie oft man vorher Glück oder Pech hatte. Daher dachte ich mir, ich müsse dem Martin helfen, wieder zuversichtlicher zu werden. Weil ich glaube, dass Pech oftmals auch einfach auf eine Art und Weise *herbeigefürchtet* wird, wenn ihr wisst, was ich meine. Man rechnet so fix mit einem Ereignis, dass es dann gar nicht anders kann als einzutreten, nicht wahr?

Also beschloss ich, mit dem Martin in den Urlaub zu fahren. Ein Glückspilz und ein Pechvogel sollten in Summe einen neutralen Urlaub haben, oder? Nach Rom, Kurzurlaub, vier Tage. Was konnte da schon groß passieren? Okay, wir hätten auch fliegen können, aber man muss das Schicksal nicht gleich ultimativ herausfordern, ja?

Martin gab also noch schnell seinen Lottoschein mit seinen immer gleichen Glückszahlen ab, verabschiedete sich von seiner Frau, die mit ihrem blauen Auge irgendwie lustig aussah, mit einem Kuss, und los ging es. Das blaue Auge? Nein, nicht was ihr denkt. Er hatte ihr unabsichtlicherweise den Besenstiel ins Auge gerammt, als er die Terrasse kehrte und sie ihm ein Glas Saft brachte, weil es an diesem Tag sehr heiß gewesen war. Das war aber schon vor ein paar Tagen gewesen. Als wir fuhren war es eher schwül und die Insekten ziemlich lästig, weshalb wir uns auch nicht mehr lange aufhielten und schnell ins Auto stiegen.

Bis Innsbruck ging alles gut, wenn man mal davon absah, dass mein Kühler kochte, ein Problem, das man durch Hineinpinkeln lösen kann, wenn man merkt, dass die Trinkwasserflasche leider am Rücksitz ausgelaufen ist, weil Martin sie schief zugeschraubt hatte, als er seinen Hornissenstich kühlte. Zugegeben: Es ist unwahrscheinlich, in einem Auto von einer Hornisse gestochen zu werden, aber es ist nicht unmöglich. Sowas kommt vor. Vor allem bei Martin. Dass er sich beim Kühlerfüllen den Pimmel am heißen Motorblock verbrannte, war sicher kein Pech, weil wenn sich jemand dazu auf die Stoßstange stellt und das Gleichgewicht verliert, während er sie herunter tritt, ist das Blödheit und kein Pech. Jedenfalls fuhren wir dann weiter, allerdings nur bis zum Brenner, weil das Wasser langsam durch die Rückbank gesickert und die Batterie erreicht hatte, die ein richtiges Auto heutzutage dort und nicht mehr im Motorraum untergebracht hat. Wenn das alles Pech war, dann war es aber nur *einmal* Pech, weil der Rest dann ja Folgen davon waren, redete ich mir ein und beschloss, Hornissen in Zukunft weniger tolerant zu begegnen, Tierfreund hin oder her.

Der Leihwagen lief dann immerhin bis Rovereto Süd, das ist in der Höhe des Gardasees. Dort platzte leider ein Reifen. Sowas ist auf der Autobahn meistens unangenehm, aber Leihwagen sind ja versichert. Zumindest wenn derjenige fährt, der ihn ausgeliehen hat, aber ... nun ja, Martin tat eben immer noch sein Pimmel weh und so war ich ein kurzes Stück gefahren.

Also ging es mit dem Zug weiter nach Rom, weil solch kleinere Zwischenfälle einen richtigen Mann nicht von seinem Vorhaben abbringen können. Wäre ja gelacht! Um das Theater mit der Versicherung kann man sich ja immer noch kümmern, wenn man wieder zuhause ist. „Falls wir wieder nach Hause kommen!", meinte Martin, worauf ich ihm ordentlich die Meinung sagte in Bezug auf „positiv denken" und so.

Weil wir irgendwie den falschen Zug genommen hatten, beschlossen wir eine kleine Änderung des Reiseziels und fanden, dass Venedig auch einen Besuch wert wäre, nicht wahr? Außerdem lag es ja auch viel näher (Und es gab dort keine Autos. Autos sind potentiell ziemlich unfallträchtig, wie mir langsam klar wurde. Und Hornissen gibt es da auch kaum.)

Wir kamen also ohne weitere Zwischenfälle am Bahnhof Ferrovia in Venedig an, es war etwa drei Uhr nachmittags, und wir beschlossen, uns ein Hotelzimmer zu suchen. Das klappte auch gleich, am Bahnhof empfahl man uns das Hotel Belle Epoque, das sei nur etwa 300 Meter vom Bahnhof entfernt, und es sah auch wirklich nett aus am Prospekt.

Und noch dazu bleiben es 300 völlig unfallfreie Meter! „Na siehst du? Geht doch!", meinte ich und drehte ich mich kurz vor dem Hotel, noch am Canal Grande, zu Martin um, der schon ziemlich keuchte, weil an seinem Koffer die Rollen abgebrochen waren, als er ihn aus dem Zug auf den Bahnsteig fallen ließ. Er hätte ihn ja auch hinstellen können, wenn er nicht beim Aussteigen ausgerutscht wäre. Die Schürfwunde am Kopf sah aber nicht allzu schlimm aus.

Martin lachte mich an, stellte seinen Koffer ab und holte sein Taschentuch aus der Hose, um sich den Schweiß abzuwischen. Das erste Mal sah er fast glücklich aus. Jedenfalls glücklicher als die japanische Braut, auf deren Schleppe er den Koffer gestellt hatte, worauf sie das Gleichgewicht verlor und in den Kanal plumpste. Was müssen diese dämlichen Japsen auch alle in Venedig heiraten? Und wenn man es nüchtern betrachtete, hatte *sie* das Pech und nicht Martin, oder? Das sah ihr Mann ein wenig anders. Und dass der Karate konnte, das war dann schon Pech. Für den Martin.

In Venedig ein Krankenhaus zu finden, das ist reine Glückssache. So gesehen hatten wir eigentlich viel Glück, weil Martin dort innerhalb von vier Stunden eine wirklich kleidsame Nasenschiene bekam. Bei der Hitze von Venedig im Sommer juckte das Plexiglasding zwar dauernd höllisch, aber was soll man machen? Davon ließen wir uns den Kurzurlaub nicht verderben. Auch nicht vom mittlerweile beulengroß angeschwollenen Hornissenstich.

Der Rest des Urlaubs verlief dann ziemlich ereignislos – gemessen am schon Erlebten. Und zumindest wenn man davon absieht, was im Dogenpalast passierte.

Wir wollten ja am nächsten Tag auf den Markusplatz, uns die Basilika ansehen und dann in den Pallazo ducale, also in den Dogenpalast. Das muss man einfach gesehen haben, wenn man Venedig besucht, nicht wahr? Nach der Besichtigung der Markuskirche hatten wir allerdings beide ziemlichen Hunger, also gingen wir in eine Seitengasse in ein nettes, kleines Restaurant. Martin hatte es ausgesucht, und er hatte eine wirklich gute Wahl getroffen, das muss ich schon sagen. Meine Spaghetti waren erste Sahne und auch sein Fischrisotto war sehr gut. Sagte er, mit vollem Mund und richtig glücklich grinsend. Zum Glück wussten wir ja jetzt schon, wo das Hospital war, sodass man ihm den Magen noch rechtzeitig auspumpen konnte. Und ja, es ist schon ziemliches Pech, wenn du in Italien ein Stück Kugelfisch erwischt, den gibt es normalerweise nur in Japan. Ich verstehe heute noch nicht, wie das passieren konnte. Aber er hatte Glück im Unglück, es war nur ein kleines Stück gewesen.

A propos Japan.

Im Dogenpalast, dessen Besuch wir wegen der Kugelfischaffäre um einen Tag hatten verschieben müssen, waren wie immer ziemlich viele Leute. Auch eine japanische Touristengruppe. Sind überhaupt viele Japaner in Venedig, das ist irgendwie Klein-Tokio im Sommer. Und meistens stehen sie mit ihren Idiotenantennen, also den Selfiesticks, auf den Brücken und grinsen dämlich.

Wir sehen uns also gerade den Waffenraum an, da kommt so ein Samuraiverschnitt auf uns zu, besser gesagt auf Martin, und will, dass wir ein Foto von ihm und seiner Frau machen.

Der Martin hatte da wohl noch den vorgestrigen, fernöstlichen Zwischen- und Kanalfall im Kopf und reagierte ein wenig panisch, weil er glaubte, das wäre der Bräutigam, der ihm nochmal eine Lektion in Karate geben wollte. Die sehen ja auch irgendwie alle gleich aus, diese Asiaten. Also griff er sich eine Hellebarde, um sich den Burschen vom Leib zu halten, worauf der gesamte Waffenstapel mitten im Waffenraum krachend zu Boden polterte.

Es war ein ziemliches Chaos, dem wild gestikulierenden und herumschreienden italienischen Museumsordner auf Deutsch erklären zu wollen, dass das alles ein Missverständnis gewesen wäre, und dass wir keineswegs die Hellebarde klauen wollten, nein, alles nur ein Versehen, mamamia!

Leider war der japanische Bräutigam *doch* in der Gruppe, und der verkomplizierte die Sache dann zusätzlich. Und die anderen Japsen knipsten das Spektakel, bis die Canons glühten!

Nachdem wir die Strafe bezahlt hatten, brachten uns die netten Carabinieri dann sogar mit dem Polizeiboot vom Polizeiposten zurück zum Hotel, wo wir unser Gepäck holten und einen Tag früher abreisten. Die Carabinieri begleiteten uns dann noch bis zum Zug und warteten, bis wir eingestiegen waren. Sehr nett, diese Italiener, muss ich schon sagen!

Dann hatten wir aber sogar Glück. Mein Auto war mittlerweile repariert und nach Innsbruck gebracht worden, und die Heimreise verlief tatsächlich ohne Zwischenfälle. Vielleicht auch, weil ich vorsorglich kein Trinkwasser mitgenommen und darauf bestanden hatte, die

Autofenster geschlossen zu lassen. Wegen der Hornissen, ihr wisst schon!

Zuhause angekommen, wollte ich Martin gegenüber schon fast zugeben, dass er wohl wirklich eine Spur mehr Pech hatte als so manch anderer, da schrie er auf, während er mit seinem Handy herumwachelte: „Mensch, du wirst es nicht glauben! Ich habe den einzigen Sechser im Lotto. Mann, du bringst mir echt Glück!"

Ich habe mich so mit ihm gefreut, das kann ich euch gar nicht sagen. Zumindest, bis er merkte, dass der Lottoschein weg war. Und seine Frau auch. Mit dem Lottoschein.

Wobei man da jetzt diskutieren könnte, ob das Pech war oder Glück.

Ein Alptraum

Was ich immer zusammenträume, das geht auf keine Kuhhaut. Darf man das überhaupt noch so schreiben im veganen Zeitalter? Aber „geht auf keinen Sojahalm" ist irgendwie nicht adäquat, oder? Wie auch immer – ich träume viel und wirr, und meistens gewährt Gott mir die Gnade, mich daran nicht mehr erinnern zu können, wenn ich aufwache. Habe ich das in diesem Buch nicht schon einmal erwähnt? Ich erinnere mich nicht!

Jedenfalls schien der liebe Gott gestern früh Wichtigeres zu tun zu haben als sich um meine Posttraumamnesie zu kümmern, und so riss es mich frühmorgens um halb elf schweißgebadet aus einem furchtbaren Alptraum, der noch so präsent war, dass es mir kaum möglich war, Realität und Fantasie zu trennen. Ihr werdet es gleich verstehen. Zumindest, falls ihr eine Tochter habt. Ich habe ja keine, aber im Traum ist eben manches anders. Da schrieb mir meine Tochter einen altmodischen Brief. Keine whatsapp-Nachricht, kein Email, nein, einen richtigen Brief auf blassblau liniertem Briefpapier, gefaltet und in ein Kuvert gesteckt, mit einer Briefmarke versehen und an mich gesendet. Mit der guten, alten Schneckenpost. In meinem Traum studiert meine neunzehnjährige Tochter weit im Norden Deutschlands seit einem Jahr Irgendetwas. Was, das hat der Traum nicht gesagt. Ist aber auch egal. Er hat genug anderes gesagt.

Ich lese in Gedanken diesen Brief einfach noch einmal vor, okay?

Lieber Papi!

Weihnachten naht, und hier in Hamburg ist das nicht halb so schön wie zuhause in Oberösterreich. Ich vermisse euch alle sehr und würde mich normalerweise schon so auf ein Wiedersehen zu Weihnachten freuen, aber das klappt heuer leider nicht! Leider, leider!

Nein, keine Angst, es ist nichts passiert, und ich hätte auch genug Geld, um mir eine Zugfahrkarte zu kaufen, aber die Familie meines Freundes hat so gedrängt, dass ich über die Feiertage hier bleibe, weil der Mehmed ja wegen der Fußfessel sein Haus noch länger nicht verlassen darf. Das versteht ihr, oder?

Weil ja auch eigentlich ich Schuld daran habe, dass er wegen Körperverletzung verurteilt wurde. Also zumindest diesmal, die erste Vorstrafe wegen der paar Gramm Dope, da kannte ich ihn ja noch nicht. Aber diesmal war er es, der mich gerettet hat.

Ach, das hatte ich euch ja gar nicht erzählt, stimmt's? Ich bin ein wenig nachlässig gewesen mit der Schreiberei, als ich mit Max und Moritz zusammen war. Sorry!

Ich habe die beiden Zwillinge vor einigen Monaten bei einem Streetfight kennengelernt. Ihr wisst schon, das sind diese geheim ausgemachten Boxkämpfe. Ich glaube, die Polizei sieht das nicht so gern, aber es ist echt geil. Also der Max und der Moritz haben da zwei von der anderen Gang aufgemischt, das war schon sagenhaft. Und danach sind wir halt was trinken gegangen. Die beiden sehen sich sowas von ähnlich, die konnte ich nicht einmal im Bett auseinanderhalten! Waren auch beide total lieb zu mir. Anfangs. Und die PEGIDA Demos, wo sie mich immer mitnahmen, die waren auch total schön. Da fühlte man sich so … aufgehoben!

Erst als ich schwanger wurde, gab's Zoff. Jeder der beiden meinte, der andere wäre es gewesen, dabei war es der Boss der Bande, der Emil, aber das durfte keiner wissen. Also habe ich es wegmachen lassen und wollte von den beiden das Geld dafür haben, aber die haben mich daraufhin verprügelt und in so ein Lokal gesteckt, als Animiermädchen. Und da hat mich der Mehmed rausgeholt und alle krankenhausreif geprügelt mit seiner Türkengang. Jetzt versteht ihr sicher, warum ich ihm dankbar bin, ja?

Okay, sein Vater war nicht so glücklich drüber. Das eintätowierte Hakenkreuz an meinem Hals mochte er gar nicht. Ist aber mittlerweile weggelasert worden, keine Angst! Und seit ich seiner Frau immer beim Kochen und Putzen für die Großfamilie helfe, mag mich Mehmeds Papa auch und schlägt mich nur noch selten! Er sagt immer, ich würde mich in Anatolien sicher wohlfühlen, hihi!

Ich glaube aber nicht, dass wir gleich nach der Hochzeit dorthin ziehen werden. Zumindest nicht, solange Mehmed noch die Fußfessel tragen muss und das Kind nicht auf der Welt ist. Das Studium habe ich deshalb mal auf Eis gelegt, ab dem vierten Monat wurde das ja auch echt beschwerlich.

Du Paps, muss ich die österreichische Staatsbürgerschaft eigentlich zurückgegeben, wenn ich nach der Hochzeit dann Türkin bin?

Ach ja – nach all den guten News noch eine weniger gute. Ich bin bei der Germanistikvorlesung leider durchgerasselt. Aber ich glaube, ihr werdet mir das verzeihen, wenn ich euch sage, dass das vorher alles erfunden war, nicht wahr?

Natürlich komme ich zu Weihnachten nach Hause!

Bussi

Eure euch liebende Tochter

Ich wankte nach dem Aufstehen aufs Klo und kotzte mir die Seele aus dem Leib. Dann ging ich ins Bad. Ich wollte gerade in die Dusche steigen, da läutete das Telefon. Ich sah auf das Display, da stand „Mehmed ruft an!"

Und dann wachte ich wirklich auf.

Extrem-Bike

Jetzt dreht er durch, mein Karli! Das ganze Leben lang war er mir mein liebster Kumpel, weil er so unkompliziert ist, das ergänzt mein eigenes Naturell so trefflich, wie es schon in der Volksschule der Lehrer ausgedrückt hat, aber jetzt mache ich mir echt Sorgen! Der Karli ist da in Kreise geraten, die tun ihm nicht gut. Ich habe richtig Angst, dass er auf eine schiefe Bahn gerät. Naja, eigentlich ist er das längst, nur rasselt er die schiefe Bahn nicht hinunter sondern radelt sie hinauf!

Der Karli ist einem Mountainbikeclub beigetreten! In seinem Alter! Sowas kann mit fünfzig Jahren lebensgefährlich sein! Da muss man als guter Freund natürlich einschreiten und die Kohlefasernotscheibenbremse ziehen, nicht wahr?

Bin also letzten Samstag frühmorgens um elf unangemeldet bei ihm aufgetaucht, mit einem Sechsertragerl, wie ich das immer mache. Seit die Sybille Geschichte ist, geht das ja wieder ohne gröbere Scherereien. Na, was glaubt ihr, wer nicht aufmacht? Der Karli, genau! Weil der Wappler nicht zuhause ist.

„Bin radfahren!"

Sogar einen Zettel hat er aufgehängt, der Verrückte! Na, da habe ich ihm gleich was dazugeschrieben:

„Danke für den Tipp! Wir haben zwar den Fernseher gefunden aber nicht das Geld. Nächstes Mal wären wir für einen diesbezüglichen Hinweis dankbar! Ihre Einbrecher."

Damit er wenigstens einen Schrecken bekommt, wenn er wieder da ist. Strafe muss sein!

Am frühen Abend läutet das Telefon. Der Klingelton verrät mir, dass es der Karli ist. Nur er hat die Titelmelodie aus „Mission Impossible" als Klingelton bei mir. Hat ihn ein wenig geärgert, als ich es ihm vorspielte. Weil er den Hintergrund ja kennt: Der Karli ist nämlich furchtbar langsam beim Mischen der Schnapskarten, er ist halt schon immer ein wenig ungeschickt gewesen.

„Sag mal, du Trottel, musst du mich so erschrecken?", meldet er sich grußlos. Ah, er hat meine Botschaft also schon gelesen. Aber ich stelle mich noch ein wenig blöd, was mir deutlich schwerer fällt als ihm.

„Was meinst du?", frage ich in meinem ratlosesten Unschuldvomlandetonfall.

„Geh halt die Goschen, kein Einbrecher würde etwas von einem *diesbezüglichen Hinweis* schreiben, sowas machst nur du!"

Ich lasse jetzt meine Maske fallen und wir beschließen, uns auf ein Bier zu treffen. Sieben Minuten später sitzen wir beim Dorfwirt am Tisch und prosten uns zu. Und dann beschließe ich, dass es langsam Zeit wird, meiner Sorge Ausdruck zu verleihen.

„Was ist denn das jetzt wieder für ein Vogel mit deiner Radlerei?", will ich wissen.

Er erklärt mir, dass man mit 50 langsam mal anfangen sollte über seine Gesundheit nachzudenken. Er hätte ein Schockerlebnis gehabt, als er letztens beim Besuch des Stefansdoms komplett aus der Puste gekommen sei.

„Alter!", sag ich, „Der Turm ist ja auch 136 Meter hoch!"

Da wäre er eh nicht rauf, meinte er. Er wäre schon nach der Treppe bei der U-Bahn völlig erledigt gewesen. So kann es nicht weitergehen! Und so habe er sich eben ein Mountainbike gekauft und sei dem Radclub beigetreten – und: „Ich sage dir, geile Sache, Alter! Solltest auch probieren!"

Ja, meinte ich, so schaue er aus. Erstens wäre das keine Herausforderung für mich, weil eh fit wie ein nagelneuer Nike-Turnschuh und zweitens – nein, erstens reiche eh!

Ja, ich weiß, was ihr jetzt denkt. Der mit seiner großen Klappe schon wieder! Und ihr habt ja Recht! Manchmal ist Reden wirklich Silber und Schweigen wäre, wenn schon nicht Gold, dann zumindest ein Eck schlauer als eine dicke Lippe zu riskieren. Aber das bin eben ich, und so stand ich also einen Tag später im Radgeschäft und sah mir diese Bikes mal näher an. Nein, nicht im Radgeschäft in Wels, ich brauchte da etwas mehr Inkognito und war nach Wien gefahren. Was der Karli kann, das kann ich auch. Der hatte mir nämlich von seinem Wienbesuch nichtmal etwas gesagt, der Fiesling!

In der Meidlinger Hauptstraße hat ein alter Studienkollege von mir einen Hightechradladen, da bin ich hin. Ich hatte nämlich absolut nicht vor, mich zu blamieren. Der Karli würde mal wieder sein blaues Wunder erleben, jawohl!

Meinem Bekannten hatte ich schnell erklärt, was ich brauchte. Er meinte, das wäre zwar nicht unmöglich, aber teuer. Na ja, zuallererst hat er mal gelacht und mich einen „Poser" genannt. Das muss man eben aushalten, lieber ein Poser als ein Loser. Dann aber, dann haben wir unsere Waffe gemeinsam ausgetüftelt, wir zwei Techniker, die das Schicksal auf die Welt losgelassen hat, sozusagen.

Drei Wochen später holte ich mein E-Bike. „E" wie „extreme", nicht „E" wie „elektrisch". Okay, im Prinzip beides. Wir hatten uns ein hochmodernes Mountainbike mit einem dieser ultrabreiten Rahmen genommen und darin zwei Extra-Super-Ultra-Hyper-Highpower-Lithiumionenakkus der neuesten Generation eingebaut. Und zwar so, dass sie von außen nicht sichtbar waren. Der Antrieb war eine Spezialkonstruktion aus einem Itzibitzizwutschgikleinen Titangetriebe, das wir hinter der Scheibenbremse verstecken konnten und wo man schon sehr genau hinsehen musste, um die Titan-Kohlefaser-Biegsame-Welle zu entdecken, bevor diese in der Gabel auf Nimmerwiedersehen verschwand, wo sie dann zum ebenfalls im Rahmen versteckten Elektromotor weiterlief. Geladen werden konnte das ganze Ding, indem das Ladegerät mit Masse am Rahmen und mit dem Pluspol an einem Kontakt unter dem Sitz angeklemmt wurde. Und aktiviert wurde es drahtlos über meine Apple-Watch, die mir auch den Ladezustand anzeigte.

Alles in allem war dieses Rad ein Meisterstück der Hochtechnologie, ein Prototyp, dem kein Mensch ansah, dass es außer durch Muskelkraft auch noch durch Ökostrom aus der Steckdose angetrieben werden konnte. Oder sogar durch Atomstrom, so genau weiß man das ja nie. Jedenfalls hat es mir ein gewaltiges Loch ins Börsel gerissen, aber das war mir die Sache wert.

So Karli, jetzt können wir gerne eine Tour machen! Stirb langsam, yippieaiyeh!

Ich hatte ja – wenn schon Großmaul, dann aber richtig – dem Karli gesagt, ich würde in vier Wochen mit ihm den Kasberg über die Mautstraße hinauf radeln und ihm dabei mindestens fünf Minuten abnehmen. Das sind 954 Höhenmeter und sechzehn Kehren! Er solle also noch ein wenig trainieren bis dahin, ich müsste hingegen beruflich noch einiges tun, vorher ginge es leider nicht. Da hat er nur gelacht und mich gefragt, ob er die Sauerstoffflasche für mich mitnehmen solle oder ob ich das selbst machen wolle?

Na, man könne ja wetten, meinte ich dann. Wenn er früher als ich oben sei, würde ich ein Jahr lang jede Woche mit ihm radeln gehen. Gewänne ich, dann wäre Schluss mit dem Blödsinn, aber ein für alle Mal!

Er hat lachend eingeschlagen.

Und jetzt stehen wir also am Fuße des Mount Everest der oberösterreichischen Voralpen und gleich geht es los. Um dem Karli noch eine moralische Ohrfeige mitzugeben, habe ich auf mein Rad einen Gepäckträger montieren lassen und da stecken jetzt zwei Sechsertragerl Bier. „Die siehst du jetzt zum letzten Mal!", sage ich. „Weil bis du oben bist, sind die weg!" Das Gesicht müsstet ihr sehen! Eine Mischung aus Mitleid, Verwunderung und „Jetzt dreht er komplett durch!" Da spielt vielleicht auch noch meine Aufmachung hinein. Ich bin mit meinen Jeans und dem Sweater so gar nicht radfahrmäßig gekleidet. Wenn der Karli wüsste, dass ich eigentlich mit Anzug und Krawatte kommen wollte ...

Und los geht es. Meine Watch sagt „E-Bike 100% Charged".

Am Anfang unterstütze ich die Radlerei nur mit etwa 25% Elektropower und wir fahren die ersten zwei Kehren nebeneinander. Das mit dem Sweater war nicht meine glorioseste Idee gewesen, aber da muss ich jetzt durch. Ab der dritten Kehre schalte ich etwas mehr Power zu. Das geht mit einem kleinen Wischer über die Smartwatch am Handgelenk ganz easy, und ich ziehe an Karli, der schon schwitzt wie eine Sau vor dem Schlachten, vorbei wie der Rosberg an den Saubers beim Überrunden. „Jede Menge Zusatzpower" würde der

Sportreporter dazu sagen. Und meine Watch sagt nur: „E-Bike 92% Charged".

Ich muss bei der fünften Kehre zugeben, dass mich der physische Zustand Karlis erstaunt. Er hält immer noch brav mit und ehrlich gesagt schwitze ich fast mehr als er. Das geht natürlich gar nicht, und ich beschließe, ihm eine kleine, psychologische Gnackwatschen zu geben, hole die Zigaretten aus der Sweatertasche, drehe die Motorleistung etwas hinauf und rauche mir gemütlich eine an, während ich „Hoch auf dem gelben Wagen" pfeifend die sechste Kehre in Angriff nehme und mir sein ungläubiges Gesicht vorstelle, ohne mich umzudrehen. Das Leben ist schön!

Meine Uhr sagt: „E-Bike 68% Charged".

Bei Halbzeit – Kehre acht – bin ich etwa fünfzig Meter vor ihm. Ich musste die Leistung jetzt noch etwas hinauf drehen, das mit der Zigarette war meine zweite wenig glorreiche Idee gewesen heute. Psychologie hin oder her. Meine Watch informiert mich darüber, dass ich noch genau 49% Ladung habe, jetzt muss ich dann ein wenig aufpassen. Auch auf den Karli, der ist schon am Sterben.

Wir hätten früher losfahren sollen! Mittlerweile (Kehre 14) ist es richtig warm geworden, und ich darf die Leistung nicht mehr höher drehen, weil mir sonst der Saft ausgeht. Und zwar gleich zweimal! Er holt auf. Scheiß drauf, so genau wird die Ladeanzeige eh nicht sein, und wenn sie es doch ist, dann schaffe ich die letzten Meter auch so, weil der Karli sichtlich nur noch ein Radzombie ist. Ich schaue lieber nicht auf die Ladeanzeige und ziehe wieder um etwa 200 Meter davon, hole eine hübsche Blondine von der falschen Seite ein, die zehn Minuten nach mir weggefahren ist, wie sie mir lachend mitteilt, nur um sich dann kurz aus dem Sattel zu erheben und mir Hinterrad und

Hinterteil zu zeigen. An das Hinterrad kann ich mich jetzt nicht mehr so erinnern, aber ...

Kurz darauf, ich sehe immer noch diese Blondine vor dem geistigen Auge, sind wir bei der letzten Kehre, als das Rad auf einmal richtig stark geht. Ich sehe auf die Ladeanzeige: Null Prozent. Mist. Von wegen „Extra-Super-Ultra-Hyper-Highpower-Lithiumionenakkus"! Mit dem Burschen in Wien werde ich noch ein Wörtchen reden müssen! Wenn ich wieder reden kann. Derzeit würde ich die Chancen dafür bei eins zu vier einschätzen. Bei jedem Atemzug und Pedaltritt revidiere ich diese Einschätzung etwas nach unten. Aber ich gebe alles was ich habe. Was heißt, dass ich im leichtesten Gang dieselbe Trittfrequenz schaffe wie Karli im – ach leck mich doch! Ich gewinne trotzdem, und darauf kommt es an!

Eine Stunde später, nachdem uns die Blondine bei unseren Kreislaufkollapsen geholfen hat, wobei der Karli glaubte, wenn er die Luft anhält, würde sie ihn beatmen, was sich aber als Irrtum herausgestellt hat (die war blond aber nicht blöd), streiten wir immer noch, wer als Erster über die Ziellinie geradelt ist. Weil es eben keine Ziellinie gab. Ich war zuerst an diesem Schild mit dem Text, den ich vor lauter Schweiß in den Augen nicht mehr lesen konnte und Karli war zuerst bei der Hütte. Wir können uns auch beim sechsten und letzten Bier nicht darauf einigen, wer gewonnen hat, aber er gesteht mir zu, dass er mir die Leistung sowieso nicht zugetraut hätte.

„Na siehst!", sage ich, „Ich bin ohne Training noch fit genug!"

Das gibt er zu, und wir einigen uns auf ein ehrenvolles Unentschieden. Und außerdem wäre er eh knapp am Herzinfarkt gewesen, meint er noch, das könne nicht gesund sein, also scheiß auf die Radlerei in Zukunft, wenn es eh nichts bringt und ein Untrainierter genauso schnell sein kann. Obwohl – wenn er an die Hilfeleistung durch die Blondine denke ...

Ich erkläre ihm, dass mich seine Einsicht und Klugheit schon immer fasziniert hätten und proste ihm mit der Linken zu, weil ich rechts eine Zigarette halte.

„Wie du jetzt rauchen kannst, kapiere ich sowieso nicht. Und dass du das unter dem Radfahren gemacht hast, das war ziemlich erniedrigend, da hätte ich dich aus Wut am liebsten abgemurkst, wenn ich dir nachgekommen wäre!", gesteht er mir, bevor sein Blick auf die Anzeige der Uhr an meinem Handgelenk fällt und plötzlich versteinert.

Wozu sind Freunde da?

Also ich sage euch, der Karli war nach der Extrem-Bike-Sache ziemlich sauer auf mich! Eigentlich ist das noch ein verniedlichender Hilfsausdruck. Er hat zwei Wochen nicht mit mir geredet, bevor er mit mir dann drei Wochen kein Wort gesprochen hat. Und das alles, nachdem er vier Wochen nicht ans Telefon gegangen ist, wenn ich ihn angerufen habe. Also für zeitlebens „beste Freunde" ist das schon der Ansatz zu einer kleineren Krise, wie man so sagt, oder?

Zum Stammtisch kam er auch nicht, und der Fredi war ja auch noch angefressen, weshalb ich mich da meist grandios fadisiert habe. Ich habe mich dann auf Rat der Ö3 Kummernummer selbst reflektiert. Hab' nichts Besonderes dabei gefunden, ich schau im Spiegel auch nicht anders aus als so, glaube ich. Und ein wenig nachgedacht habe ich auch. Über meine Fehler. Das war sehr lehrreich. Ich würde das nie wieder tun. Nächstes Mal kriegt die Apple Watch für die E-Bike Kontrolle einen Schlafmodus. Das war nämlich der Grund des ganzen Übels, dass der Karli gesehen hat „E-Bike Charge: 0%". Sonst wäre der nie so sauer geworden.

Und dann ist etwas Furchtbares passiert! Der Karli hatte anscheinend einfach viel zu viel Zeit und hat sich eine Frau angelacht. Der lernt es echt nicht mehr! Ich gehe nämlich letzten Samstag in der Stadt spazieren, weil ich noch was einkaufen muss, da sehe ich den Karli. Mit seiner Neuen. HÄNDCHEN HALTEND!

Sowas ist ja nicht grundsätzlich falsch, wenn man siebzehn ist oder auf Kurzurlaub in Paris. Aber in Wels? Mit 50? Und so kurz nach dem Desaster mit Sybille?

Ich hab' mich also in einen Winkel verdrückt, bis sie vorbei geschlendert sind, was endlos gedauert hat, sodass ich mittlerweile ein dringendes Bedürfnis nur noch unter Aufbietung meiner gesamten, jahrzehntelang vervollkommneten Selbstbeherrschung zurückhalten konnte. Erst als sie dann endlich vorbei gegangen waren, er ihr in die Augen hinter ihrer Hornbrille blickend, sie schmachtend an seinen hängend, konnte ich mir endlich die verdiente Beruhigungszigarette anzünden.

Und dann bin ich ihnen wie James Bond in sicherer Entfernung gefolgt, wobei ich jede natürliche Deckung ausgenützt habe. Ja, ich gebe zu, das war teilweise peinlich, vor allem, als mir eine jüngere Frau, hinter der ich mich blitzschnell versteckt habe, als der Karli sich umgedreht hat, eine kleine Standpauke gehalten hat. Ich sollte etwas Abstand halten, hat sie gemeint, ich notgeiler Bock. Blöde Zimtzicke!

Als ich ihnen da so gefolgt bin, da sehe ich doch glatt, wie der Karli mit der Zielperson – ich gab ihr mangels näherer Information den Decknamen Jane Doe – vor einer Auslage stehenbleibt. An und für sich nichts Schlimmes, aber wenn es die Auslage eines Juweliers ist und es sich um den besten Freund handelt, ist immer Vorsicht geboten.

Als die beiden nach zwölf Minuten und dreiundzwanzig Sekunden immer noch vor der Auslage gestanden sind, da habe ich die Notbremse gezogen, meine Deckung verlassen, und bin selbstbewusst auf sie zu geschlendert, als würde ich gerade zufällig des Weges kommen.

Der Karli ist zu diesem Zeitpunkt ja noch immer bös mit mir gewesen, aber da konnte er nicht anders als mitzumachen, als ich die beiden gegrüßt und ihn einfach umarmt habe. Solche Gelegenheiten, um ohne Gesichtsverlust einen Streit beenden und einlenken zu können, die muss man einfach ausnutzen, oder?

Er hat mir dann seine Janina vorgestellt, und ich hab' kaum ein Lachen unterdrücken können, als ich an meinen Decknamen für sie gedacht habe. Sie ist aber so hässlich, dass es dann doch gegangen ist. Also das Unterdrücken des Lachens und das Umarmen beim Karli. Bei ihr kommt man unmöglich mit den Armen ganz herum. Ja ich weiß, was ihr jetzt denkt: Aber das ist etwas ganz Anderes. Ein Mann muss nicht schön sein. Alles was ein Mann schöner ist als ein Aff', ist purer Luxus, sagte schon die Tante Jolesch! Und der Karli und ich haben uns nie viel aus Luxus gemacht.

Und gänzlich abhandengekommen ist mir mein sonst ausgeprägter Sinn für Humor dann, als ich gesehen habe, wovor die beiden gestanden sind: RINGE in der Auslage! Da hab' ich gewusst, hier ist Not am Mann. Hier ist ein echter, bester Freund gefragt! Ein Ein-Mann-Navy-Seals-Notfallteam für Beziehungssachen, wenn man es plakativ ausdrücken will.

„Jetzt haben wir uns aber lang nicht gesehen, alter Freund!", habe ich zu ihm gesagt. Normal sage ich nur „Alter!", ohne „Freund", weil das mit dem Freund weiß er eh.

„Jep."

Oha – der ist immer noch kurz angebunden! Das wird ein größeres Stück Arbeit!

Ich will euch aber hier nicht langweilen. Ihr sollt euch bei diesen Geschichten ja unterhalten. Jedenfalls waren wir nach etwa drei Stunden, die ich mit ihm und seiner Jane (ich bleibe bei diesem Namen) verbracht und gelitten habe, wieder gut. Das mit der Selbstreflexion hatte mir anscheinend doch gut getan!

Damit ist die Geschichte aber nicht aus.

Eine Woche später ruft mich der Karli völlig aufgelöst an. Geradezu panisch ist er.

„Kannst du dich auf dein Mogel-Bike schwingen, den Akku strapazieren und herkommen, du Poser?", meint er.

Mistkerl. Ganz ohne Seitenhiebe geht es wohl doch noch nicht, was?

Natürlich kann ich. Fünf Minuten später bin ich bei ihm. Und da klagt er mir sein Leid. Der Streit zwischen uns hätte ihm ein Loch gerissen, das hätte er bei der Selbstreflexion entdeckt, und da habe er sich dann eben dazu hinreißen lassen, sich die Janina aufzuzwicken.

„Quasi als Ersatz für mich?", kann ich mir auch einen kleinen Stich nicht verkneifen.

Ja, das wäre es wohl gewesen. (Ich bin 184cm groß, aber jetzt wachse ich auf 195). Unsere Freundschaft habe ihm schon sehr gefehlt (203), ich sei eben immer sein allerbester Freund gewesen (215), und immer für ihn da (222), so etwas wie unsere Freundschaft finde man nicht oft (233) auch wenn ich eigentlich ein fieses Arschloch sei (184). Jedenfalls habe er sich da ohne nachzudenken in etwas hineinziehen lassen, und das wäre dezent eskaliert, weil die Janina nun schon vom Zusammenziehen gefaselt hätte, worauf sich erstmal nur sein Magen zusammengezogen hätte, verstehst?

Ja, ich verstehe.

Es wäre ihm schlicht und einfach über den Kopf gewachsen. Wenn der Schwanz steht, steht's Hirn, wie sein Vater immer zu sagen pflegte, was ich zwar nicht verstehe, wenn ich an Jane denke, aber unkommentiert lasse, weil der Karli grad so im Redefluss ist. Und das müsse jetzt ein Ende haben, aber wie nur, ohne ihr weh zu tun, weil eigentlich sei sie ja ein nettes Mäderl.

„Ja stimmt. Ein ziemlich besitzergreifendes, nettes, sechsundvierzigjähriges Mäderl mit genauso viel Kilogramm Übergewicht, das dich heiraten und dressieren will!" stimme ich ihm zu.

Er sagt lange nichts. Dann:

„Und was soll ich jetzt machen? Sie will mich nächste Woche ihren Eltern vorstellen!"

Alarm! Mein Gehirn schließt alle Schubladen, um die gesamte Rechenleistung für die bevorstehende Aufgabe zur Verfügung zu haben. Das geht aber nicht ohne mathematischem Coprozessor.

„Hast ein Bier? Ich muss nachdenken!"

Nachdenken klingt ja schon ganz ähnlich wie nachschenken, das muss also zusammenhängen!

Und siehe da: Schon beim dritten Schluck, also dem zweiten Bier, spuckt mein Logiksektor die Lösung aus, die ich ihm auch prompt präsentiere: Wir machen das über Facebook! Zuerst ist er skeptisch, aber als ich den komplexen Plan in voller Genialität vor ihm ausgebreitet habe, stimmt er zu.

Am nächsten Abend postet Karli Folgendes:

Was ist schon Geld? Wenn man dafür etwas bekommt, was einem wirklich Freude macht, gibt man es gerne aus!

Jane Doe schien ihn lückenlos zu überwachen, weil bereits zwanzig Sekunden später ihre Antwort darunter erscheint. Samt Herzerl-Like.

Wo bist du gerade, mein Schatz? <3

Fünf Minuten später – er solle sich immer ein paar Minuten Zeit lassen zwischen den Antworten, hatte ich ihm geraten – antwortet mein Karli:

Erinnerst du dich an den Juwelier, wo wir uns kürzlich die Ringe angesehen haben und wo dir der silberne mit dem Rubin so gut gefallen hat?

Siebzehn Sekunden später – sie ist flott, das muss man ihr lassen – schreibt sie:

Ja, mein Liebling ☺ <3

Und Karli setzt die Beziehung schachmatt mit:

Ich bin im Wirtshaus gegenüber dem Juweliergeschäft.

Was ist Logik?

Solange die Kinder klein sind, ist für uns Männer ja alles ganz einfach. Sie haben fünfmal am Tag Hunger, und zwar zu Zeiten, wo du entweder arbeiten bist oder „gerade etwas Wichtiges zu tun hast", sodass deine Frau sie füttern muss. Dann machen sie noch fünfmal am Tag in die Windeln, auch zu Zeiten, wo du entweder am Tennisplatz bist oder „gerade nicht auslassen kannst". Mit dem Zubettbringen, Anziehen, Arztbesuchen, mit dem Hinbringen und Abholen vom Kindergarten, mit der Einschulung, etc. verhält es sich ganz ähnlich.

Aber irgendwann kommt die Zeit, da gehen sie in eine höhere Schule. Und haben Mathematik. Und dann kommen die Fragen, wo die Mama sich drückt und dir alles heimzahlt. Papa, was heißt Beweis durch Induktion? Papa, was heißt bijunkt?

„Papa, was ist Logik?"

„Hä?", blicke ich von meinem Buch auf. Ich lese gerade Stephen Kings Horrorthriller „Sie" und versuche dementsprechend, die Frage an die Mutter weiterzugeben. Aber die hat sich in den Keller verdrückt, wo angeblich unsere Waschmaschine steht. Ich gehe aus diesem Grund nicht gern in den Keller. Irgendwann schreibt King sicher auch ein Buch über eine durchdrehende Waschmaschine im Keller, und ich will mir die Spannung nicht verderben.

Also muss ich das jetzt den Jungs wohl selbst erklären. Kindern erklärt man so etwas immer am besten mit altersgerechten Beispielen.

„Also Logik. Hmmm! Ich erkläre euch das anhand eines Beispiels, ja?"

Sie nehmen mit verschränkten Beinen (der Neid könnte einen über so viel Beweglichkeit fressen) und freudig leuchtenden Kinderaugen am Teppich vor meiner Couch Platz und sehen mich erwartungsvoll an. Papa kann alles immer so erklären, dass sie es verstehen. Das wissen sie mit ihren elf Jahren schon.

„Ihr wisst, was schwul bedeutet, oder?"

„Papa, wir sind dreizehn!"

„Okay!", fahre ich überrascht fort. Wie die Zeit vergeht! „Also Logik ist, wenn man von einer Sache auf eine andere Sache kommt, nur durch Nachdenken, klar?"

Kinder müssen nichts sagen, wenn sie dir mitteilen möchten, dass sie etwas nicht verstehen. Sie müssen dich nur ansehen, auf eine ganz bestimmte Art.

„Also: Wir haben eine Katze, oder?"

Sie bejahen. Ihr Blick sagt mir, dass sie mich im Moment für gelinde gesagt etwas verwirrt halten. Na wartet nur!

„Okay. Ich bin das Familienoberhaupt. Jedenfalls so lange, wie die Mama im Keller ist, ja?"

Jetzt nicken sie wissend.

„Also: Logik ist, wenn man aus der Tatsache, dass wir eine Katze haben und der Tatsache, dass ich das Familienoberhaupt bin, feststellen kann, dass ich nicht schwul bin."

Ich kann wirklich kindgerecht erklären, oder? Natürlich habe ich sie jetzt verwirrt, aber das gehört zum Plan. Am größten ist der Lerneffekt nämlich dann, wenn aus der dichten Wolkendecke anfänglicher Verwirrung schlussendlich aufklärend die Sonne des Verstehens bricht.

Noch sehe ich um ihre Köpfe allerdings dichte Cumuluswolken ziehen.

„Papa! Das ist Blödsinn!"

„Nein, ist es nicht!", stelle ich selbstbewusst fest. „Und jetzt hört zu, warum es das nicht ist:

Also, wir haben eine Katze. Ich bin der Chef in der Familie, also muss ich tierlieb sein, weil wir sonst keine Katze hätten. Klar?"

Wieder nicken sie.

„Wenn ich tierlieb bin, heißt das, ich liebe unselbständige Geschöpfe und kümmere mich verantwortungsvoll um sie, klar?"

Sie nicken wieder. Ich lese Spannung in ihren Gesichtern.

„Kinder sind ebenfalls unselbständige Geschöpfe, also liebe ich Kinder, klar?"

Sie nicken so heftig, dass ich Angst habe, ihre Köpfe fallen gleich herunter.

„Weil ich Kinder liebe, will ich natürlich auch Kinder haben. Daher habe ich auch Kinder, nämlich euch zwei wundervolle Jungs, klar?"

Zu dem Nicken gesellt sich ein stolzes und freudiges Lächeln.

„Okay. Kinder entstehen, wie ihr kürzlich in Bio gelernt habt, aus der Liebe zwischen Mann und Frau. Also liebe ich auch die Frauen, sonst gäbe es euch nicht, klar?"

Ich verschweige, dass mir meine Frau das manchmal zum Vorwurf macht, nämlich dass ich die Frauen liebe, und beeile mich, die alles klärende Schlussfolgerung zu bringen, bevor sie eventuell noch von selbst dahinter kommen.

„Da ich also Frauen liebe, vor allem, wenn sie im Keller Wäsche waschen, bin ich nicht schwul. Seht ihr? Das ist Logik: Wer eine Katze hat, ist nicht schwul!"

„Papa, keiner kann so Sachen besser erklären wie du!", sagen sie unisono.

„Als du!", beeile ich mich, auch gleich noch eine Deutschlektion dranzuhängen.

Drei Tage später, ich bin mit meinem Stephen King fast durch, kommen sie wieder zu mir. Nein bitte nicht ausgerechnet jetzt, das Buch ist gerade so spannend. Aber ihre traurige Miene lässt mein liebendes Vaterherz sofort erweichen:

„Was soll ich euch denn heute erklären, Jungs?"

„Nichts, Papa! Nur was unterschreiben, bitte! Mama hat gesagt, das sollst du machen, wenn du schon alles so gut erklären kannst."

Und sie halten mir einen Zettel vom Klassenvorstand hin, auf dem steht:

„Ihre Söhne haben mich letztens gefragt, ob ich eine Katze habe. Als ich verneinte, nannten sie mich eine ‚Schwuchtel'. Dies wird eine

Verschlechterung der Betragensnote für Ihre Söhne zur Folge haben, weil ich Ihnen ja keine geben kann.

Bitte erklären Sie Ihren Söhnen auch noch den Unterschied zwischen notwendigen und hinreichenden Bedingungen!

Mit lauwarmen Grüßen

Heinz Müller (Klassenvorstand und Katzenallergiker)"

Abgemahnt! Abgesahnt!

„Nicht schon wieder eine Geschichte über das tägliche Eheleben!", höre ich jetzt deine Gedanken, lieber Leser! Nein, keine Angst! Die folgende Story hat mit Ehezwistigkeiten rein gar nichts zu tun. Ganz im Gegenteil! Ehe das etwas mit Ehe zu tun hat, zahlt Österreich noch seine Staatsschulden zurück! Oder ich kann mir einen Ferrari leisten. Beides gleich unwahrscheinlich!

Es hat vielmehr etwas mit zwei Themen zu tun, über das Männer (und vermutlich auch Frauen) in der Ehe vermutlich gar nicht sprechen: dem geheimen Pornokonsum frustrierter EhemännerInnen (Ich bin mir jetzt nicht sicher, ob ich das korrekt gegendert habe.) und das ätzende Abmahnwesen mancher dubioser Anwaltskanzleien. Da kommt eine Abmahnung für etwas, dass du nie getan hast. Und trotzdem können daran Ehen zerbrechen und können damit Existenzen völlig unschuldig vernichtet werden. Wie? Du hältst das für übertrieben? Na dann lies mal weiter!

Erzählt hat mir die Geschichte der Heinz. Der ist Unternehmer. Er ist glücklich verheiratet und hat irgendeine Baufirma oder Kosmetikfirma, ich weiß das jetzt nicht so genau. Jedenfalls hat es etwas mit Spachteln zu tun. Ich hatte mich eh schon gewundert, warum er mich gestern anrief, mir aber schon gedacht, dass er eine Schulter zum Ausweinen braucht, weil der Heinz nur anruft, wenn er etwas braucht. Ist ein besonders guter Freund, der Heinzi. Ich versuche daher jetzt, genau wiederzugeben, was mir der Heinz da beim Wirtn erzählt hat. Die Trinkpausen lasse ich aber besser aus, sonst dauert es zu lange, okay? Der Heinz begann also zu erzählen:

*

Da komme ich also letztens gutgelaunt wie immer ins Büro, murmle meinen Morgengruß („Grunz", das heißt „Guten Morgen, redet mich ja nicht an, bevor ich meinen ersten Kaffee getrunken habe!") und mache mich sofort mit einer Mörderenergie an die Arbeit, verstehst? Nach einer Minute erfüllt der Geruch nach Ristretto meine Wirkungsstätte, nach einer weiteren Minute bin ich bereit für die Mühsal des Arbeitsalltags, verstehst? Aber noch bevor ich mich ans Löschen der hundertsiebenundzwanzig Spammails machen kann, steht meine Sekretärin mit einem breiten Grinsen vor mir. Ich blicke überrascht und mit fragender Miene auf, denn normalerweise hat die bei mir nicht viel zu lachen, verstehst?

(Ab jetzt lasse ich die meisten „verstehst?" weg, sonst wird der Text zu lang. Aber gesagt hat er es trotzdem immer, nur damit du das weißt!)

„Wir haben da ein Schreiben bekommen, das solltest du dir ansehen!", gluckst sie mit nur mit größter Anstrengung zurückgehaltenem, schadenfrohen Lachen und drückt mir drei gefaxte A4 Blätter in die Hand. Ich werfe einen Blick drauf und werde anscheinend sofort leichenblass, was ihr Glucksen zu einem lauten Lachen anschwellen lässt. Zeit für den „Chef ist böse"-Blick. Sie verschwindet augenblicklich, wobei sie wie immer aufreizend mit ihrem wohlgeformten Arsch in den engen Jeans wackelt. Hätte sie ja eh schon lange rausgeworfen, aber sie hat schon auch ihre Qualitäten, verstehst?

(Dieses „verstehst?" schien mir für das Verständnis nötig zu sein.)

Das Fax ist von einer Anwaltskanzlei Schmidt in Berlin, die mir mitteilt, dass ich am 15. August um 12:39 Uhr illegalerweise einen Lesbenporno konsumiert habe. Und ich soll ihn auch noch mit einer Anwendung, die ich nicht einmal kenne, geteilt haben („Filesharing" nannten die das), sodass hier eine Urheberrechtsverletzung laut

Paragraph soundso vorläge. Und selbst wenn ich es nicht gewesen sei sondern jemand, der unser WLAN nutzt, hätte ich als Firma die Pflichten zur Sicherung meines WLANs verletzt, was für den Strafbestand aber völlig unerheblich sei. Streitwert 20.000,- EUR, aber man mache mir das großzügige Angebot, sie Sache mit einer Vergleichszahlung von läppischen 1000,- EUR ein für alle Mal aus der Welt zu schaffen. Zahlbar bis morgen 12:00, andernfalls Anzeige, Unterlassungsklage, zu erwartende Strafe inklusive Anwalts- und Gerichtskosten im fünfstelligen Eurobereich. Mit freundlichen Grüßen.

Alter! Mir wurde heiß und kalt, verstehst?

(Alle „verstehst" auszulassen, das würde euch auch ein ganz falsches Bild vom Heinzi vermitteln!)

Nein, frag nicht so blöd, Günter! Ja klar, schaue ich hie und da im Büro Pornos, wenn meine Sekretärin so viel Arbeit hat, dass sie mir nicht ... ähm ... na manchmal braucht Mann das halt, verstehst?

(Ich nicke wissend.)

Jedenfalls war ich ziemlich erschrocken und habe überlegt, die 1000,- Euronen am besten gleich zu überweisen, aber ich bin eh ein wenig knapp bei Kasse, weil der Ferrari ein ziemliches Loch in die Portokasse gerissen hat, also hab' ich stattdessen ein wenig recherchiert. In den Serverprotokollen war nichts von diesem Video registriert, in meinem Verlauf habe ich es auch nicht gefunden, aber der Titel kam mir irgendwie bekannt vor, das hat mich ein wenig verunsichert. „Anne will!" hieß das Video. Das hatte ich schon mal wo gehört, aber Hand aufs Herz – wer kann sich alle Pornotitel merken?

Also was tun? Angriff ist die beste Verteidigung, verstehst? Also ich rüber zur Sekretöse und sie richtig zur Sau gemacht. Die wusste nicht einmal, wie ihr geschah! „Du weißt ja, dass ich zwischen zwölf und zwei immer meinen Mittagsschlaf halte, also kann ICH es nicht gewesen sein!", habe ich ihr gesagt. „Bleibst nur noch du. Gib es zu, dann ist die Sache erledigt, wenn du die 1000,- Euro zahlst, sonst hau ich dich fristlos raus, verstehst?"

Das hätte mir – nebenbei gesagt – auch die Abfertigung gespart, weil die Sabine ja schon lange bei uns ist, die ist noch im alten Abfertigungssystem, verstehst?

Dann hat sie geweint, dass ihre D-Körbchen unter der Bluse nur so gewackelt haben und geschworen, sie hätte sich überhaupt noch nie nicht einen Lesbenporno angesehen, ja nicht einmal einen normalen Porno. Diese Beweisführung habe ich mit einem Hinweis auf ihre bereits oft genug bewiesenen, praktischen Fähigkeiten in diesem Bereich natürlich sofort entkräften können, ja geradezu zerschmettert habe ich sie ihr. Am Ende hat sie mir dann versprochen, die 1000,- Euro halt zu zahlen, wenn ich bitte, bitte ihrem Mann nichts sagen würde!

„Na geht doch!", sage ich. „Dann überweise das am besten gleich von deinem Konto. Noch heute, verstehst?"

Ja, würde sie machen, schluchz. Die Gute war wirklich zerknirscht, verstehst? Ich habe schon fast geglaubt, die hat sich den Porno tatsächlich selbst reingezogen und bin zurück in mein Büro. Da hat mich dann meine Frau angerufen, weil sie mich etwas fragen wollte.

In dem Moment kommt die Sabine mit einem triumphierenden Grinsen und zornesgerötetem Gesicht herein und knallt mir das Fax auf den Tisch. Das Datum mit gelbem Leuchtstift markiert. „15. August! Das war ein Feiertag!", brüllt sie. „Das wissen die Deutschen wohl nicht, aber da war ich nicht einmal in der Firma! Den Lesbenporno hast du dir sicher eh selbst angesehen, weil du warst an dem Tag da, das steht in den Zeiterfassungsprotokollen! Nichts zahle ich, gar nichts! Und für den Sex im Büro kannst du dir in Zukunft auch eine andere suchen, ich krabble nicht mehr unter deinen Schreibtisch und setze die Brille auf, damit ich den Zwerg in deiner Hose überhaupt finde! VERSTEHST?" Und geht ohne auf eine Antwort zu warten raus.

Ich bin so perplex, dass ich ganz vergessen habe, dass ich meine Frau noch am Apparat habe. Die räuspert sich jetzt: „Na, dann erübrigt sich die Frage nach dieser Abmahnung ja, die ich heute in unserem privaten Fax gefunden habe!", ätzt sie. „Mit dem deutschen Anwalt hast sicher keine Probleme, aber dafür sehr bald mit meinem, VERSTEHST?"

*

Wenn ich schlau bin, krieg ich demnächst einen fast neuen Ferrari recht günstig. Ich vermute, der Heinzi braucht bald etwas Geld.

Stella Award auf österreichisch

Ich habe euch ja kürzlich vom Martin erzählt. Ihr wisst schon, der Dauerpechvogel. Aber ich sagte euch auch, dass rein statistisch gesehen so etwas wie Pech gar nicht existiert, irgendwann gleicht sich das alles wieder aus. Andererseits sagt die Statistik, dass es das nicht muss, solange nur der Durchschnitt passt. Blöd für den Martin, aber so ist es!

Doch *„fabrum esse suae quemque fortunae"*, jeder ist seines Glückes Schmied, wie Appius Claudius Caecus schon um etwa 300 v. Chr. wusste. Die Römer waren gescheite Leute! Und so beschloss also unser Martin vor einigen Wochen, den Glückshammer in die Hände zu nehmen und ordentlich auf das Eisen am Amboss des Schicksals zu schlagen, auf dass das Pech ihn verlasse und Wohlstand und Glück einkehren mögen.

Jetzt hatte ich endlich Zeit, ihn zu besuchen, war ja eine ganz schöne Entfernung. Mit seinem gebrochenen Bein und auch aus anderen Gründen ist er derzeit nämlich nicht mobil, aber davon später.

Nach einer herzlichen Begrüßung ohne Körperkontakt – man muss das ja nicht herausfordern – komme ich gleich zur Sache und frage ihn auf meine mir eigene subtil-einfühlsame Art, wie es ihm geht:

„Alter! Was hast jetzt wieder angestellt du Wappler?"

Mit traurigen Augen erzählt er mir nun seine Geschichte. Stellenweise bekomme ich beinahe feuchte Augen. Das kann aber auch am scharfen Putzmittel liegen, das die hier anscheinend verwenden.

„Tja", hebt er an, „du weißt ja, dass ich immer viel Pech hatte im Leben, gell? Also wollte ich jetzt einfach mal das Glück in die eigenen Hände nehmen und den Teufelskreis durchbrechen und bin in die USA gereist. Du weißt, was ein Stella-Award ist, oder?"

Er wartet meine Antwort nicht ab. Natürlich weiß ich das, aber er erklärt es trotzdem.

„Da gab es mal eine Amerikanerin, Stella irgendwie, die hatte sich mit dem heißen Kaffee in einem Schnellrestaurant verbrüht und dann das Restaurant verklagt und zwei Millionen Dollar bekommen. Seitdem werden im Internet die absurdesten aber erfolgreichen Klagen des Jahres mit dem Stella-Award ausgezeichnet. Das geht aber nur da drüben, weil bei uns bekommst du vielleicht zwanzigtausend Euro, wenn du bei einer Bluttransfusion mit AIDS angesteckt wirst. Das ist in den USA anders. Da bekam mal einer einen Batzen, als er den Hersteller seines Campingbusses verklagte, weil der nicht extra ins Handbuch geschrieben hatte, dass man bei Verwendung des Tempomats das Lenkrad nicht verlassen darf. Der Typ ging nach hinten und hat sich Kaffee gekocht – irgendwie ist immer Kaffee im Spiel – und der Bus fuhr in den Straßengraben. Die Klage hat er gewonnen."

Mir bleibt der Mund offen. „Sag bloß, du ..."

„Nein, nein – mit den alten Hüten gewinnst du keinen Prozess mehr. Mittlerweile steht das im Handbuch und sogar beim McDonalds steht schon in der Hausordnung, dass man auf heiße Getränke besonders achten muss. Aber ich hatte da eine Idee, die war nämlich noch nicht da. Hab' extra alle Stella-Awards durchgeackert."

„Und was ging schief?", will ich wissen, weil beim Martin immer alles irgendwie schief geht.

„Na, ich bin also in die USA und – schon bei der Einreise hat es gehakt. Ich hatte eine Banane im Handgepäck. Du darfst da aber keine Bananen einführen, also ins Land. Das andere weiß ich nicht. Jedenfalls wollte mich der Zöllner wieder zurückschicken, da habe ich sie halt einfach vor ihm aufgegessen. Da fühlte er sich dann provoziert und hat gemeckert, und ich sagte, wenn er lange genug wartet, lasse ich ihm die Verdauungsprodukte eh gerne da.

Die Untersuchung dauerte zwei Stunden, und Alter, du willst nicht wissen, WO dieser riesige Afroamerikaner überall nachgesehen hat mit seinen gewaltigen Händen!"

Typisch Martin, denke ich mir. Er schafft es immer irgendwie, gef... zu werden. Aber von einem zwei Meter großen Zöllner? Es gibt Angenehmeres.

„Jedenfalls bin ich dann nach New York, weil dort die Klagen die höchsten Schadenersatzzahlungen ergeben, statistisch gesehen, und habe mir einen Hund gekauft. So einen kleinen. Weiß nicht, welche Rasse."

Was er denn mit dem Hund wollte, bin ich jetzt doch neugierig geworden.

„Wirst du gleich verstehen! Ich gehe also mit dem Hund in den Walmart, das ist so ein großes Kaufhaus. Da kriegst du einfach alles, das kannst du dir kaum vorstellen. Dagegen sind unsere Supermärkte Bauchläden! Da kannst du Haarreifen kaufen und ein Regal weiter stehen die Pumpguns. Walmart ist der größte Waffenhändler der USA, stell dir das vor: ein Kaufhaus! Aber überall stehen da schon die Sicherheitshinweise drauf, sogar auf den Haarreifen. Nur auf den Waffen steht nichts drauf. Naja, wäre auch sinnlos, darauf hinzuweisen, dass man damit jemanden verletzen kann.

Ich gehe also staunend durch den Markt. Und zwischen den Haarreifen und den Pumpguns bin ich dann blöderweise über den Hund gestolpert und habe mir wie geplant den Kopf angeschlagen, um das Kaufhaus verklagen zu können."

„Und warum ist dann jetzt dein Arm eingegipst?", frage ich, obwohl ich mir die Antwort schon zusammenreimen kann. Schließlich rede ich hier mit Martin.

„Frag nicht so dämlich. Du kennst mich ja. Bin auf eine ältere Dame gefallen und habe mir dabei den Arm zweimal gebrochen. Sie hat sich dabei den Knöchel verstaucht. Und deshalb bist du jetzt ja auch hier."

Na, so ganz klar ist mir das alles noch nicht.

„Ja, jedenfalls wurde meine Klage abgewiesen, weil in der Hausordnung des Kaufhauses leider explizit steht, dass man keine Tiere und Kinder mit hinein nehmen darf, seit das Kaufhaus vor Jahren einmal Schadenersatz zahlen musste, weil jemand über sein eigenes Kind gestolpert war. Das hatte ich leider übersehen, weil die dämliche Hausordnung im Internet nicht aktuell gewesen ist. Wollte dann deshalb klagen, aber im letzten Absatz der Hausordnung steht, dass man sich vor dem Betreten des Hauses über die aktuell gültige Hausordnung informieren muss. Da hatte nämlich auch schon mal einer geklagt und gewonnen."

„Alter!", bringe ich gerade noch heraus, „Das ist ja krass! Aber jetzt sag mir endlich, wie ich dir helfen kann!"

„Naja", fängt er an, da unterbricht uns jemand:

„Die Besuchszeit ist zu Ende!", höre ich ihn auf Englisch sagen, worauf Martin hastig zu Ende spricht:

„Also besorg mir einen guten Anwalt und hol mich auf Kaution raus, bitte. Die alte Schachtel und das Kaufhaus haben mich nämlich auf je zwei Millionen Dollar verklagt."

Als ich das State Prison verlasse, nehme ich mir vor, mir ganz sicher keinen Hund zuzulegen und nur noch über das Internet einzukaufen.

Die Brillenträger sind schuld!

Das ist ja an und für sich ein lustiges Buch. Hoffe ich zumindest! Aber einen Text, einfach nur zum Nachdenken, den erlaube ich mir. Ich habe dieses Essay damals auf Facebook gepostet. Der Response hat mich total überrascht. Anscheinend ist bei den Menschen ja doch noch nicht Hopfen und Malz verloren. Vielleicht lag es daran, dass es als Zwiegespräch mit Kindern geschrieben ist.

"Papa, in der Schule nehmen wir grad den Hitler durch. Wie konnten die Leute so dumm sein und den wählen?", fragen mich meine Söhne.

"Weil er einfache Lösungen versprach!"

"Was heißt das, Papa?"

"Pass auf, das funktioniert so:

Sagen wir, du willst an die Macht. Als erstes brauchst du dazu Wähler. Die müssen einen Grund haben, dich zu wählen. Der einfachste Grund ist: Du machst ihnen Angst vor etwas."

"Wie funktioniert das, Papa?"

"Du musst ihnen einen Feind geben, den sie hassen und vor dem sie sich fürchten. Sagen wir: Brillenträger."

"Warum Brillenträger?"

"Wusstest du, dass 65% aller Verbrechen von Brillenträgern begangen werden? Und die Polizei tut nichts dagegen. Im Gegenteil, man fördert die noch!"

"Wahnsinn! Was kann man da dagegen tun, Papa?"

"Und schon bist du reingefallen. Du hast nicht bezweifelt, dass meine Zahlen stimmen. Obwohl ich sie gerade erfunden habe."

"Ähm - wie kann man das auch überprüfen?"

"Damals beim Hitler war das schwer. Heute brauchst du nur ein wenig zu googeln. Oder ein wenig nachdenken. Ganz schlimm sind übrigens die Brillenträger zwischen 20 und 30. Letztens hat einer ein kleines Mädchen ermordet, der hat nur eine Therapie bekommen und die Eltern des Mädchens wurden eingesperrt, weil sie nicht auf sie aufgepasst haben!"

"Das stimmt jetzt wieder nicht, Papa, oder?"

"Nein, das stimmt ganz sicher. Schau mal auf Facebook, da wird das gerade überall geteilt. Glaubst du echt, tausend Leute würden das teilen, wenn es erfunden wäre?"

"Puhhhh. Und was tun wir dagegen?"

"Weiterteilen, demonstrieren, auf die Straße gehen. Diese Brillenträger muss man einsperren, damit wir wieder sicher sind!"

"Darf man das bei uns?"

"Was ist wichtiger? Dass man die Rechte solcher Verbrecher schützt oder dass man das ganze Volk vor ihnen schützt? Wo gehobelt wird, fallen eben Späne!"

"Das Volk schützen ist wichtiger, oder?"

"Dazu müssen wir dann eben einige Gesetze ändern. Die Polizei muss mehr Macht bekommen, dann sind wir wieder sicher. Wir brauchen eine starke Hand, die uns und unsere Freiheit schützt, verstehst?"

"Ja, das klingt logisch."

"Siehst du? So funktioniert das. Zuerst einen Sündenbock suchen. Die Gruppe darf nicht zu klein sein, aber auch nicht zu groß. Dann sucht man sich Verbrechen, die Leute aus dieser Gruppe begehen. In jeder Gruppe gibt es immer auch Verbrecher. Wenn man keine findet, erfindet man eben welche und behauptet das so lange, bis alle es glauben. Dann kommt der "Volkszorn", dem lässt man freien Lauf. Dann gewinnt man eine Wahl und ändert Gesetze. irgendwann ist der Punkt erreicht, wo das Gesetz dich nicht mehr schützt, sondern unterdrückt, aber das hast du jetzt übersehen. Das nennt man dann autoritäre Regierung. Schau dir an, wie das in Deutschland bei den Nazis lief, in der Sowjetunion, in China, etc."

"Und wie kann man das verhindern?"

"Nachdenken, mein Sohn. Keine Angst davor haben, nicht alles zu glauben. Alles hinterfragen und nachprüfen. Und einfach bei der Hetze nicht mitmachen. Dann sind die Brillenträger auf einmal gar keine Bedrohung mehr."

"Papa, warum hast du deine Brille nicht auf?"

Chili mal, Alter!

Nein, das ist kein Tippfehler. Ich weiß schon, wie man chillt. Und auch wie man das schreibt. Und ich chille gern, aber Chili mag ich eben auch sehr gerne. In jeder Schärfe. Doch davon später. Zuerst einmal muss ich etwas ausholen, bevor ich literarisch scharf zuschlage, nein eigentlich eher ätze. Ja ätzen trifft es besser! Und da wo ich jetzt bin, habe ich ja etwas Zeit zum Schreiben, nicht wahr?

Der Fredi war nach seiner Phantomschwangerschaft, die wir ihm ja gemeinerweise eingeredet hatten, stinksauer. Das hing vielleicht auch damit zusammen, dass wir am Wirtshaustisch die Sache eine Spur zu viel ausgeschlachtet haben. Wurde noch eine Runde bestellt, dann hieß es: „Bring eines weniger, Maria! Der Fredi darf in den ersten drei Monaten sein Baby nicht gefährden!"

Wenn wir uns mal statt des Biers einen Eiskaffee bestellten, weil es halt heiß war, sagte sicher jemand: „Und dem Fredi bringst bitte einen Fruchtwasserbecher!"

Und so weiter, und so fort. Aber wirklich sauer wurde er, als ich ein gefaktes Ultraschallbild ins Wirtshaus mitgenommen hatte, wo ich mit Photoshop vorne einen ganz kleinen Pimmel drankopiert und die Beschriftung in „Alfred ... 9. SSW" geändert hatte.

Jedenfalls war er dann eine Woche nicht mehr ins Gasthaus gekommen, und wir machten uns schon Sorgen, ob etwas passiert wäre. Fehlgeburt oder so. Also rief ich ihn an und versprach ihm, dass wir ab sofort das Thema nicht mehr erwähnen würden. Bei unseren Gebärmüttern!

Letzten Freitag war er dann wieder da. Und ich sage euch – wir rissen uns gewaltig zusammen! Aber es ist gar nicht so leicht, auf diese Scherze zu verzichten, wenn sie dir nicht nur auf der Zunge liegen, sondern dein Schandmaul förmlich versucht, sie zur Welt zu bringen, man könnte sagen: sie zu gebären! Oder wenn auf der Speisekarte zum Beispiel „Aufschnittplatte" steht und du dich beim Bestellen versprichst und eine „Kaiserschnittplatte" orderst – worauf der Fredi dich ansieht, als wollte er mit dem Besteckmesser gleich hier und jetzt den ersten Schnitt quer über deinen Bauch machen.

Jedenfalls kam das Gespräch irgendwann sehr zur Zufriedenheit des gebeutelten Fredi aufs Essen, ein einigermaßen harmloses Thema. Und der Karli meinte, er hätte letztens ein „Tschalapenner" Chili gegessen, dagegen wäre der Geburtsschmerz rein gar nichts. Der Fredi hatte da seine Schmerzgrenze erreicht, das habe ich genau gespürt, also habe ich zur Ablenkung eingeworfen, dass der Karli ein Weichei wäre, also ein unbefruchtetes, und dass zum Beispiel *mir* kein noch so scharfes Chili etwas anhaben könnte. Richtige Männer jammern wegen so eines Chilis genauso wenig, wie sie sich schwängern lassen!

Statt dass er beleidigt aufgebrochen wäre, hat der Fredi nur gesagt: „Wetten doch?"

Und jetzt sitze ich also da, nachdem die Modalitäten der Wette besprochen wurden, und muss ein dreigängiges Menü scharfer Speisen essen, ohne dass ich jammern oder aufstehen oder trinken darf. Und ich muss es in fünfzehn Minuten vollständig aufgegessen haben.

Der Wetteinsatz?

Irrelevant! Ich verliere niemals eine Wette! Außer, wenn es um Fußball und Monokinis geht, vielleicht. Also werde ich auch nicht zur

Frauenärztin gehen müssen, um ihr zu sagen, dass ich für den Fredi das Kind austragen möchte, weil ich ihn in die ganze Sache hineintheatert habe. Und der Fredi kann das daher nicht filmen und kann es dann auch nicht auf Facebook stellen.

Der Karli sitzt neben mir und sagt „Los!" Früher gab es für so etwas eine Stoppuhr, heute macht man das mit dem Handy. Ich sehe vor mir den ersten Gang, eine süßsaure Suppe wie vom Chinesen, verfeinert mit einigen Habaneros. Und ich sehe vor mir das erwartungsvoll-süffisante Gesicht vom Fred. Wenn ich noch Motivation benötigt hätte, jetzt habe ich sie. Kein Laut wird über meine Lippen kommen, nur die Suppe, und die nur rein aber nicht raus!

Kurz überlege ich, ob ich sie löffeln soll, entscheide mich dann aber aus taktischen Gründen dagegen. Lieber ein kurzer Schmerz als zwanzig davon. Ich setze die Schüssel an die Lippen und leere die Schale mit einem Zug.

Alter! Das ist keine Suppe, damit kannst du die Pulverbeschichtung von einem Balkongeländer wegätzen. Ich glaube einen Moment, eine Flasche Rohrreiniger getrunken zu haben, bevor dann der *wirkliche* Schmerz einsetzt. Aber als ich Fredis Gesicht sehe, wie es sich zu einem bösartig-genussvollen Grinsen verzieht, sage ich nur, während mein Herz Purzelbäume macht, die jedes EKG sofort messbereichstechnisch an die Grenze triggern würden:

„Würzig. Aber habt ihr auch etwas Scharfes für mich?"

Der Genuss, Fredis Gesicht einfrieren zu sehen, entschädigt mich ein klein wenig, und ich nehme ein Stück Weißbrot mit Butter, um die Schärfe abzumildern. Glücklicherweise wissen die nicht, dass Capsaicin, also das scharfe Zeug in den Chilis, fettlöslich und nicht wasserlöslich ist. Yoghurt mag ich keines, aber Butter tut es auch.

Sie stellen mir den zweiten Gang hin. Eine kleine Currywurst mit Extras. Die Taktik mit dem „auf einmal rein damit" muss ich jetzt aufgeben, fürchte ich. Also schneide ich mir die Wurst in vier machbare Happen und stecke den ersten hinein, kaue nur so kurz wie nötig und schlucke ihn runter.

Und wünsche mir sofort die Suppe zurück, zum Kühlen. Jemand hat in meinem Mund einen ultimativen, unbeherrschbaren Kernbrand entfacht. Fu(c)kushima! Das Zeug scheint sich durch meinen Gaumen zu brennen wie dort drüben in Japan 2011 im Kraftwerksblock das Uran 235 sich durch den Reaktorboden fraß. Schnell den nächsten Bissen, spätestens beim dritten werde ich eh nicht mehr schlucken müssen, da fällt das dann eh von selbst durch, wobei mir wieder der Rohrreiniger in den Sinn kommt.

Vor dem vierten Biss entfleucht mir ein Leibeswind, worauf die beiden Gäste am Tisch hinter mir vom sicherheitshalber anwesenden Sanitäter notversorgt werden müssen. Gott sei Dank ist hier Rauchverbot!

Letzter Bissen! Noch acht Minuten auf der Uhr. Meine Haare sind klatschnass, jedenfalls die paar, die mir jetzt noch nicht ausgefallen oder abgebrannt sind, was angesichts der Ströme von Löschschweiß, die mir überall herunterlaufen, keine große Gefahr darstellt. Fredi grinst wie ein Honigkuchenpferd und winkt mit einem Stofftaschentuch. Mehr Motivation brauche ich nicht.

„Schmeckt herrlich. Ein bisschen mehr Curry wäre gut gewesen!", sage ich möglichst cool (allein das Wort ist eine Provokation) und denke mir: „Wenn ich das überlebe, kannst du mich in einen Käfig mit zehn Löwen sperren, Fredi. Mich schreckt dann nichts mehr! Zur Not gehe ich sogar freiwillig mit Martins Frau Schuhe kaufen!"

Sieben Minuten noch, der Nachtisch naht. Fredi hat sich etwas Besonderes ausgedacht. Ein Mangochutney, sagt er. Süß und ein wenig scharf. Arschloch! Ich kann mir schon denken, was da drinnen ist. „Black Mamba" heißt die Sauce, zehn Millionen Scoville. Das ist das obere Ende der Schärfeskala, mehr gibt es nicht. Aber das sind bestenfalls drei Löffel voll, das werde ich schaffen, und wenn die Feuerwehr kommen muss, um den Brandherd in der Gaststube zu löschen!

Löffel eins. Meine Augen treten aus ihren Höhlen, ich kann das regelrecht spüren. Sehen nicht. Ich sehe schon seit der Currywurst nichts mehr, und das doppelt. Hinter mir steht seit der Sache mit dem Furz sicherheitshalber bereits lange keiner mehr. Mein Magen krampft sich zusammen, irgend so ein Attentäter hat da unten gerade den Sicherungsring von einer Handgranate gezogen. Mein Schweiß hat aufgehört zu rinnen. Er spritzt jetzt waagerecht aus den Poren. Schnell weiter, bevor ich jetzt doch noch bewusstlos werde und die Wette verliere.

Löffel zwei. Kann irgendjemand bitte mit einem Löschschlauch kommen? Mein Darm fühlt sich an wie eine Leitung voller schwefeliger Erdgase, an die jemand ein Streichholz gehalten hat. Über meine Zunge scheint gerade ein Kettenpanzer gefahren zu sein. Mit stillstehender Raupe. Im Rachen steckt das Nadelkissen, das meine Frau schon so lange sucht, und der Darm ist eine Endlagerstätte für Hochofenschlacke. Wenn ich nicht sofort den dritten Löffel reinschaufle, schaffe ich das nicht mehr.

Löffel drei. Runter damit. Geht nicht. Noch zwanzig Sekunden. Erneuter Schluckversuch, aber schluck mal ein glühendes Holzkohlestück durch eine zugewachsene Speiseröhre! Es wäre leichter einen

Golfball durch einen Gartenschlauch zu saugen! Ich nehme ein Stück Butterbrot dazu und schaffe es gerade noch rechtzeitig.

Als ich wieder aufwache, eine Infusion im Arm, meint Fredi: „Respekt! Aber du hast die Wette verloren, weil du umgefallen bist."

„Alter!", sage ich heiser, die Kohlen sind noch immer am Glühen und auch die Halbwertszeit der Abfälle ist noch lange nicht erreicht, „Ich bin nicht umgefallen, ich bin vor Langeweile eingeschlafen! Ich dachte, ihr wolltet mir was Scharfes zum Essen geben?"

Nach kurzer Diskussion kommt der hohe Rat unseres Stammtisches nach Befragung von jeweils zwei Halben Bier zum höchstgerichtlichen Urteil, dass leider nicht feststellbar ist, ob ich die Wette gewonnen oder verloren habe, daher müsse diese nächste Woche wiederholt werden. Euer Lachen soll euch im Gesicht gefrieren! Und ihr schimpft euch „Freunde"!

Ich sitze jetzt also da auf einem dieser unbequemen Stühle in einem lachsfarben gestrichenen Zimmer und halte das alles für die Nachwelt fest. Gerade als ich fertig werde, höre ich die Frauenstimme, in der bei jedem Wort kaum verhohlene Belustigung mitschwingt:

„Die Nächste bitte! Äh, DER Nächste bitte!"

Mein Mann und sein Auto

„Wenn du in einer Verhandlung gewinnen willst, dann musst du denken lernen wie dein Gegenüber!", sagte man mir im Gesprächs- und Verhandlungstraining kürzlich. Okay, das üben wir! Ich sitze da also gerade im Cafe und gegenüber sitzt eine junge Frau bei einem Cappuccino. Und ich stelle mir jetzt einfach mal vor, wie sie mit ihrem Mann einen kleinen Ausflug in seinem geliebten Toyota Kombi macht und was dabei wohl in ihr vorgeht.

*

Als wir – also mein Mann und ich – heute, an diesem wunderschönen Sonntag im Spätsommer, beim Frühstück auf der Terrasse sitzen, wage ich es, meinem herzallerliebsten Macho den Vorschlag zu unterbreiten, einen netten, kleinen Ausflug zu machen. Er ist ja eigentlich recht pflegeleicht, wenn man weiß, welche Knöpfe man wann und vor allem wie drücken muss. Hätte ich also heute versucht, ihn zu einem Spaziergang zu verleiten, wäre das schiefgegangen und er hätte sich lieber Snooker am Eurosport angesehen und ich hätte gekocht. Aber so dumm bin ich nicht, oh nein! Ich hatte mir schon gestern etwas im Internet herausgesucht. Es gab da ein Oldtimertreffen in Ganshofen. Nein, ich rede nicht von Männern, ich rede von Automobilen! Und mein Mann ist ja ein Autonarr. Mit der Betonung auf der letzten Silbe.

Ich würde diese Gelegenheit daher subtil nutzen, um ihm den Gedanken an ein neues Auto ins Gemüt zu pflanzen. Und zwar so, dass er es für seine eigene Idee hält. Unser alter Toyota ist einfach nicht mehr standesgemäß, außerdem steht rot mir nicht, hat meine Farbberaterin gesagt. Und die muss es wissen, die hat für die Beratung ein Vermögen kassiert!

Wenn ich also mit diesem Japankrapfen bei einer Tupperparty aufkreuze (na gut, wir nennen unsere Dildoparties nur zur Tarnung so, aber Plastik oder Latex – wo ist da der Unterschied?), dann spüre ich das Gemauschel und Gelächter meiner Freundinnen fast physisch. Das muss ein Ende haben!

Natürlich springt die Mühle nicht an, als wir uns um zehn auf den Weg machen. Er müsse wohl mal die Zündkerzen nachsehen, meint mein Mann dann immer. Wenn ich für diesen Satz jedes Mal einen Euro bekäme, dann könnten wir uns von einem Chauffeur fahren lassen. Was man bei diesen Kerzen noch „nachsehen" soll, ist mir schleierhaft. Vermutlich sind das nur noch verkohlte Stummel, die aber nach etwa zwanzig Minuten, dreimaligem Öffnen der Motorhaube samt vorgetäuscht fachkundigem Blick unter dieselbe, dann aus Mitleid doch einmal einen einzelnen Funken herauswürgen, was die Karikatur einer Familienkutsche unter einem Fehlzündungscrescendo, bei dem mich wundert, dass niemand die Polizei ruft, rüttelnd und spuckend zum Laufen bringt. Jedenfalls manchmal. Vor allem im Sommer ist die Wahrscheinlichkeit für einen Erfolg noch gerade so erträglich.

Als sich der blaue Rauch, der nicht von meiner mittlerweile dritten Zigarette stammt, soweit verzogen hat, dass ich das Auto wieder sehen kann, steige ich auch ein und wir fahren los.

„Schatz", säusle ich und lege meine Hand beiläufig auf seinen Schenkel, „dafür, dass du deinem Wagen die Treue hältst, liebe ich dich. Das zeigt mir, dass du auch mir noch die Treue halten wirst, wenn ich mal schon mehr tot als lebendig sein werde, so in siebzig Jahren!"

Das trifft ihn jetzt unvorbereitet. Er grunzt irgendwas von „Ich denke eh schon länger darüber nach, ob sich da eine Reparatur überhaupt noch auszahlt!" und ergänzt dann, als ihm der Zusammenhang klar wird, schnell: „Äh, nur beim Auto, eh klar! Aber bei diesen neuen Autos kann man nichts mehr selber reparieren. Da stehst du ja schon hilflos am Parkplatz, wenn sich irgendein Elektronikbauteil einbildet, es wäre Zeit für einen kleinen Urlaub!"

Reparieren? Alter, bei der Karre ist schon ein anstehender Ölwechsel ein Totalschaden! Und mein Mann und etwas selbst reparieren? Ich denke mit Grauen an die Reparatur der Satellitenanlage zurück. Der Fernsehtechniker brauchte daraufhin ganze zwei Tage um den Schaden zu beseitigen, der bei der Reparatur durch meinen Mann entstanden war und zwei Sekunden, um den losen Stecker des Multischalters im Dachboden wieder einzustecken, welcher der Grund gewesen war, warum der Fernseher nur ein schwarzes Bild gezeigt hatte. Das sage ich natürlich nicht laut sondern: „Ach, ich weiß doch wie dein Herz daran hängt. Auf dem Rücksitz haben wir unseren ersten Sex gehabt, weißt du noch?"

Ihn an dieses Desaster zu erinnern, wo er innerhalb von kaum zwei Minuten kam und dann fast zwei Stunden versuchte, die Flecken am Sitz wegzumachen, sollte ihm den Rest geben. Und in der Tat läuft er rot an. Wie einfach gestrickt Männer doch sind!

„Und woran denkst du da?", hake ich nach einigen Minuten Schweigen so beiläufig wie möglich nach.

„Woran was?" Typisch Mann. Er weiß es schon wieder nicht mehr. Der steht manchmal nachts um drei auf, um aufs Klo zu gehen und weiß vor der Badezimmertür nicht mehr, was er vorhatte. Dann geht er eine rauchen, bis es ihm wieder einfällt, weil ihn dann in der Kälte am Balkon seine Blase zwangsläufig wieder daran erinnert. Wenn er Glück hat, muss er nur eine rauchen und steht nicht noch einmal ratlos vor der Tür.

„Na, weil du sagtest, du denkst an die Anschaffung eines neuen Autos nach. Ach schau mal, Ganshofen acht Kilometer. Wir sind ja schon in Dumpfling. Ist nicht mehr weit bis zu den Oldtimern."

Nun, an ein neues Auto hätte er eigentlich nicht gedacht, erklärte er mir, was ich eh schon wusste. Eher an den kaum acht Jahre alten Passat vom Ludwig, weil der Angeber sich einen neuen Phaeton kaufen wollte.

Bei mir schrillen die Alarmglocken! Ich kenne diesen Passat. Der Ludwig ist Jäger. Mit Hund! Man kann sich vorstellen, wie dieses Auto aussieht! Und außerdem ist es ROT! Alarmstufe rot, da muss was hingebogen werden im Kopf meines Göttergatten!

„Ja Schatz, das ist sicher eine gute Idee. Und die Flecken vom Hundepipi kriegen wir schon irgendwie raus. Und die paar Blutflecken vom Wild auch. Ein Passat ist ja wirklich praktisch. Und ich weiß ja, dass dich die Sprüche über Spießerautos für Spießertypen nicht kümmern, da stehst du drüber!"

Er grunzt eine Zustimmung, aber die Saat ist gesät. Fast hätte ich einen Fehler gemacht, aber er kommt nicht auf die Idee nachzufragen, warum ich Ludwigs Auto so gut kenne.

Als er bremsen muss, weil auf der Vorrangstraße ein Mercedes vorbeifährt, findet er für seinen Ärger schließlich ein Ventil. Scheiß Mercedes mit eingebauter Vorfahrt! Der ganze beschissene Ort sei anscheinend unterwegs an diesem Sonntag. Wo die alle hin wollten? Hätten anscheinend nichts Besseres zu tun, die Landeier!

Okay, das war das erste Auto, dem wir auf den letzten paar Kilometern begegnet sind, und der Mercedes *hatte* Vorrang, aber eine kluge Frau muss nicht immer alles sagen, was sie sich denkt, oder?

Ein paar Minuten später stehen wir in einem kleineren Stau vor Ganshofen, den ich auf das Oldtimertreffen zurückführe. „Fahr schon, du Trottel!", brüllt mein Mann bei geschlossenem Fenster ziemlich sinn- und wirkungslos dem vor ihm stehenden BMW zu, nur weil dieser die zehn Meter Raumgewinn des Vordermannes nicht sofort durch einen Kurzsprint in die Lücke schließt. Als dieser dann losfährt und mein Mann warten muss, weil jetzt eine ältere Dame mit ihrer Gehhilfe langsam die Straße quert, manifestieren sich erste Weltverschwörungstheorien in seinem Kopf. „Muss die alte Schachtel noch mit ihrem Tscha-tscha-Wagerl ausgerechnet vor mir über die Straße kriechen?", keppelt er ziemlich laut los, bevor sich abrupt sein Zorn nach hinten bündelt, weil ihn da einer anhupt, der offensichtlich ebenfalls ein Anhänger der männlichen Verkehrsstauentschärfungslogik: „Brüllen – Hupen – Schimpfen" ist.

Den ersten freien Parkplatz vor dem Autohändler, wo das Oldtimertreffen stattfindet (ja, ich bin gerissen, gebe ich ja zu!) lässt er natürlich Parkplatz sein. Er nimmt nie den ersten freien Parkplatz. Wir fahren immer weiter, suchen zwanzig Minuten und nehmen dann einen Parkplatz 500 Meter hinter dem ehemals ersten freien Parkplatz. Das regt mich ja schon lange nicht mehr auf, was bei ihm allerdings anders ist. Ich bin dann schon froh, wenn es nicht wieder zum Streit mit einem anderen japankrapfenfahrenden Typen kommt, dem es ähnlich ergeht und der ihm heimtückischerweise den Parkplatz wegschnappt, indem er frech in die Parklücke einbiegt, wo doch mein Mann ihn gerade überholen und hineinschneiden wollte. Sowas geht natürlich gar nicht!

Irgendwann schaffen wir es dann doch zum Oldtimertreffen und mein Mann schwärmt über drei Stunden lang, was das doch noch für Autos waren, nur Handarbeit, alles mechanisch, keine Elektronik, sowas bekäme man heute nicht mehr, während ich andächtig dazu nickend und hie und da mit einem „Ja Schatz, wie recht du hast!" zustimmend die Kleidung meiner Leidensgenossinnen taxiere. Die Tussi mit dem lachsfarbenen Kostüm hat das anscheinend im Laden für unbelehrbare Optimistinnen gekauft, so wie es ihr die Speckwürste an der Hüfte rausquetscht. Und die wie sechzig aussehende Vierzigjährige aus unserem Ort, von der ich mir nie den Namen merken kann, trägt eine Farbkombination, von der man bei längerem Hinsehen mit großer Wahrscheinlichkeit Augenkrebs bekommt. Eigentlich sollte sie ein Schockbild draufkleben, wie neuerdings auf die Zigarettenpackungen, aber die ist ja selbst schon ein Schockbild, haha!

Oh mein Gott! Was ist denn da passiert? Wie kann man denn so tief sinken, diesen Rock zu diesen Schuhen anzuziehen? Obwohl die Bluse hübsch ist, die hat sie sicher nicht selbst ausgesucht, da wette ich drauf! War wohl eher ihr Mann, der ihr die Bluse geschenkt hat, der ist adrett gewandet mit seiner Lederjean, wow! Vermutlich insgeheim schwul. Nur schwule Männer haben einen guten Kleidergeschmack, sagt meine beste Freundin immer!

Auf einmal, ich amüsiere mich gerade über eine Frau mittleren Alters mit enormer Oberweite in einem dieser fürchterlichen Modedirndl, die dazu tatsächlich auch noch Highheels trägt, wie kann man so etwas machen, stehen wir bei den Gebrauchtfahrzeugen, die zum Verkauf stehen. Auch wenn Sonntag ist, der Autohändler ist nicht dumm und nutzt die sich bietende Gelegenheit. Irgendwie wissen diese Gebrauchtwagenverkäufer haarscharf, wenn ein Mann auf der Suche nach einem Auto ist. Meistens noch bevor der es selbst weiß. Der Händler steuert daher sofort auf uns zu. Der Kleidung nach ist er auch schwul, das Rasierwasser bestätigt diese Ersteinschätzung, auch der Ehering kann darüber nicht hinwegtäuschen.

Nach kurzem Smalltalk und einem harmlosen aber netten Kompliment zu meiner Figur und meinem Kleid kommt er zur Sache:

„Wenn ich mir Sie beide so ansehe, dann wünschte ich, ich hätte den Porsche letzte Woche nicht verkauft. Der wäre was für Sie gewesen!" (Ah, der hat Menschenkenntnis!)

Mein Mann grummelt etwas, dass er als Heimwerker (der Witz des Jahres!) eher einen Kombi suche, worauf der Verkäufer sofort einsteigt:

„Na, da hätte ich einen feinen, drei Jahre alten, garagengepflegten Benz für Sie. Mit allen Extras! ABS, Antischlupfregelung, Automatikgetriebe, Einparkhilfe, et cetera, et cetera!" (Korrektur: Er hat Frauenkenntnis aber leider keine Ehemannkenntnis!)

Mein Mann bedeutet ihm wenig charmant, dass ihm der neumoderne Elektronikscheiß gestohlen bleiben könne, das würden die Gauner von Herstellern sowieso nur einbauen, damit man möglichst oft zu diesen Wucherern in die Werkstatt müsse, die Hersteller steckten nämlich mit der Werkstattmafia alle unter einer Decke! Aber nicht mit ihm!

Nach fünf Minuten und etwa hundert weiteren Beleidigungen gibt es der Verkäufer auf. Zum Abschied werfe ich ihm einen entschuldigenden Blick mit hochgezogenen Augenbraue und gerümpfter Nase zu, er versteht mich wohl. Auch ohne Worte.

Als wir am Heimweg mal wieder die Dienste des ÖAMTC beanspruchen müssen, ist aber auch meinem Mann klar, dass wir ein neues Auto brauchen. Also klappern wir in den nächsten zwei Monaten alle dreiundsechzig Autohändler im Bezirk ab, obwohl schon der erste einen eigentlich perfekten Passat Kombi gehabt hätte, olivgrün (meine

Farbe), der auch meinem Mann gefallen hat. Aber „man muss da schon ein wenig vergleichen, sonst ziehen einen die Händler über den Tisch."

Nachdem wir genug verglichen, die meisten Händler ausführlich beleidigt und etwa tausend Autos gesehen haben (und der Passat Kombi längst jemand anderem gehört), kauft er auf die Schnelle und viel zu teuer einen neun Jahre alten Mitsubishi Kombi, weil unsere Karre jetzt endgültig den Geist in einem rauchenden Motorplatzer aufgegeben hat und wir dringend Ersatz brauchen.

Wir stehen jetzt gerade mitten im Winter mit nicht mehr anspringendem Auto bei minus zehn Grad irgendwo in der Pampa und haben kein Handynetz. Das ist zu Silvester manchmal so, wenn andere Leute ihre Freunde anrufen, während sie es sich auf der Party gutgehen lassen, zu der wir nicht kommen, weil mal wieder die Zündkerzen nachgesehen gehören. Warum in der Pampa? Navigationsgeräte sind neumoderner Mist, sagt mein Mann. Sowas hätte er noch nie gebraucht, er fände auch so ans Ziel.

Ich rauche meine fünfzehnte Zigarette, während er fachmännisch unter die Motorhaube sieht und mir vorwirft, das alles käme nur davon, weil ich unbedingt ein neues Auto gewollt hätte. Der Toyota hätte schon noch hergerichtet werden können, aber nein, der war der Dame ja nicht mehr gut genug!

Ich stehe da und sehe das Auto. Ich sehe rot. Und ich sehe, dass er nicht mehr gut genug für mich ist.

Das WLAN Kabel

Dass ich am 31. Oktober gemein sein kann, wisst ihr ja bereits. Aber es gibt noch ein anderes Datum, wo ich normalerweise richtig fies bin: den 1. April! Okay, beim Hausbauen die Frau in den Baumarkt zu schicken, um eine Ziegelwaage zu kaufen, das ist blöd. Vor allem, wenn sie dann auf einen ostdeutschen Verkäufer trifft, der ihr zuerst eine Wasserwaage und dann eine Fliesensäge andrehen will, worauf sie mich anruft und ich ihr ausdeutschen muss, dass das nicht ganz das Gleiche ist, weil eine Ziegelwaage das spezifische Gewicht von Tonziegeln misst, damit man feststellen kann, ob sie korrekt gebrannt sind, weil sonst das Haus einstürzen könnte.

Ich hab's ja eh bereut! Sie hat mir dann beim gesamten Erdgeschoss nicht mehr geholfen und als ich mal was zu trinken wollte, gab sie mir Essigwasser. „Was für den Herrn gut genug war, reicht für dich allemal!", sagte sie, als ich nach einem gierigen ersten Schluck alles ausspuckte.

So etwas schreit natürlich nach Revanche (Rache ist auch treffend, klingt aber zu böse für dieses Buch). Also warten auf den nächsten 1. April und dann ein Loch in den Dachboden bohren, wo der Internetrouter steht, weil sie sich eh immer so über das lahme Internet aufregt, wenn sie ihre Musikvideos schaut, und – weil ich ja so beschäftigt bin – sie freundlich ersuchen, ob sie mir nicht schnell in den Mediamarkt fahren könnte um ... ein WLAN-Kabel! Und um zwei Meter Kabelschacht. Den brauche ich nämlich wirklich, weil ich hinter dem Kasten nicht bohren kann und daher das Loch in den Dachboden mehr oder weniger mitten im Raum machen und dann das LAN-Kabel im Kabelschacht an der Decke verlegen werde. Ja, sie wird sich wieder furchtbar aufregen, dass das potthässlich ist, aber es ist schließlich mein Fernseh-Wohlfühlraum und nicht ihr Arbeitszimmer, oder?

Holt sie mir doch gerne, wenn dadurch ihr Internetzugang schneller wird, meint sie. Klar doch, wird er definitiv, weil Kabel immer schneller ist als Funk und außerdem der Elektrosmog im Haus dadurch Geschichte ist, beeile ich mich der eingefleischten Veganerin und Homöopathieanhängerin zu versichern. Sowas zieht bei ihr immer dermaßen, wie bei mir ein Muskelkater nach einer Familienbergwanderung an den Oedtsee.

Sie geht, ich höre das Auto und denke: Zuerst einmal genau planen die Sache, also ein Bier! Das könnte sicher nicht schaden, oder? Eine gute halbe Stunde braucht sie auf alle Fälle, bis sie zurück ist, da bin ich mit dem Bier auf jeden Fall schneller.

Als ich beim zweiten Bier wieder die Haustüre höre, bohre ich schnell weiter. Ich will in der Tat den Router vom Dachboden mit dem SKY Receiver im ersten Stock verkabeln, weil ich dadurch die „On Demand" Dienste des Fernsehanbieters nutzen kann, was sich aber auf ihren PC im Erdgeschoss nicht auswirken dürfte, weil ich da sicher nicht hinunterbohren werde. Ich bin ja nicht ganz blöd! LAN Kabel habe ich eh genug, falls sie wieder auf einen dämlichen Verkäufer trifft und ihr der eines andreht, worauf ich sie zurückschicken werde, damit sie es auf eines mit WLAN Anschluss umtauscht.

Ratatatata macht mein Boschhammer. Ich mag es, wenn er sich die ersten Zentimeter durch den Putz frisst, dann durch die erste Ziegelschicht, bis er mit einem Ruck in den Hohlraum eindringt und … ich mag es einfach, wenn das passiert! Es hat was … ja, was Animalisches, fast besser als Sex, jedenfalls häuslicher.

Doch diesmal geschieht das nicht. Er dringt in den Hohlraum ein, die Wand sträubte sich umsonst wie eine alternde Jungfer, dann ein Ruck, es beutelt mich durch und die Maschine steht. Wenigstens diese Analogie funktioniert. Also zumindest relativ gesehen steht die Maschine still wie übrigens auch meine Frau, die gerade am Eingang zu meinem Fernsehraum erstarrt, als sie sieht, wie die Leiter umfällt und ich mich an der Bohrmaschine hängend wie ein tanzender Derwisch im Kreis drehe. Was eigentlich der Bohrer tun sollte, nur der hat sich im Eisen der Deckenziegel verfangen. Aber meine Bosch hat genug Kraft, dass sie stattdessen mich daran hängend herumwirbelt wie ein Cowboy sein Lasso. Und glaubt mir: Auf die Idee, einfach loszulassen oder auszuschalten kommt man in so einer Situation nicht!

Nein, sie hat mir nicht geholfen. Jedenfalls nicht gleich. Sie hat das Handy herausgeholt, alles gefilmt, mit „Schön ist so ein Ringelspiel" unterlegt – und jetzt steht der ganze Scheiß auch noch auf ihrem YouTube-Account, und sie hat in nur zwei Tagen darauf schon 127385 Klicks und dazu ein Angebot für einen Werbespot bekommen. Die verdient damit jetzt richtig Geld. So sollte ein Aprilscherz nicht enden!

Statt eines WLAN Kabels hat sie mir übrigens einen Accesspoint mitgebracht. Das reicht für SKY on Demand auch, finde ich, und lasse das mit dem Verkabeln sein.

Aber das Allerfieseste dabei ist, dass ich den Bohrer nicht mehr herausbringe. Was zur Folge hat, dass meine Angetraute jetzt jedem, der zu uns auf Besuch kommt, das in der Decke steckende Corpus delicti zeigt und mich dann lachend bittet, „uns doch allen einmal deinen sensationellen, freischwebenden Poledance vorzuführen!"

Nein, so sollte kein Aprilscherz enden!

Es LANgt!

Aufgegeben wird ein Brief. Und in Zeiten von Email (nein, liebe Leserinnen, damit ist nicht die Beschichtung auf euren Töpfen gemeint – und NEIN, mit „Töpfen" sind nicht eure, ähm, sekundären (für uns Männer primären) Geschlechtsmerkmale gemeint, nein, ich reflektiere hier auf eure Kochtöpfe!), also in Zeiten von Email werden ja nicht einmal mehr Briefe aufgegeben, höchstens mal die Rechtschreibung.

Und somit lasse ich, nachdem der gröbste Wirbel wegen meines kabarettistischen Bohrversuchs abgeklungen ist, frühmorgens am Samstag einen zweiten Versuch folgen, meinen SKY-Receiver an das LAN zu hängen, ohne selbst an der Decke zu baumeln, mit den Händen an einem wild gewordenen Boschhammer. Dazu muss aber erst einmal der steckengebliebene Bohrer aus der Zimmerdecke befreit werden. Also doch wieder hopp auf die Leiter, den Bohrer in die Maschine eingespannt (oder eigentlich eher die Maschine an den Bohrer montiert) und kräftig gezogen, was schon letztens nicht von Erfolg gekrönt gewesen ist. Aber ein richtiger Mann weiß, dass das am nächsten Tag alles ganz anders sein kann. Wegen der Erderwärmung, der Luftfeuchtigkeit, drei Bieren weniger oder anderen, hier nicht erwähnten Randbedingungen (wie kleinen Wundern zum Beispiel).

Nun, entweder war ich in letzter Zeit zu selten in der Kirche, oder der liebe Gott sah mein Bohrerproblem nicht direkt als „vordringlich wunderwürdig" an, jedenfalls steckt das Ding nachwievor wie einzementiert in der Decke und rührt sich weniger als ein Beamter an einem Nachmittag ohne Publikumsverkehr. Natürlich versucht man dann, den Bohrer gut festzuhalten und halt doch noch einmal einzuschalten, damit er sich frei schneiden kann, wobei man vorher schaut, dass keine Frau im Haus ist, die einen dabei filmen kann, wie man sich – schon wieder – samt der Bohrmaschine an der Decke hängend einen Drehwurm holt, bevor man geistesgegenwärtig den Schalter endlich doch loslässt.

Und der Bohrer steckt immer noch fest. Dafür riecht die Bohrmaschine jetzt wie die Reifen eines Golf GTI im Sommer am Wörthersee. So wird das also nichts, da muss ein alternativer Plan B her!

Nachdem die ausgeborgte Abzugsvorrichtung, die normalerweise angefressene Lager von einer Welle zieht, außer abbröckelndem Putz nur hässliche Druckstellen an der Zimmerdecke hinterlassen hat, um die ich mich später kümmern werde, steckt der Bohrer nachwievor fest wie unsere hundertjährige, deutsche Eiche im Lehmboden unseres Gartens.

Es wird Zeit für Plan C! Die Voraussetzungen dafür sind gut, weil meine Frau mit ihren Kollegen zwei Tage betriebsausflüglich außer Haus ist. Der würde Plan C mit Sicherheit nicht gefallen, das weiß ich ziemlich genau.

Der Boschkoffer wird geöffnet und das Stemmeisen – das ganz große – herausgenommen. Und dann habe ich eine Stunde richtig Spaß. Jedenfalls bis ich rund um den Bohrer alles aufgestemmt habe und mir dieser samt einigen Ziegelbrocken zielgenau auf die Nase fällt, worauf die mit einem deutlich vernehmbaren, trockenen Knackgeräusch antwortet und sich auf dem teuren Perserteppich, ein Geschenk der Schwiegermutter zu unserer Hochzeit, den ich natürlich auch hätte wegräumen können, der Zementstaub zu einer zähflüssigen, schmutzigroten Masse verfestigt. Darum werde ich mich später kümmern.

Da wird ein Schmerzmittel fällig. Gott sei Dank ist im Kühlschrank immer eines eingekühlt.

Und – der Bohrer steckt jetzt nicht mehr in der Decke, der steckt auch nicht im Loch am Perser, das er gerissen hat, nein, der liegt friedlich am Boden. Und auch die Druckstellen an der Decke sind verschwunden, samt einem halben Quadratmeter Zimmerdecke. So gesehen ein voller Erfolg, oder? Plan C wie Chaos!

Dafür stecken jetzt in meiner Nase zwei große Wattepfropfen.

Aber einen richtigen Heimwerker hält so etwas nicht auf. Ich überlege, was ich mit der Zimmerdecke mache und erkenne, dass ich da eigentlich schon immer eine Oberlichte haben wollte. Gut, der Dachboden darüber ist dunkel, aber darum werde ich mich später kümmern. Ich setze mich also, dreckig wie ich bin, samt Watte in der Nase in meinen Van und fahre zum Baumarkt, wo ich es nach dreißig Minuten aufgebe, einen Verkäufer finden zu wollen und mir ein Do-It-Yourself-Dachfenster in den Wagen schmeiße, 50 x 50 Zentimeter. Als ich den Baumarkt verlasse, entdecke ich die Mitarbeiter alle am Leberkäsestand. Nächstes Mal weiß ich Bescheid, wo ich euch finde, ihr Säcke!

Wieder zuhause läuft nun alles wie geschmiert. Das Loch wird jetzt auf 50 x 50 Zentimeter vergrößert bis das Fenster passt. Nun gut, ein wenig schief ist es, aber so hat das wenigstens Charakter. Es muss ja nicht immer alles schnurgerade sein!

Weil ich leider auf die Keile und den Montageschaum vergessen habe, verspreize ich das Dachfenster mit zwei Schraubenziehern, fahre nochmal zum Baumarkt, wo die Verkäufer jetzt auch am Leberkäsestand nicht zu finden sind, suche mir die Keile und den Montageschaum, fahre nach Hause, gehe in den ersten Stock, drehe um, setze mich wieder ins Auto und fahre noch einmal zum Baumarkt um ein neues Fenster, weil die Schraubenzieher leider nicht gehalten haben. Und bin dann endlich gerüstet für die Endmontage des Fensters! Halleluja!

Und ab da geht jetzt wirklich alles wie geschmiert! Es ist kaum sechs Uhr am Abend, als das Fenster eingeschäumt ist. Leider lässt es sich nur nach unten öffnen, weil ich es in der Eile verkehrt herum montiert habe, aber das sind Peanuts, solange das Dach kein Loch hat wo es hereinregnet, was mich daran erinnert, dass ich da oben auch noch etwas zu tun haben werde.

Am Montag werde ich mich nämlich dann um ein Dachfenster im Dachboden kümmern, damit es dort auch Licht gibt, das dann durch mein tolles, neues Fenster fallen kann.

Der Teppich! Ich fahre nochmal schnell in den Baumarkt, husche gerade noch schnell hinein, kurz bevor sie schließen, kaufe einen Teppichreiniger, fahre nach Hause und bürste den mittlerweile hart gewordenen Zementstaub und das Blut aus dem Perser. Leider auch etwas persisch geknüpfte Farbinformation, außer halt im Loch, das der Bohrer hinterlassen hat. Das ist ja schon sauber. Ich rücke den Teppich ein wenig in die Ecke und stelle den großen Blumentopf aus dem Wohnzimmer drauf. Normalerweise mag ich ja keine Zimmerpflanzen in meinem Wohlfühlraum, doch in diesem Falle ...

Aber jetzt wird zuerst einmal das neue LAN in Betrieb genommen!

Da komme ich drauf, dass ich vergessen habe, einen Schlauch für das Netzwerkkabel einzuziehen.

Wo war gleich nochmal der Bohrer?

Barbaras Rhabarberbar

Wir haben Rhabarber im Garten. Immer schon. Den soll man ja nur im Frühjahr ernten, weil er später hohe Mengen an Oxalsäure hat, und davon bekommt man Bauchweh. Vor allem, wenn man ihn roh isst, was aber eh kein halbwegs normal getakteter Mensch macht. Außer der Barbara, das ist eine Freundin meiner Frau, die ja immer noch wegen des ruinierten Perserteppichs stocksauer ist. Die Barbara ist ein Fan von Rhabarber in jeder Form, weshalb sie auch jeder in der Siedlung nur „unsere Rhabarbara" nennt, was sie wiederum fast so sehr hasst wie ich dieses Gemüse. Oder vielleicht ist es ja auch ein Obst. Was weiß ich?

Aber die Rhabarbara kann Dinge aus Rhabarber zaubern, das ist barbarisch! Da gibt es natürlich das allseits bekannte, ungenießbare Rhabarberkompott, den sauren Rhabarberkuchen, mit Rhabarber gefüllte Palatschinken, ungezuckerten Rhabarbersaft, klebrigen Rhabarberreisauflauf, steinharte Rhabarberknödel, getarnten Rhabarber im Teigmantel und sogar Rhabarberschnaps, für mich die einzig genießbare Form dieses Gemüses. Hab' davon zwar kein Bauchweh bekommen, dafür war das Kopfweh monumental.

Als es mir nach zwei Tagen wieder besser ging, habe ich beschlossen, für Rhabarbara ein Gedicht zu verfassen. Hier ist es:

> *Es gründete die Barbara*
> *bei uns eine Rhabarberbar.*
> *Der Schnaps dort, also ja der war*
> *zum Trinken wahrlich wunderbar.*

Doch war es recht schnell absehbar
in Barbaras Rhabarberbar,
dass das kein großer Markt nicht war.
Zu niedrig war das Honorar,
der unnahbaren Barbara.

So machte der Erfolg sich rar,
bis Barbara fast pleite war.
Und Barbaras Rhabarberbar
war bar des Bargelds untragbar.

Am Ende kam ein Nachbar gar
und kaufte es ihr ab in bar.
Er nutze aus die Barbara,
ein wahrer Nachbar-Bar-Barbar!

Wo einst war die Rhabarberbar,
da ist uns're Rhabarbara
jetzt tänzerisch ein Nacktbar-Star.
Mit deutlich bess'rem Honorar!

Die Rhabarbara war nicht wirklich glücklich über dieses Gedicht, das habe ich gleich gemerkt. Naja, vielleicht hätte ich es auch nicht gerade vor allen ihren Freundinnen auf der Rhabarberkochparty meiner Frau vortragen sollen? Aber ich hatte es eigentlich gut gemeint. Nur sagte die Rhabarbara, das Gegenteil von „gut" sei bekanntlich „gut gemeint", vor allem bei Männern! Der Blick meiner Frau sagte mir dann recht deutlich, dass es besser wäre, ich würde mich in meinen Wohlfühlraum trollen und dort ein Fußballspiel schauen, wie eh jeden Samstagnachmittag.

Eine Woche drauf hatten wir mittels einstimmigem Beschluss am Freitagabend unseren Stammtisch zugunsten einer Pokerrunde zu uns verlegt, alle meine Spezis waren gekommen. Es gab ein opulentes Wohlfühlmenü in meinem Wohlfühlraum: Cracker mit Chilidip und Bier, dazu lief das Gemetzel der Roten gegen die Blauen. Nein, keine Wahlkampfkonfrontation, sondern FC Bayern München gegen FC Scheiße 04, danach war Pokern geplant. Frauen hatten natürlich Zutrittsverbot, außer für Nachschubzwecke, und alle bewunderten meine neue Oberlichte (die Hintergründe kannten sie glücklicherweise nicht, weil von denen keiner in Facebook ist) – Männerherz, was willst du mehr?

Plötzlich platzt meine Angetraute mit der Rhabarbara herein, unter dem Vorwand, uns etwas vom neuen Rhabarberpudding kosten zu lassen, den sie gerade unten fabriziert hatten. Naja, man ist ja kein Unmensch, oder? Außerdem hatte ich noch immer ein wenig schlechtes Gewissen wegen des Gedichtes, und das Bier war auch gar, also gut, her mit dem Zeug, kostet Männer und seid tapfer und verzieht nicht eure Gesichter!

Als wir alle gerade den Mund voll haben und uns verzweifelt fragen, wohin mit dem Inhalt desselben, weil der Pudding so grauslich war, dass Schlucken auf keinen Fall in Frage kam, als wir also alle unfähig waren zu sprechen, da zieht die Rhabarbara einen Zettel aus ihrem Dekolletee und beginnt, ein Gedicht vorzutragen, während meine Frau den USB Stick in meinen 70 Zoll Flachbild steckt und das Video von meinem Bohrversuch startet:

Der Hausherr hier ist Heimwerker.
Angeblich auch ein Berserker.
Denn bohrt und installiert der Herr,
dann wird er zum Choleriker.

Ein Loch zu bohren, das ist schwer.
Das endet schnell im Massaker.
Der Bohrer steht, es dreht der Herr
den Deckenhänger-Poledancer.

Drum Mann, es wär' viel lustiger,
wenn er im Bett ein Bohrer wär'!
Doch tut er sich da leider schwer.
Sagt seine Frau, bei ihrer Ehr'!

Was blieb mir übrig, als das einfach runterzuschlucken? Den Pudding meine ich. Der war noch das Beste an diesem Abend.

Quotenfrau

Unser Stammtisch ist seit jeher eine reine Männersache gewesen. Wie sich das halt für Stammtische so gehört, wie das bei allen Männerstammtischen immer gewesen ist und wie es immer sein wird!

Denkste!

Der Markus, eines der eher stillen und schüchternen Mitglieder unserer verschworenen Bruderschaft und irgendwie intellektuell verseucht (aber wir arbeiten daran, ihm das mit Bier raus zu waschen), überraschte uns letztens mit einem geradezu häretischen Vorschlag. Er habe jetzt eine neue Freundin, meinte er, die Karo, und die sei eine wilde Feder, wie er sich ausdrückte. Nun haben wir alle nichts gegen wilde Federn, vor allem nicht in unseren Betten oder in den Stoßdämpfern unserer Sportwagen, aber am Stammtisch? Markus? Du wirst jetzt nicht den Vorschlag machen, sie ... Markus? MARKUS?

„Männer!", sagte er, „Wir können uns den Frauenquoten nicht mehr verschließen! Wir müssen da mit der Zeit gehen. Sogar die Wiener Philharmoniker mussten einsehen, dass sie Frauen aufnehmen müssen. Und in der Politik gehören sie auch schon lange dazu, außer halt bei den Freiheitlichen, weil es eben noch kein Ministerium für die Verwaltung häuslicher Herde gibt. Geben wir ihr einfach eine Chance, okay?"

Das führte zu einer sehr hitzigen Diskussion, wie ihr euch denken könnt, wie es sie sonst nur gibt, wenn wir uns über wirklich wichtige Themen in die Haare bekommen. Zum Beispiel, ob Bayern München oder der Borussia Dortmund die bessere Mannschaft ist, oder ob man zum Kümmelbraten besser Semmelknödel oder Mehlknödel als Beilage serviert.

Der Markus hatte es daher schwer. Aber er ist argumentativ sehr beschlagen und kam uns mit einem „Gedankenexperiment", wie er es nannte: Was würden wir zu seiner Mitgliedschaft sagen, wenn er sich beispielsweise zu einer geschlechtlichen Transformation in eine Frau entschließen würde?

„Gar nix, Trottel!", meinte Fredi. „Dann bist ja nimmer MIT GLIED, hahaha!", stellte also ausgerechnet unser schwangerschaftsgeschädigter Mitbruder unter Missbrauch eines uralten Kalauers fest.

Nur war mit diesem Argument die Saat ausgebracht, und der schöne Abend drehte sich hinfort ausschließlich um dieses leidige Thema, wo doch morgen sogar Red Bull Salzburg beim FC Scheiße 04 spielen würde, und daher deutlich wichtigere Themen am Tapet gestanden hätten. Aber nein, der Markus hat uns damit den Stammtisch versauen müssen!

Männer sind jedoch in der Lage, mit so etwas rational und streng logisch strukturiert umzugehen. Und so argumentierten, reflektierten, konspirierten, intrigierten, deduzierten, dozierten, transpirierten und bierten wir, bis wir zu einem für alle akzeptablen Kompromiss gelangt waren:

Für zukünftige Aufnahmen in unsere Runde benötigten wir einen geschlechtsneutral formulierten Aufnahmeritus, einen Härtetest quasi, anhand dessen wir zweifelsfrei feststellen konnten, ob ein potentielles Mitglied der Aufnahme in unsere illustre Runde würdig wäre.

Mit diesem Ergebnis gingen wir auseinander, wohl wissend, dass eine Frau, egal wie wild federnd, die geforderten Fähigkeiten niemals würde mitbringen können. Auch Markus schien damit zufrieden zu sein, und wenn es schon zu sonst nichts gut war, würde er sich zumindest eine Geschlechtsumwandlung damit hoffentlich aus dem Kopf schlagen.

Eine Woche darauf kam Markus etwas zu spät, was sonst so gar nicht seine Art war. Er wirkte auch ziemlich nervös und als wir ihn nach dem Grund fragten, öffnete sich die Tür zum Stüberl und herein kam … eine Frau! Und was für eine! Keine einsfünfzig klein, schlank, sehr hübsch und lange, gulaschblonde Haare.

„Das ist die Karo.", meinte Markus, wobei aufmerksamen Beobachtern das Zittern um seine Mundwinkel und aufmerksamen Zuhörern das Vibrieren in seiner Stimme unmöglich entgehen konnte. Wir haben aber alle nichts gemerkt. „Sie will sich unseren geschlechtsneutralen Aufnahmetests stellen."

Uns blieb die Spucke weg, was wir sofort mit einem Schluck Bier bekämpften, aber dann fing ich mich als Erster wieder und antwortete so ausführlich, wie es der Situation angemessen schien:

„Passt!"

Also los! Die würde sich wundern, dachten sich wohl die meisten von uns. Die würden sich wundern, dachte sich auch die Karo, aber das wussten wir zu diesem Zeitpunkt noch nicht und wunderten uns erst später.

„Karo!", hub ich in meinem seriösesten und feierlichsten Ton an (ich hatte kürzlich den Film „Eyes Wide Shut" gesehen, das half ein wenig), „Du hast dich in unserer edlen Runde für eine Mitgliedschaft beworben. Bist du bereit, die Prüfungen über dich ergehen zu lassen und versprichst du bei deiner Ehre, niemandem davon zu erzählen? So antworte mit einem deutlich vernehmbaren JA!"

Ja klar, meinte sie. Ob wir Pfeifen immer so ein Theater machen würden? Dann wäre sie vielleicht gar nicht mehr interessiert. Wir sollten endlich loslegen, immer quatschten die Männer nur, und wenn es endlich darum ginge, wirklich seinen Mann zu stehen, stünde meist außer den zu lange getragenen, weißen Tennissocken gar nichts von alleine, weshalb die Pfeifen sie auch nie auszögen.

Das war reine Provokation! Na warte, du Miststück! Aber doch irgendwie ein sympathisches Miststück, muss ich sagen! Schade, dass wir sie schon nach der ersten Prüfung mit Schimpf und Schande würden davonjagen müssen!

„Die erste Prüfung, Karo, ist, dass wir alle unsere Gläser heben und austrinken. Du darfst dabei nicht die letzte sein, deren Glas vom Biere befreit wieder auf dem Tische ruht!", behielt ich meinen würdevollen Ton bei, worauf sich der Karli mit dem Finger an die Stirn tippte und meinte: „Also, aussaufen musst schneller als der Langsamste von uns, klar?"

Maria kam mit einer Runde Halben und wir standen auf. Solche Prüfungen macht man natürlich im Stehen, wenn man Stil hat (und noch stehen kann, aber es war ja noch früh am Abend). Wir hoben die Gläser zum Munde und wollten gerade trinken, da krachte das von Karo auch schon scheppernd auf den Tisch und sie rief nach Maria, weil sie Durst hätte. Wir waren schon ein wenig konsterniert, aber auch als wir das Glas von Karo untersuchten und sogar umdrehten: Es war leer wie ein Ministergehirn.

Als ich mich als Erster der Geschockten vom Schrecken wieder gefangen hatte, räusperte ich mich und erklärte ihr die zweite Prüfung. Sie sollte einen schmutzigen Witz erzählen. Falls niemand im Raum lachen würde, wäre sie durchgefallen. Diesen Test KONNTE sie nicht bestehen, weil wir sicher nicht lachen würden! Das Thema des Witzes würden wir vorgeben. Wir entschieden uns für einen Polizistenwitz. Die kannten wir wirklich alle, da konnten wir uns auf jeden Fall beherrschen.

Sie trank das zweite Bier – ebenfalls auf Ex, worauf sich in dem einen oder anderen Männerhirn im Raum langsam so etwas wie ein kleines Flämmchen von Sympathie zu entzünden schien – und begann, einen Witz zu erzählen.

„Eine Frau fährt mit ihrem Audi TT zu schnell und wird unter einer Brücke von einem Kiwara angehalten. Der fragt sie nach ihren Papieren, überprüft das Verbandszeug und ob die Lichter funktionieren, und dann fragt er sie, was sie beruflich machen würde.

‚Ich bin Afterspreizerin!‘, antwortet sie ihm todernst. Worauf er wissen will, was denn das zum Henker für ein Beruf sei?

‚Na, ich fahre mit zwei Fingern in einen Hintern, dann mit der ganzen Hand, dem Arm, dann dem anderen Arm und ziehe sie auseinander, bis der Anus fast auf zwei Meter geweitet ist.‘, erklärt sie dem Polizisten.

‚Und was machen Sie dann mit diesem zwei Meter großen Arschloch?‘, will der Bulle wissen.

‚Ich gebe ihm eine Radarpistole und stelle es unter eine Brücke.‘

Wir haben echt versucht, ernst zu bleiben. Wirklich! Aber dann begann ausgerechnet der Dorfpolizist am Nebentisch schallend zu lachen, dann die Maria, und am Ende mussten wir alle lachen. Zumindest bis uns die Erkenntnis, dass Karo soeben die zweite Prüfung geschafft hatte, wie ein Blitzschlag aus heiterem Himmel traf. Aber noch bestand ja kein Grund zur Sorge, noch musste sie zwei Prüfungen bestehen, und spätestens bei der letzten war das unmöglich. Aber dazu würde es gar nicht kommen, auch die nächste war für eine Frau nicht zu schaffen ... naja, man sollte mit dem Wort „unmöglich" vorsichtig sein, aber die Wahrscheinlichkeit war in der Tat verschwindend gering!

„Karo, wir werden jetzt auf den Parkplatz gehen. Dort wirst du deine dritte Prüfung zu bestehen haben. Karli wird vorher hinausgehen und seinen Wagen fahruntüchtig machen, und du musst ihn in fünf Minuten reparieren, sodass er anspringt!"

„War die Karre überhaupt schon irgendwann mal fahrtüchtig?", warf der Kiwara am Nebentisch ein, was wir beinhart ignorierten. Er war schließlich daran schuld, dass die Karo immer noch im Rennen war.

Karli war schon auf dem Weg. Ein paar Minuten später – Karo hatte noch schnell ein Bier getrunken – gingen wir alle hinaus. Sogar der Dorfpolizist wollte das sehen.

Karo stieg ein, drehte den Zündschlüssel: „Klick!"

Wir waren uns sicher, sie würde schon daran scheitern, die Motorhaube zu öffnen, da sprang diese auch schon auf. Sie ging herum, öffnete sie ganz, verspreizte sie, warf einen Blick hinein, steckte die Zündkabel an, machte zu, stieg ein und startete das Auto.

Alter! Wer einmal versucht hat, die Zündkabel alle richtig anzustecken, der weiß, dass die Chancen, das zufällig zu schaffen, sehr gering sind. Mathematisch gesehen gab es bei vier Kabeln bereits 24 Möglichkeiten, bei 8 schon 40320. Entweder die Tussi hatte viel Glück oder sie ... nein, der Gedanke daran war zu verwegen, zu undenkbar!

Karli meinte zum Kiwara, ob das Inbetriebsetzen eines Autos mit so viel Bier überhaupt erlaubt wäre, eigentlich müsste er einschreiten, worauf dieser nur lachte und meinte, er solle die Klappe halten und sich daran erinnern, wie er selbst vor zwei Wochen nach Hause gefahren sei. Beide fahruntüchtig, das Auto und er!

Weil wir jetzt alle schon zwei Bier hatten, Karo vier, konnte die letzte Prüfung endlich stattfinden. Keine Frau konnte DIE gewinnen.

Die Prüfung bestand darin, hinter das Gasthaus zu gehen und Platz für neues Bier zu schaffen, wobei die Entfernung, in der das bereits verarbeitete Bier wieder zu Boden fiel, den Prüfungsteil darstellte, bei dem Karo nicht schlechter abschneiden durfte als einer aus unserer Runde, den wir frei wählen konnten.

Karli war ganz heiß darauf, ihr zu zeigen, wozu ein echter Mann fähig war. Immerhin hielt er mit 3,80m unseren unerreichten Weitpinkelrekord.

Karli sagte später, als wir Karo schon feierlich aufgenommen hatten, das Luder hätte ihn so abgelenkt, dass der für die Prüfung relevante Körperteil ... äh ... verhärtet ... wäre, worauf sie leider um einen halben Meter weiter gekommen wäre als er. Wir haben das dann überprüft, aber unsere Statuten sahen keinen Passus vor, der ihr diese gerissene Einflussnahme verboten hätte.

Aber Obfrau wird sie nie werden!

Das neue Peckerl

Dass ich nebenberuflicher Hobbyfotograf bin, ist ja bekannt. Nicht? Also bitte! Ich bin quasi eine Berühmtheit, weil ich eine Spezialität habe: Ich mache die besten Highkeys weit und breit. Was ein Highkey ist? Einfach gesagt ein Bild mit einer satten Überdosis Blitzlicht. Das ergibt sehr helle Fotos, was wiederum der einen oder anderen vernachlässigbaren Alterserscheinung bei Frauen gut tut, weil viel Licht auch wenig Schatten heißt, und das wiederum bedeutet: Abrakadabra, Falte verschwinde!

Natürlich werde ich oft nachgeahmt. Nachdem ich aber nicht alle Tricks verrate (zum Beispiel den, dass ein gutes Highkey, um zu funktionieren, unbedingt einige sehr dunkle Kontraste braucht, wozu sich beispielsweise die stark geschminkten Augen anbieten – ups, jetzt habe ich ihn doch verraten), kommen bei vielen Nachahmern nur Bilder raus, die aussehen, als wenn jemand ein leeres Fax geschickt hätte. Was wiederum gut für mich ist, weil es mir die Kundschaft erhält. Mich hat mal ein befreundeter Fotograf gefragt, was das Geheimnis meiner Lichtsetzung ist. Ich war an diesem Tag guter Laune und erklärte ihm, dass ich, wenn ich ins Studio käme, einfach alle Blitze einschalten würde, die ich fände. Er hat gelacht und ist dann abgerauscht, weil er glaubte, ich hätte gescherzt.

Es müssen aber nicht immer nur die Augen sein. Auch Tätowierungen bieten schöne Kontraste. War es vor zwei Jahrzehnten praktisch noch unmöglich, mittelalterliche, weibliche Modelle mit einem Peckerl zu finden – da war man auf vorzeitig entlassene Häfenbrüder angewiesen – ist es heute schon ein Wunder, wenn mal eine Vierzigjährige mit makelloser, unversehrter Haut vor der Linse aufkreuzt. Letztens freute ich mich schon, weil ich beim Akt mit einer solchen

Dame kein Tattoo entdecken konnte, aber leider zu früh. Wie sich schnell herausstellte, können Falten nicht nur zum Schattenwurf benutzt werden, sondern auch als Kunsteinband für Körpermalereien, die sich – eine geeignete Pose vorausgesetzt – dann von selbst öffnen wie ein viel gelesenes Buch an der spannendsten Stelle.

Vorige Woche war das gewesen. Da stand also Chantal vor meiner Linse, so wie Gott und das Tattoostudio „Needlemike" sie geschaffen hatten. Eigentlich heißt Chantal ja Annemarie, aber Chantal klingt einfach ... dämlicher. Und so wie „herrlich" von „Herr" kommt, ... ach lassen wir das! Manche Klischees muss frau halt erfüllen, sonst sterben die glatt noch irgendwann aus! Die Klischees.

Chantallemarie war fünfundvierzig. Das Alter sah man ihr aber wirklich nicht an. Ich hätte ihr auch fünfundfünfzig sofort und fünfundsechzig mit Sehhilfe geglaubt. War sie vermutlich eh. Als ich sie nach dem Ausweis fragte, worauf sie wissen wollte warum, und ich sagte: „Mädel, ich will keine Probleme mit der Polizei, weil ich mit Minderjährigen Aktfotos mache!", hielt sie nämlich den Daumen zufällig auf das Geburtsjahr. Ich weiß also nicht, wie alt sie wirklich war, aber wenn ein Führerscheinfoto mal nicht mehr erkennbar ist, dann ist die Person jedenfalls volljährig. Und Aktbilder machte sie dann mit mir auch recht willig, weil ich „so charmant und nett" bin, wie sie sich ausdrückte. Und ich machte die Aktbilder, weil sie so leicht um den Finger zu wickeln war, wie ich mich aber nicht ausdrückte.

Da stand sie also nackt vor mir. Zumindest Teile von ihr. Manche hingen auch. Ich hieß sie, den Kopf hochzunehmen, einerseits deswegen, weil ein langer Hals erotische Bilder macht (was ich den Modellen immer sage) und andererseits, weil so das Goderl, wie wir das Doppelkinn in Österreich gerne nennen, dabei sofort wie durch Zauberhand verschwindet (was ich den Modellen nicht sage). Dann sollte sie die Schultern zurücknehmen, weil das eine gute Körperspannung macht (wie ich den Modellen gerne sage) und was auch schwerkraftbedingten Unfällen mit hängenden, sekundären Geschlechtsmerkmalen vorbeugt (was ich ihnen wiederum nicht so gerne sage).

Das brachte aber dann leider auch bis zu diesem Zeitpunkt faltenbedingt gnädig versteckte, chinesische Schriftzeichen unterhalb ihrer Brust zum Vorschein. Tätowierte natürlich.

炸

鸡

胸

肉

Na? Es war natürlich sofort meine Neugier angestachelt, sie zu fragen, was diese Symbole wohl bedeuten würden? Nun, das wäre eine alte, buddhistische Weisheit, erklärte mir daraufhin meine Chantallemarie und hieße in etwa:

„Das Glück ist das einzige, was sich verdoppelt, wenn man es teilt!"

Ein sehr schöner Spruch, wie ich fand. Die Fotosession lief ab da eigentlich recht gut, und zwei Monate später hatte ich sogar eines der Bilder von Chantallemarie, natürlich mit ihrem gnädigen Einverständnis, in einer Ausstellung von mir hängen. Die Modelle waren auch zum größten Teil zur Vernissage gekommen, selbstverständlich auch unsere Chantallemarie. Den Needlemike hatte ich zwar ebenfalls eingeladen, aber der war nicht aufgekreuzt. Na egal, es war auch so bummvoll, es wurden Reden geschwungen, Sekt getrunken, die Bilder wurden bewundert und über den grünen Klee gelobt, hinter meinem Rücken sicher auch kräftig verrissen, was mir aber egal war, weil die Höchststrafe für einen Künstler nicht ist, wenn schlecht über seine Werke geredet wird sondern, wenn über seine Werke eben nicht schlecht geredet wird!

Unter den Bildern waren die Titel derselben an die Wand geklebt. Und das Bild von Chantallemarie hatte ich aus apostolischer Begeisterung genau so genannt, wie sie tätowiert war.

„Das Glück ist das einzige, was sich verdoppelt, wenn man es teilt!"

Davor stand mit sichtlichem Stolz das Modell und erklärte einem jungen Mädchen das Bild. „Hallo Chantal!", sagte ich. „Du hast eine Freundin mitgebracht?"

Sie errötete ein wenig und klärte mich auf, dass das ihre Tochter sei, worauf ich froh war, dem Drang widerstanden zu haben, sie zu fragen, ob sie ihre Enkelin mitgebracht hätte. Glück gehabt! Die junge Dame meinte, das sei ein wirklich sehr geschmackvolles Nacktbild (Autsch! Das mögen wir Aktfotografen gar nicht. Wenn sie jetzt noch fragt, welche Kamera ich habe, weil die so schöne Bilder macht, dann kracht's!)

Dazu kam sie aber nicht, weil just in diesem Moment ein anderer Gast, in dem ich den Besitzer des Restaurants „Panda" erkannte, hinter uns laut zu lachen begann.

Wir drehten uns, in unserer Versenkung in das Kunstwerk peinlich berührt und gestört, distinguiert zu ihm um und sahen ihn fragend an. Er lachte einfach ungeniert weiter. Irgendwann wurde mir das aber zu viel, und ich fragte ihn frei heraus, was ihn denn so erheitern würde:

„Na, das Tattoo!", meinte er. „Da steht nämlich: Frittierte Hühnerbrust."

Jetzt war mir auch klar, warum der Needlemike nicht erschienen war.

Wechseljahre

Günter, du fasst da ein heikles Thema an! Ja, ist mir klar, aber es muss sein. Ich habe nunmal schon begonnen und kann jetzt das Thema nicht mehr wechseln, Wechseljahre hin oder her. Aber bevor nun alle Feministinnen unter euch aufheulen: Es geht hier nicht um weibliche Wechseljahre, weil es so etwas ja gar nicht gibt! (Die kleine Lüge tut mir nicht weh!)

Nein, es geht um die wenig bekannten, männlichen Wechseljahre, also die wirklich wahren Wechseljahre. Es gibt dazu sogar eine Unmenge von Internetseiten, die fangen dann dementsprechend auch alle mit „www" (wirklich wahre Wechseljahre) an, ihr könnt ja mal googeln, wenn ihr mir nicht glaubt.

Habe ich da oben tatsächlich „Feministinnen" gesagt? Noch dazu in einem negativen Zusammenhang? Teufelin auch, dafür entschuldige ich mich bei allen Emanzen vorweg gleich mal. Wörter, die auf „istinnen" oder „ismus" enden, sind nämlich meistens negativ besetzt. Ihr wollt Beispiele? Gerne. Alkohol ist etwas Gutes, Alkoholismus ist schlecht. Feminin sein ist etwas Gutes (zumindest für Frauen), Feminismus ist ... auch gut, das war ein schlechtes Beispiel. (Die kleine Lüge tut mir auch nicht weh!) Fundamental ist etwas Grundlegendes, Fundamentalismus ist zugrunde richtend. Eine Exhibition ist für den ausstellenden Künstler meist was Feines, Exhibitionismus hingegen ... Eine Tour ist oft lustig, vor allem eine Sauftour, aber der Tourismus hat furchtbare Auswirkungen. Siehe die Geschichte über den Handtuchkrieg. Und Kapital hat jeder gerne, aber Kapitalistinnen mag niemand. Das war jetzt wieder ein generischer Feminin, da sind natürlich auch die männlichen Kapitalistinnen gemein(t)! Und am klarsten wird es beim Fasching. Den mag jeder, aber die Faschistinnen, die mag keiner. Und noch ein Beispiel für die Musiker: Ohne Bass kommt keine Band aus, aber Hand aufs Herz: Wen interessiert ein Bassist? Und wenn ihr es immer noch nicht glaubt, dann denkt an den Buchstaben „M". Der ist gar nicht böse, aber keiner mag „Mist". Und die Männer wissen, ein schönes „Hinterl" ist was Nettes, aber Hinterlist geht gar nicht!

Ui, jetzt habe ich mich aber ereifert und bin ganz vom Thema abgekommen. Ich wollte ja über die Wechseljahre schreiben, Menno, das war eine lange Pause!

Also, ich kam gestern drauf, dass ich irgendwann in letzter Zeit in die Jahre gewechselt .. äh gekommen bin. Fragt mich nicht, warum. Ich erzähle es euch ja auch so.

Also zuerst habe ich wie jeden Tag in der Früh nach dem Duschen meine Unterwäsche gewechselt. Das hat mich jetzt noch nicht groß beunruhigt. Dann habe ich aber auch die Orangensaftsorte beim Frühstück gewechselt, das war schon ein anderes Kaliber. Und nicht, weil der Hofer meine alte Sorte nicht mehr gehabt hätte, nein, das Schlimme ist, ich weiß nicht, warum ich sie gewechselt habe! Ich wollte dann deswegen sofort meinen Psychologen anrufen, kam aber drauf, dass ich den auch gewechselt hatte, nachdem meine Exfrau mit meinem früheren durchgebrannt war. Okay, wenn der überall so gut ist wie im Beruf, dann vergönne ich ihn ihr eh. Da hat sie den Teufel mit dem Beelzebub gewechselt. Sagt man das so? Nein, ausgetrieben hat sie da. Ach, das klingt jetzt aber auch irgendwie blöd, zumindest in diesem Zusammenhang!

Also habe ich nachgedacht, was ich in letzter Zeit noch alles gewechselt habe. Selbstreflexion nennt das der Fachmann. Und das Ergebnis war erschütternd:

Vorigen Monat habe ich den Handyanbieter gewechselt. So etwas ist von den Auswirkungen her jedenfalls über das Wechseln einer Ehefrau zu stellen. Ich glaube, in diesem Punkt sind wir uns einig? Nicht? Na, dann versucht mal aus einem Mobiltelefonvertrag herauszukommen. Dagegen ist ein Ehevertrag ein Lercherlschas!

Vor zwei Wochen wechselte ich das Wasser im Whirlpool. Weil meine Haut nach der Benutzung jedes Mal die Farbe gewechselt hatte. Das gab den Ausschlag, um im Bild zu bleiben.

Zwei Mal im Jahr wechsle ich die Räder am Auto, obwohl es eh schon jahrelang kaum noch schneit im Winter. Auch das sagt einiges über mein psychisches Profil (und das der Reifen)l aus.

Als ich mich vor ein paar Tagen dabei ertappte, wie ich auf der Autobahn die Spur gewechselt habe, nur weil vor mir ein LKW fuhr, habe ich nicht darüber nachgedacht. Im Nachhinein aber ... er hatte „Friends on the road" am Heck stehen. Ein Freund also, der mir den Weg frei macht, und was mache ich? Ich wechsle die Seite wie ein Abgeordneter vom Team Stronach den Parlamentsklub. Und wisst ihr, wo ich da gerade unterwegs war? Erraten: Auf der Südautobahn, am Wechsel!

Kein Zweifel, ich bin gerade in den Wechseljahren! Was mich sofort in ein Wechselbad der Gefühle stößt und wieder an den Whirlpool denken lässt. Samt Ausschlag, aber diesmal psychosomatisch und nicht bakteriell bedingt.

Ich geh mich ablenken. Die Schlangen gehören gefüttert, obwohl sie im Winter weniger fressen als zur warmen Jahreszeit. Sind ja wechselwarme Tiere. Oh Scheiße! Sogar die Haustiere suche ich mir anscheinend schon ganz unwillkürlich nach solchen Gesichtspunkten aus!

Am besten, ich tu gar nichts und mach einfach Pause! („*Menopause?*", flüstert grinsend der Dämon in meinem Hirn. Dieses blöde Arschloch weiß auch immer ganz genau, wie es mich ärgern kann!). Geht also auch nicht. Was ich brauche, um wieder auf die stabile Spur zu wechseln, das ist Kontinuität, wird mir jetzt klar. Und so beschließe ich, dass bis auf weiteres nichts mehr gewechselt wird und zerreiße den Antrag für den neuen Internetanbieter, obwohl mich meine Jungs seit Monaten dringend bitten, zu diesem zu wechseln, weil der die zehnfache Bandbreite zum selben Preis bietet. Nichts da! Nichts mehr wird gewechselt! Nichtmal die Unterwäsche.

So machen wir das!

*

Update – zwei Monate später:

Ich habe das knallhart durchgezogen und fühle mich jetzt schon viel besser. Das einzige, was jetzt noch gewechselt wird, sind die Duftbäume in der Wohnung, aber das macht meine Putzfrau. Die musste ich allerdings wechseln, weil die frühere den Job hingeschmissen hat als ich ihr verbot, die Beutel im Staubsauger zu wechseln.

Mit den Nachbarn wechsle ich auch kein Wort mehr, die haben nämlich mittlerweile den Wohnort gewechselt. Angeblich wegen der Geruchsbelästigung hier. Nein, nicht nur wegen der Unterwäsche, auch wegen des Ölgeruchs. Als ich nämlich draufkam, dass die Lampen mit Wechselstrom ... naja!

So, ich muss Schluss machen. Der Akku des Notebooks wird nämlich nicht mehr lange hal

Da haben wir das Theater!

Weib... Frauen! Ich sag' euch was: Mann kann nicht ohne sie sein, aber mit ihnen geht es schon gar nicht! Die sind so kompliziert, dagegen ist sogar die vollständige Visualisierung der menschlichen DNS auf einem Hochleistungscomputer noch eine einfache Übung!

Die DNS hat nämlich 46 Chromosomen (ein Huhn hat 78, vielleicht ist das mit ein Grund für die Komplexität von Frauen), etwa 22.000 Gene (der Fadenwurm hat 23.000, das zeigt, warum Männer eher einfach gestrickt sind) und etwa 3,27 Milliarden Basenpaare, aufgefädelt auf etwa 1,80m – so lang ist so eine DNS also! Und weil Frauen meistens unter 1,80m groß sind, muss man die DNS knicken, und darum ticken die manchmal komisch. Glaube ich. Knicken, ticken, zicken – das hängt alles zusammen! Hab' das jetzt nicht im Detail recherchiert, aber die Theorie klingt für mich plausibel. Und spart euch jetzt bitte, nach weiteren Wörtern zu suchen, die so ähnlich klingen!

Bei vielen Frauen ist der Knick vermutlich im Einparkgen oder im Mathematikgen, bei anderen im Logikgen, bei wieder anderen im Habeh-genug-Schuhe-Gen. Bei vielen modernen Frauen ist er sogar schon im Koch-Gen gefunden worden. Das ist alles handhabbar, wenn man gewisse Mechanismen kennt und bestimmte Knöpfe zur richtigen Zeit (nicht) drückt. Zum Beispiel den für das Backrohr, wenn sie wieder einmal die Fertigpizza samt Folie hineingeschoben hat.

Aber wehe! Wehe dir, Mann! Wehe, wenn der Knick im Liebesgen steckt, nämlich da, wo auch das Eifersuchtsgen unverrückbar integriert ist. Dann bist du in der Tat wirklich und wahrhaftig eine arme Sau!

Wenn so eine Frau eifert, bist du tatsächlich völlig machtlos!

Da kannst du so brav sein, dass sich nachts dein Nachbar beschwert, weil ihm aus deinem Schlafzimmer der Scheinwerfer in seines leuchtet – und in Wahrheit ist es dein Heiligenschein.

Da kannst du ihr alle Wünsche von den Lippen ablesen (keine schlüpfrigen Witze jetzt bitte!) oder überhaupt ihre Gedanken schon im Voraus ahnen – und sie wird sich höchstens darüber beschweren, dass du sie nie zu Wort kommen lässt.

Und wenn du ihr das Frühstück ans Bett bringst, auf Knien und mit schmachtendem Blick – fragt sie dich maximal, ob du das bei deinen Exfrauen auch gemacht hast. Eine der tödlichsten Fragen überhaupt, vor allem in Bettnähe.

Wenn eine Liebes-Gen-Knickfrau richtig eifersüchtig ist, dann ist sie so genießbar wie ein Knollenblätterpilzrisotto. Oder wie eine Königskobra mit total mieser Laune. Da kannst du nur schweigen, es über dich ergehen lassen und abwarten. Klar, dir wird danach vorgeworfen werden, dass Schweigen Zustimmung bedeute und dass sie es dir nicht einmal wert sei, etwas zu erwidern. Aber glaube mir: Alles noch besser als mit ihr zu diskutieren! Da könntest du genauso gut versuchen, den Pazifik mit einem Auswischfetzen trockenzulegen.

Meine Freundin hat solche Phasen manchmal (hoffentlich liest sie nie dieses Buch!) Dazu braucht sie auch gar keinen Grund, es reicht ein Anlass. Warum ich ihr dann überhaupt einen solchen gebe? Leute, „Anlass" ist ein relatives Wort! Manchmal genügt es da schon, wenn ich den PC an lass. Wer von euch ist auf Facebook? Der kennt das. Du bekommst eine Anfrage, schaust nach, ob die Person, nennen wir sie „Susanne", gemeinsame Freunde mit dir hat, aha, hat sie, sogar sieben, du nimmst an. Ist damit für dich erledigt. In der Zwischenzeit schreibt dir diese Person, die du gar nicht kennst, irgendeinen Kommentar („Oh wie GEIL!") unter dein letztes Bild, sagen wir eines vom Traunsee im Herbst, und hängt sinnigerweise ein Herzerl dazu, weil manche Frauen eben unter alles, was ihnen gefällt, in Facebook ein Herzerl hängen müssen. Du bedankst dich mit „Danke! Ja, war echt ein stimmungsvoller Tag damals!", verlässt den PC und gehst fernsehen. Und lässt den PC an. Das ist dann der Anlass.

Peng!

Frau. Liest. „GEIL". Sieht. Herz. Dreht. Durch! Es. Geht. Los!

Aber nicht gleich. Nein, nein, sie wartet natürlich bis zum nächsten Morgen, um es in sich noch gut aufkochen zu lassen. Und vielleicht machst du ja in der Zwischenzeit noch einen Fehler, den sie dir morgen vorwerfen kann. Wie zum Beispiel den, von der Arbeit müde zu sein.

Der nächste Morgen. Du stehst auf, gibst ihr den Gutenmorgenkuss (Einmal hatte ich das unterlassen, weil ich befürchtet hatte, von den Knoblauchgnocchi Mundgeruch zu haben. Ganz großer Fehler! Aber Mann lernt ja aus seinen Fehlern!). Sie erwidert den Gruß ganz normal – aber du kennst deine Freundin: Irgendetwas stimmt nicht. Nur bist du als gelernter DNS-Liebesknick-Geplagter schon schlau genug, nicht zu fragen. Wenn es nämlich nur eine Kleinigkeit war, die sie ärgerte, gibt sich das deutlich schneller, wenn es nicht zur Sprache kommt. Wenn es mehr war, kommt sie sowieso damit an.

„Wer ist denn die ‚Susanne'?"

Die Betonung auf ‚Susanne' genügt dir, um Bescheid zu wissen, dass das kein guter Morgen wird.

„Hä?"

Du hast wirklich vergessen, wer Susanne sein könnte. Du kennst nämlich gar keine Susanne. An die Facebookbekannte Nummer 847 denkst du im Moment wirklich nicht.

„Na, die, welche dir auf Facebook Herzerln schickt und sagt, wie geil es mit dir ist!"

Alter! Ich hab' doch seit einer Woche nichts mehr getrunken, bevor ich in Facebook war. Was meint sie jetzt?

„Häääähhh?"

„Na, das sagt ja eh alles, dass du sonst nichts dazu herausbringst! Muss ja ein toller Hase sein, wenn sie dich so sprachlos macht!"

Sie wird doch nicht diesen Kommentar unter dem Bild von gestern meinen? Nein, das kann nicht sein. (Doch. Und du weißt das! Es ist wieder mal Zeit für einen DNS-Knick-Zick!)

„Meinst du etwa den Kommentar unter dem Traunseebild?", fragst du in einer naiven Dummheit, die selbst der frühe Morgen nicht entschuldigen kann.

„Na, du weißt ja anscheinend eh ganz genau, was ich meine!"

Elfmeter verwandelt. Trottel. So legt man einer Frau kein Tor auf, das müsstest du schon wissen!

„Meine Güte, Schatz! Ich kenne die Frau ja gar nicht. Ich habe Anfrage bekommen und angenommen, wie ich es immer mache, wenn eine gemeinsame Freunde hat!"

Manche lernen es nie. Ich zum Beispiel.

„Aha. Wenn eine andere Frau etwas von dir will, bist du also immer gleich zur Stelle? Aber ich ersuche dich jetzt schon geschlagene drei Wochen, endlich die kaputte Leuchtstoffröhre im Keller zu wechseln. Das negierst du. Eh klar, du musst dich ja um deine Freundinnen in Facebook kümmern!"

Merke: Irgendwas ist immer kaputt. So viele Lampen kannst du gar nicht wechseln, so viele Scharniere kannst du gar nicht reparieren!

„Schatz, ich habe die Röhre ja schon bestellt. Ist halt eine Sonderlänge, das dauert ein wenig bis sie kommt!"

Ihr wisst, was jetzt folgt, oder? Manchmal legt man die Elfer einfach einen nach dem anderen auf. Dagegen ist die Verteidigung der österreichischen Fußballnationalmannschaft noch richtig stabil.

„Ja, da kommt die Susanne sicher flotter. Bei deiner Sonderlängenröhre. War ja ein stimmungsvoller Tag damals, hast du geantwortet!"

Ich spüre die verbalen Ohrfeigen fast körperlich. Die Situation ist aber noch unter Kontrolle, weil ich das kenne und mich beherrschen kann.

„Jetzt sei nicht kindisch!"

Wobei Vorwürfe an die eh schon ziemlich auf hundertachtzig befindliche Frau hier wirklich nicht hilfreich sind, ganz und gar nicht!

„Kindisch? Ich? Ja, ich kann es mir lebhaft vorstellen, wie ihr euch über mich lustig macht. Die dumme Freundin sitzt zuhause, und der Mann steckt die Röhre in die Fassung!"

Okay, die Situation *war* unter Kontrolle.

„Schatz, du unterstellst mir da etwas, das verletzt mich aufs Tiefste! Und außerdem – wann hätte ich schon Zeit für eine Freundin?"

Gut angefangen, Dummkopf, und dann dieser Fehler! Stelle nie Fragen in so einer Diskussion. NIE! Nicht einmal nach dem Wetter!

„Aha, also wenn du mehr Zeit hättest, dann würdest du mit noch mehr Frauen …"

„Es reicht jetzt wirklich! Ich werde mir diese Unterstellungen nicht mehr anhören! Ich habe auch meinen Stolz!"

Das wird jetzt ja hoffentlich wirken!

„Ja, es reicht wirklich! Nicht nur, dass du mit dieser Susanne rummachst, nein, ihr müsst es auch noch öffentlich über Facebook austragen und mich zum Gespött machen. Ich bin noch nie von jemandem so verletzt worden. Danke für diese Erfahrung! Und das, obwohl ich noch nie jemanden so geliebt habe wie dich!"

Na, hat ja toll gewirkt. Aber jetzt zicke ich auch. Ich erinnere mich an den Rat, nie zwei Dinge hintereinander zu sagen, damit sie sich nicht das rauspicken kann, das ihr besser in den Kram passt und – mache es doch!

„Aha, Vergangenheit. Habe geliebt. Na, das sagt ja eh alles! Lass uns das jetzt bitte abhaken, ist ja lächerlich!"

Was ich noch nicht erwähnt habe: Wenn Frauen einmal im Eifersuchtsflow sind, dann verstehen sie alles so, wie es in ihre Argumentationskette passt.

„Na fein! Endlich gibst du zu, dass du unsere Beziehung ‚abhaken' willst. Und wie lächerlich ich bin. Ihr müsst ja sehr über mich gelacht haben, du und deine ... Susi!"

Das ist der PNR, der Point of No Return, oder auch der Punkt der Nackten Rage. Zumindest für einige Tage. Ab hier ist es vollkommen egal, was du sagst oder nicht sagst, es ändert maximal die Dauer der Krise, und auch das nur in Richtung Zukunft. Also machst du das Beste draus und rettest deinen letzten Rest männlichen Selbstbewusstseins:

„Aus! Ich rede kein Wort mehr mit dir, bis du dich nicht für deine ungeheuerlichen Unterstellungen entschuldigst hast!"

Hältst du natürlich nie durch. Dafür sorgt sie schon, indem sie dir immer wieder Dinge an den Kopf wirft, die du einfach nicht unkommentiert lassen kannst. Andernfalls du durchdrehen würdest.

Aber schlussendlich gibt es diese Entschuldigung dann doch.

Sie nimmt sie aber erst nach einigen Tagen an.

Fleischbeschau

Machen wir einen kleinen Psychotest, okay? Woran dachtet ihr bei dieser Überschrift? Dachte ich mir fast. Ihr seid genauso verdorben, wie ich gerne wäre.

Nein, die Geschichte handelt nicht von johlenden Männern in einer Nacktbar! Al Bundy läuft schon lange nicht mehr!

Liebe Damen, ihr braucht da gar nicht zu lachen. Die Geschichte handelt nämlich auch nicht vom Ausflug der örtlichen Goldhaubengruppe zu den Chippendales, wobei ihr eure Männer wieder einmal im Glauben gelassen habt, ihr wäret bei einer Handarbeitsausstellung in der Hauptstadt. Wobei das ja fast stimmen würde: Statt Pailletten auf eine Haube zu nähen, steckt man halt Fünfer in Männerslips. Ein vernachlässigbarer Unterschied.

Aber auch davon handelt dieses Essay nicht. Nein, hier geht es um etwas ganz anderes.

Der Karli – ja, DER Karli – hatte mal wieder Mist gebaut. Das kommt davon, wenn er fremdgeht. Also wenn er mit anderen Männern als mit mir die Bars in Wels unsicher macht.

Gestern hat er mir das alles erzählt, der Arme.

Er war vor einer Woche mit den Fußballern feiern. Weil der SC Ganshofen in der achtzehnten Runde der zweiten Klasse Mitte endlich sein erstes Spiel in dieser Saison gewonnen hatte. Noch dazu haushoch mit 4:3, nachdem sich bei den ersatzgeschwächten, weil eh nur mit zehn Mann angetretenen Gegnern Mitte der ersten Halbzeit auch noch der Tormann so schwer verletzt hatte, dass er nicht mehr weiterspielen konnte. Aber Sieg ist Sieg, da fragt nachher keiner mehr, wie der zustande gekommen ist. Und mein Karli war der Torschütze, daher musste er mit. Noch dazu ein Kopfballtor. Der für den verletzten Torwart in den Kasten gegangene Stürmer hatte ihn beim Abstoß angeschossen. Obwohl Karli knapp außerhalb des Strafraums gestanden hatte, konnte er nicht mehr ausweichen, weil er gerade eine hübsche Zuseherin beobachtete. Also traf ihn der Ball an der Birne, und Karli köpfte den Ball über den verdutzten Hilfstormann hinweg genau in die Kreuzecke. Kein Traumtor, eher ein Träumertor.

Man feierte also.

Irgendwann nach Mitternacht kam jemand auf die glorreiche Idee, dass man den ersten, der umfällt, lustigerweise dauerhaft markieren könnte. Wenn man schon einen Tätowierer in der Mannschaft hätte, läge das quasi auf der Hand, oder?

Karli fiel gegen zwei Uhr morgens vom Barhocker. Um vier Uhr hatte der selbst dezent angeheiterte Tätowierer das Werk vollendet, nachdem man die Feier in sein Studio verlegt hatte.

Und dann zeigte er mir sein neues Peckerl. Sie hatten es ihm unter dem Schulterblatt angebracht, weil der ebenfalls in der Mannschaft spielende Metzger gemeint hatte, da gehöre so ein Stempel eben hin:

„TRICHINENFREI" stand da in leuchtendem Blau, schön rechteckig eingerahmt. Also so rechteckig, wie man es von einem volltrunkenen Tätowierer erwarten konnte. Und darunter stand:

„AT-W2 25 EU", in einem überraschend gut gelungenem Kreis. Der Mann wusste, wie so ein Fleischstempel auszusehen hatte, das musste man ihm lassen!

Karli war vollkommen aus dem Häuschen. „Alter!", sagte er. „Ich kann mich in keinem Freibad mehr sehen lassen. Ich kann in keine Sauna mehr. Alle meine Jagdreviere sind auf einen Schlag tabu. Was soll ich tun?"

„Bist du ganz sicher, dass du auch wirklich keine Bandwürmer hast?", fragte ich. „Ich meine, sonst wäre das ja glatt strafbar auch noch!"

Seine Antwort kann ich hier leider nicht wiedergeben. Jedenfalls nicht im Wortlaut. Er meinte in etwa, verarschen könne er sich selbst (worauf ich sofort heftig nickend zustimmte). Er wäre zu mir gekommen, weil er fragen wollte, ob ich eine Idee hätte (worauf ich die senkrechten Kopfbewegungen in waagerechte übergehen ließ).

„Nö!", beruhigte ich ihn. „Damit wirst du wohl leben müssen, bis dich dein Bandwurm ins Grab gebracht hat."

Er warf mir einen freundschaftlichen Blick zu, der wohl heißen sollte, ich möge zur Hölle fahren, wo ein Wurm mich tausend Jahre lang langsam fressen solle.

So könne er unmöglich unter die Leute, meinte er traurig. Da wäre er ja das Gespött des ganzen Ortes!

Darum solle er sich nicht sorgen, beruhigte ich ihn nochmals. Das schaffe er auch ohne Tattoos schon recht beeindruckend, wenn ich an die letzten Eskapaden dächte.

„Wenn du jetzt mit Sybille anfängst, bist du tot!", drohte er gerade noch so rechtzeitig, dass ich aus dem „Sy..." ein „Sy...Sieh das jetzt nicht zu tragisch!" machen konnte. „Wozu hast du schließlich einen Freund wie mich? Mir fällt schon was ein!"

Sein Gesichtsausdruck machte mir klar, dass er genau das befürchtete.

Aber dann hatte ich natürlich eine Idee, und nachdem ich sie ihm erklärt hatte, beruhigte er sich in der Tat etwas. Ich kannte da nämlich ein Modell, die Chantallemarie, von der ich euch ja kürzlich erzählt habe, die hat sich ein Tattoo ebenfalls entschärfen lassen. Da wo früher der Speisekarteneintrag gestanden hatte, prangte jetzt ein wunderschöner, vielfarbiger Phönix, eine hautmalerische Wiedergeburt quasi, der aber bei Chantallemarie zumeist eh gnädig von diversen Hautfalten verdeckt wurde. Aber immerhin – die Tätowierarbeit war 1A gelungen. Was bei neunhundert Euro Kosten auch zu erwarten gewesen war.

Also rief ich das Modell an und fragte sie nach Telefonnummer und Adresse des dermatologischen Wunderheilers. Zwei Stunden später saß ich mit Karli in seinem Studio. Das Äußere dieses Meisters der bunten Hautstickerei war zwar nicht gerade vertrauenerweckend, der sah nämlich aus wie ein japanischer Yakuza auf Speed, überall irgendwelche mystischen Figuren auf der Haut, keine untätowierte Stelle am ganzen Körper. Also jedenfalls auf den sichtbaren Körperteilen. Aber er wusste sofort, was zu tun war, und fragte Karli nach seinen Hobbies und Vorlieben.

„Mit zwei gestreckten Beinen in die Scheiße hüpfen!", mischte ich mich wenig hilfreich ein. Nachdem Karli ihm gesteckt hatte, dass er außer Bier und Fußball eigentlich keine Hobbies hatte, aber dass er Star Wars ganz toll fände, fragte Yakuza-San nicht mehr weiter, ließ Karli Platz nehmen und legte los.

Peckerl tun am Rücken sehr weh. Außer man hat dort Muskeln wie der junge Arnold Schwarzenegger, aber das war bei Karli ja nicht der Fall. Der sah eher aus wie Sheldon Cooper, wenn man schon Leinwandhelden als Beispiel nehmen muss. Und er war zickig. Bei jedem Stich stöhnte und brummelte er, dieses Weichei!

Aber nach drei Stunden war das Werk fertig. Und wo vorher ein Fleischbeschaustempel verkündete, dass Karli trichinenfrei war, prangte jetzt der Kopf von Darth Vader, so böse, wie er nicht einmal im Film aussah. Der wäre für so etwas am besten geeignet, meinte Yakuza-San, weil da so viel Schwarz drinnen sei, dass man damit quasi alles abdecken könne. Nur das „T" von TRICHINENFREI und das „I" war sich nicht ganz ausgegangen, darum stand darüber jetzt „THE DART KARLI".

Yakuza-San war offensichtlich kein Star Wars Fan, sonst hätte er das „H" in „DARTH" nicht vergessen. Oder er meinte, tätowieren sei so etwas Ähnliches wie mit Dartpfeilen zu werfen. Was weiß man schon? Außerdem verlangte er nur fünfhundert Euro.

„Mit dem Peckerl bleibst sicher SOLO!", rieb ich ihm genüsslich und in Anspielung auf einen der Helden aus der Star Wars Saga hinein. „Du könntest dir höchstens noch einen Pelz wie Chewbacca wachsen lassen. Würde dich nicht hässlicher machen!" Das musste einfach sein!

Jedenfalls blieb unserem Karli der Spitzname. Auch wenn Dart-Karli jetzt immer sagt, er würde sich aus dem verunglückten Vader einen Milleniumfalken machen lassen, aber nicht bei diesem verrückten Tätowierer sondern bei einem richtigen Tätowierprofi.

Na, schauen wir mal, ob daraus noch eine ganze imperiale Kampfflotte wird, bis es passt.

Spoiler

Endlich was für die Automobilfans unter euch? Fehlanzeige! Der Titel ist mal wieder eindeutig zweideutig. Nein, nicht *so* zweideutig, er hat eben nur zwei Bedeutungen. Oder könnte sie haben. Ich mache mir ja nichts aus Autos, außer manchmal Schrott. Autos sind Fortbewegungsmittel, die speziell im hohen Alter, also ab 18, für eine gewisse Bequemlichkeit zu sorgen haben. Alles was darüber hinausgeht, ist in meinen Augen Fetischismus. Und hat somit eine eindeutig zweideutige, sexuelle Komponente. Ja, liebe Leute, ein Heckspoiler ist meiner unmaßgeblichen Meinung nach nichts anderes als der manifestierte Neidkomplex von Männern, die ein veritables Bestückungsproblem mit sich herumschleppen, wobei der Ausdruck „schleppen" in diesem Zusammenhang wohl eher ein optimistischer Euphemismus ist.

Nein, hier geht es um ganz andere Spoiler. Der Ausdruck „spoilern" heißt ja in unserer schönen, denglischen Sprache nichts anderes als das Verraten der Handlung eines Films, bevor das arme Opfer Gelegenheit hatte, ihn zu sehen. Damit nimmt man dem Bemitleidenswerten jede Chance, sich ein gewisses Maß an Spannung zu erhalten. Spoilern ist eines der verwerflichsten Dinge, das man einem Freund in unserer modernen Konsumgesellschaft antun kann!

Vor etwa einem knappen Jahr kam Star Wars VII – „Das Erwachen der Macht" ins Kino. Ich fand damals leider keine Gelegenheit, mir den Film auf Leinwand anzusehen. Eigentlich wollte ich ja mit meinen Söhnen gehen, aber die teilten mir dann mit, dass meine Exfrau schneller gewesen war und sie ins Kino ausgeführt hatte. Hat sie sicher mit Absicht gemacht. Die kann ein Laserschwert nicht von einem Glühlampendocht auseinanderhalten und hält den Milleniumfalken sicher immer noch für eine seltene Greifvogelart.

Also gut, dachte ich mir, ich habe ja Pay TV, da kommt der Film eh zehn Monate später ins Fernsehen, das kann ich erwarten. Han Solo war auch lange in Carbonit eingefroren und hat er sich etwa beschwert? Nein!

Und dann war es so weit. Anfang Oktober machte SKY aus Sky Hits den Sender Sky Star Wars und spielte eine Woche lang die Teile I bis VI rund um die Uhr. Bin mit meinen Jungs davorgesessen, weil ich gerade viel Zeit hatte (siehe die Geschichte über die Eifersucht meiner Freundin) und wir gaben uns Star Wars satt. Auf Deutsch und dann auch auf Englisch, als meine Kinder meinten, es wäre nicht im Sinn des Erfinders, wenn der Papa alle Dialoge mitspricht! Klappe ihr Fratzen, wer zahlt das Pay TV? Ha?

Am letzten Sonntag zur Prime Time war es dann so weit. Der siebte Teil. Chips am Tisch, genug zu trinken, vorher zwei Zigaretten geraucht, denn jetzt wird zweieinhalb Stunden nicht aufgestanden!

20:15 – die Musik ertönt: „Daaaa da – da da da daaa da!", die Laufschrift flimmert durchs Weltall, ich liebe es!

Meine Jungs sitzen neben mir. Sie können sich die Filme auch zehnmal ansehen, so wie ich. Dem Genuss steht nichts im Wege.

Außer dem Kater. Der hat Hunger. Der Versuch, das zu ignorieren scheitert wie ein Frontalangriff auf einen Todesstern, dessen Schutzschild noch oben ist. Also die „Macht" gebrauchen und den Jungs mit einem Jedi-Handwischer-Hypnosetrick bedeuten: „Ihr wollt jetzt den Kater füttern!"

„Wir sind Toydarianer. Deine Jedi-Gedankentricks funktionieren bei uns nicht, nur Geld!"

Ja, meine Söhne kennen die Dialoge auch alle! Okay, noch ist nicht viel passiert, also schnell dem Kater Futter hingestellt. Da merke ich, dass mir das Mistvieh in die Wohnung geschissen hat. „So klein und schon bei den Wurmtruppen?", denke ich mir. Ich darf nicht vergessen, ihm nach dem Film die Entwurmungstablette zu verabreichen. Und ich bin leider ein viel zu guter Hausmann, um den Dreck einfach ignorieren zu können, bis am Dienstag die Putzfrau kommt und mache den Mist also weg.

Erste Szene schon versäumt. Was auch den Kindern auffällt. „Papa, jetzt hast versäumt, wie der Kylo Ren das ganze Dorf ermordet hat!"

„Wer ist der Kylo Ren?", frage ich und weiß schon, dass das ein Fehler war. Weil sie mir sofort erklären, dass das der Sohn von Han Solo und Prinzessin Leia ist, was ja im Film erst viel später klar wird, und dass er der dunklen Seite der Macht verfallen ist, als Luke ihn ausgebildet hat. Und dass er dann den Han Solo, also seinen Vater, umbri...

„Haltet die Klappe, ihr Spoilerer!", entfährt es mir, ehe ich heftig zu schnaufen anfange wie Darth Vader in den Teilen vier bis sechs.

Ich lehne mich zurück, Lautstärke rauf von 29 auf 51, als meine Söhne die Chips aus dem Sackerl essen. Weil man die ja nicht in eine Schüssel leeren kann, nein, da knistert dann ja nichts. Ihnen das beizubringen, das habe ich aufgegeben. Letztens sagte ich: „Nehmt euch zum Chipsfuttern bitte eine Schüssel!" Und sie kamen mir mit einem Zitat frei nach Yoda: „Die Schüssel, im Wohnzimmer sie nicht ist!", worauf ich meinte, sie könnten ja versuchen, eine aus der Küche zu holen. Was sie zum lupenreinen Yodazitat veranlasste: „Nicht versuchen du es sollst. Tu es oder tu es nicht.". Da gab ich es dann auf wie Luke die Ausbildung in „Das Imperium schlägt zurück."

Ich liege endlich bequem, die neue Heldin Rey manövriert den Falken auf aberwitzig riskante Art mit irrsinniger Geschwindigkeit durch die Eingeweide eines Supersternenzerstörers, tolle Trickaufnahmen! „Wow!", sage ich, „Die hat Reflexe wie eine Jedi!"

„Ist ja auch eine, nur weiß sie es noch nicht.", kommt es wie aus der Pistole geschossen von den Jungs.

Danke! Wozu sehe ich mir den Film eigentlich noch an, denke ich mir? Als wenn der liebe Gott das gehört hätte, läutet es an der Haustüre. Nein! Bitte nicht jetzt! Aber nachsehen muss ich, könnte ja was Wichtiges sein. Ich sprinte raus und öffne die Tür:

Die Zeugen Jehovas. Der liebe Gott hat also nichts damit zu tun. Sie legen gleich los und wollen meine Seele retten.

„Ich habe meine Seele schon vor tausenden von Jahren der dunklen Seite verkauft!", antworte ich. „Versucht es in einem anderen Sonnensystem, dieses hier steht unter der Macht der Sith!" Und knalle die Tür zu. Und sprinte zurück zur Couch, wobei ich in ein Stück Katzenscheiße trete, das ich vorher übersehen hatte. Das ist mir jetzt egal. Vielleicht vertreibt der Gestank ja die beiden Spoilerer. Haha, jetzt lachen wir, gell?

Und dann sehe ich den Film in Ruhe. Zumindest fünf Minuten lang, bis mich der Fuß juckt und ich mich unbewusst kratze, während Han Solo den Falken betritt und meint: „Endlich wieder zuhause." Ja, der hat leicht reden, der hat nur einen Wookie aber keinen Kater. Und Wookies scheißen nicht in Wohnungen oder Raumschiffe. Soweit ich weiß.

Jetzt habe ich nämlich die Katzenkacke auch an den Fingern, und das lässt sich nicht ignorieren, wenn ich vermeiden will, auf die Chips zu verzichten. Also ab ins Bad, Hände waschen, Socken ausziehen und ... einweichen oder einfach in die Schmutzwäsche? Lieber einweichen, Dienstag ist doch noch in weiter Zukunft.

Der halbe Film ist vorbei. Ich frage aber die Söhne nicht, was passiert ist, sonst erzählen sie wieder zu viel. Muss ich auch nicht, sie erzählen trotzdem alles. Wenn sie wenigstens die Sprache von BB8 sprechen würden! Den Droiden verstehe ich nämlich nicht, der piepst ja nur. Aber nein, in schönstem Deutsch erfahre ich in wenigen Sätzen mehr als der Rest des Films in einer guten Stunde noch zu bieten hat.

Und dann sehe ich den Rest wirklich – man glaubt es kaum – beinahe störungsfrei. Wenn man von drei Anrufen meiner Exfrau absieht, bei denen ich aber nicht abnehme. Und von einem Kater, der immer noch Hunger hat. Oder Durst, wie sich herausstellt, als er das Fressen nicht anrührt. Und von einem Anruf am Festnetz, bei dem ich einem Meinungsforscher erkläre, dass Sith-Lords an keinen Umfragen teilnehmen, und nein, auch keine Abonnements von „Schöner Wohnen" brauchen, dafür hätte ich eh meinen Kater.

Und natürlich kamen ein paar Spoiler wie: „Jetzt pass auf, Papa, jetzt macht ...", auf die ich mir dann nicht mehr anders zu helfen weiß, als schließlich doch die ultimative parenterale Paralysewaffe einzusetzen: „Habt ihr die eigentlich Mathematikaufgabe schon gemacht? Und den Briefkasten ausgeräumt? Darum hatte ich euch schon am Vormittag gebeten!"

Ein Wunder geschieht. Sie haben die Matheaufgabe gemacht und legen mir stolz den Inhalt des Briefkastens auf den Couchtisch. Nur

Werbung und ein Schreiben vom E-Werk. Nicht jetzt, das sehe ich mir morgen an.

Der Film ist aus. Ich weiß ehrlich gesagt nicht, worum es ging. Dafür habe ich zu wenig mitbekommen, bei all dem Ärger. Aber morgen nehme ich mir Urlaub und sehe mir den gesamten Film in Ruhe an, wenn die beiden Racker in der Schule ihre Deutschschularbeit machen, hähähähä! Ich habe nämlich „Sky on Demand" und kann mir den Film zu jeder beliebigen Zeit ansehen. Nach dem Erstausstrahlungstermin halt.

*

Es ist so weit!

An der Haustüre prangt ein Zettel mit dem Text „Von 9 – 12 Uhr nicht stören. Türklinke und Klingel stehen unter Hochspannung! Lebensgefahr!" und im Vorhaus läuft eine Aufnahme von Hundegebell in einer Endlosschleife. Das verhindert bettelnde Kater, hoffe ich. Mein Handy habe ich ausgeschaltet, das Festnetztelefon ist ausgesteckt, die Rollos sind heruntergelassen. Die Chips stehen in einer Schüssel bereit, daneben ein Pepsi. Die Polster auf der Couch sind so vorbereitet, wie ich es gerne habe. Ich mache es mir bequem und schalte das Fernsehgerät ein.

Da fällt mein Blick auf das Schreiben vom E-Werk. Eine Minute habe ich ja noch bis der Film beginnt, also mache ich es auf und lese:

„Montag, 17. Oktober 2016, Stromabschaltung von 9:00 bis ca. 12:00 Uhr. Wir ersuchen um Ihr Verständnis!"

Handeln!

„Handeln. Du musst handeln, wenn du etwas verändern willst. Veränderungen geschehen nur durch das Tun!", meinte im TV eine Allwissende in der Barbara Karlich Talkshow. Ob ich mir diese Sendung ansehe? Natürlich nicht. Ich bin auf der Fernbedienung ausgerutscht und als ich weiterzappen wollte, war die Batterie aus. Natürlich hätte ich aufstehen können und einen neuen Stromspender holen, oder den Sender sogar am TV direkt weiterschalten, aber mir war der Fuß eingeschlafen, also sah ich notgedrungen zehn Minuten Barbara Karlich. Man könnte sagen, der alltägliche Sadomasochismus in Österreichs Haushalten hat ausnahmsweise auch bei mir Einzug gehalten.

Aber das mit dem Handeln blieb bei mir hängen! Ja, ich würde handeln. Ich scharrte gleichsam schon mit den Hufen auf der Chaiselongue, wartend auf eine Gelegenheit, der Welt zu zeigen, mit welch brachialer, purer Kraft ein Mann zu handeln versteht, wenn die Gelegenheit es erfordert.

Tags darauf – die Batterie war gewechselt, weil man handeln muss, wenn man etwas verändern will – bat mich meine Freundin, mit ihr einkaufen zu gehen. Der Augenblick des Handelns war gekommen! Ich gehe ja grundsätzlich schon nicht so gerne einkaufen, außer vielleicht Bücher, aber meine Liebste ist da eigentlich recht bedienungsfreundlich. Auch zur Bedienung in den Geschäften ist sie recht freundlich. Nur Schuhgeschäfte – die sind eine Ausnahme. Da sind alle Frauen gleich (und alle Männer gleich arm). Männer mähen lieber mit einer Nagelschere bei strömendem Regen tausend Quadratmeter Rasen als mit einer Frau Schuhe kaufen zu gehen! Okay, da fällt mir ein, dass es noch eine Sache gibt, die wir Männer hassen: Gartenmärkte! Vor allem diejenigen, welche auch noch eine „Dekorabteilung" besitzen. Ihr wisst schon: Wo man so nützliche und unverzichtbare Dinger bekommt wie Kunststoffblumen, bunte Glaskugeln – oder gar feine Papierstreifen, quasi Abfälle von Papiershreddern, die man dann dekorativ in bunte Glasvasen stellt, damit jeder, der die Küche betritt, sofort erkennt: Dies ist kein reiner Männerhaushalt! Hier dekoriert eine Frau! Dann noch lieber Schuhgeschäfte. Da sieht man die Deko dann wenigstens nur, wenn die Dame des Hauses die Straßenschuhe anzieht. Trotzdem will kein Mann freiwillig mit in einen solchen Laden.

Aber manchmal haben Frauen gute Argumente! Dass sie beispielsweise unter Qualen mit dir bei der Hochzeit deiner Großcousine gute Miene zum bösen Spiel gemacht hätten, als deine Urgroßtante charmant wie immer meinte, der arme Mann sehe ja ganz unterernährt aus, aber dafür sehe seine „Freundin" (wie sie das Wort betont!) gut aus. Oder dass sie sich schließlich auch dieses blödsinnige Star Wars mit dir ansehen hätte müssen. Und so weiter, und so fort!

Also lässt du dich breitschlagen, was der Urgroßtante gefiele, und trottest murrend mit ihr ins Schuhgeschäft. Weil du dumm bist. Das Murren nützt dir nämlich gar nichts, aber ihr, weil sie es dir irgendwann wieder vorwerfen wird. Sei schlau Mann, und lächle stattdessen! Es ändert ja sowieso nichts!

Doch diesmal habe ich einen Plan. Ich werde handeln! Jawohl!

Frau hat natürlich schon dreißig Sekunden nach dem Betreten des Ladens das Paar Schuhe gefunden, das sie schließlich erwerben wird. Aber selbstverständlich muss diese Entscheidung erst abgesichert werden, indem alle übrigen Schuhe in diesem Geschäft anprobiert werden. Nachdem man sich mit anderen Leidensgenossen arrangiert hat und sich in der Zwischenzeit über die katastrophale Leistung des Fußballnationalteams austauscht (woran man sofort erkennt, dass der Autor dieser Geschichte Österreicher sein muss), ist die Entscheidung nach zwei Stunden endlich gefallen:

„Was sagst du zu diesen Highheels, Schatz?"

„Das Gleiche wie vor zwei Stunden. Die stehen dir super!" Nur jetzt nicht die Entscheidung noch gefährden! Was sie natürlich sofort überzuckert:

„Das sagst du jetzt aber nicht nur, damit wir da früher fertig sind, oder?"

„Schatz, ganz ehrlich: Diese Schuhe stehen dir am besten von allen, die du probiert hast. Sie sind richtig sexy – an dir!" Puh, gerade noch das wichtige „an dir" rechtzeitig hinzugefügt!

Ein letzter zweifelnder Blick, dann ab zur Kasse. Fast hundertsiebzig Euro sollen sie kosten. Eine Okkasion quasi. Dafür bekomme ich im Dorfwirtshaus einundfünfzig Biere. Nur nicht darüber nachdenken! Denn jetzt folgt der Moment des Handelns. Die Verkäuferin scannt das Etikett und meint: „Das wären dann 169,90- bitte!"

Ein hilfesuchender Blick meiner Freundin erinnert mich daran, dass nicht nur ich zum Spaß mitgekommen bin sondern vor allem auch meine Kreditkarte. Also handle ich wie nicht von mir erwartet:

„Wir nehmen die Schuhe, wenn Sie sie mir für 140,- geben."

Ja, ich handle. Ich verhandle sogar! Die Verkäuferin wirkt konsterniert und meint, dass sie in diesem Geschäft natürlich Fixpreise hätten, sie könne da rein gar nichts machen. Na, dann solle sie bitte die Inhaberin holen, meine ich darauf. Fragender Blick aller Frauen im Laden in Richtung meiner Freundin: Ist der Typ lebensmüde? Ernste Miene bei mir. Sie holt die Chefin.

Die sagt mir natürlich das Gleiche. Worauf ich ihr mitteile, dass ich Geschäftsmann sei und deshalb *nie* ohne zu handeln einkaufen würde. Lässt sie kalt, aber ein wenig unsicher wirkt sie jetzt schon. Naja, sie könne maximal auf 165,- runtergehen, gesteht sie mir zu. Weil wir quasi Stammkunden wären.

Wenn sie wünsche, dass wir das blieben, kontere ich eiskalt, wären 150,- angebracht. Zumal ich die Handelsspannen bei Markenschuhen ja kennen würde. Was glatt gelogen ist, aber der Bluff geht durch. Trotzdem bleibt sie stur bei 165,-

Worauf ich sie nun frage, wie hoch die Disagiosätze der Kreditkarten hier wären? 5%? Wenn ich also bar zahlen würde, könnte sie die 5% auch gleich mir geben. Ein zufriedener Kunde sollte mehr wert sein als ein Kreditkarteninstitut, oder?

Also gut, 160,- sagt sie, sichtlich langsam sauer werdend. Meine Freundin ist inzwischen irgendwo zwischen den Fasern des Teppichs vor Scham versunken. Wahnsinn, wie klein sich eine Frau machen kann, wenn ihr etwas peinlich ist. Muss ich mir unbedingt merken, diese Freundin-unsichtbar-machen-Strategie.

„Abgemacht!", antworte ich und ziehe die Kreditkarte hervor. Die Chefin ist entrüstet. Der ermäßigte Preis gelte natürlich nur bei Barzahlung!

Ich erinnere sie mit todernster Miene daran, dass laut Kreditkartenvertrag ein mit Karte zahlender Kunde stets die gleichen Konditionen wie ein bar zahlender Kunde bekommen muss, andernfalls ich mich leider beschweren müsste. Meine Freundin ist jetzt vollkommen verschwunden. Wie machen das die Frauen?

Schließlich zahle ich 155,- Euro. In bar.

Und ich weiß jetzt:

Wer zu gegebener Zeit konsequent handelt, muss nie mehr Schuhe kaufen gehen!

Demnächst kümmere ich mich dann um den Gartenmarkt.

Wild getrieben

Wer jetzt an etwas anderes als eine Treibjagd denkt, sollte ein Selbstreflexionsseminar buchen. Wir sehen uns dann dort!

Ich schreibe diese Geschichte Ende Oktober auf, also zur besten Jagdzeit. Zumindest auf Hasen und Rehe. Okay, auf Hirsche auch, aber die laufen mir irgendwie das ganze Jahr und überall über den Weg, während ich Hasen und Rehe immer nur im Herbst an der Stoßstange kleben habe. Ich weiß auch nicht warum. Angeblich sind die ja im Frühling, also zur Brunftzeit, am unfallgefährdetsten, aber ich bin vermutlich zur Brunftzeit besonders vorsichtig. Sollte man als Geschiedener ja auch sein, sonst ist man unversehens wieder gebunden.

Jedenfalls habe ich mir jetzt über die Scheinwerfer selbstgebastelte Wolfsaugen geklebt, seitdem hat sich kein Reh mehr in selbstmörderischer Absicht auf meinen Kühlergrill gestürzt. Wobei ich Reh bei Gelegenheit schon auch grille, so schlecht schmeckt das gar nicht! Und wozu hat man einen Van, wenn nicht, um suizidales Rotwild gleich zu entsorgen. Spart den örtlichen Jägern lästige Arbeit, und meine Gefriertruhe ist groß. Bin ja ein rücksichtsvoller, hilfsbereiter Mensch, nicht wahr? Doch wahr!

Das hat aber alles nichts mit meiner Geschichte zu tun, außer dass ich jetzt schon wieder einige Absätze an Platz verschwendet habe, die mir mein Lektor sowieso herausstreichen wird, die ihr also gar nicht lesen könnt.

Samstag, Mitte Oktober. Ich mähe das letzte Mal den Rasen, als ich den Nachbarsbuben warnwestengewandet am frühen Vormittag aus dem Haus treten sehe. Der ist ganz schön gewachsen, nur seine orange leuchtende Warnweste nicht, wie es scheint. Die dürfte noch vom Kinderskikurs stammen.

„Na, Marcel, wo geht es denn hin so früh am Samstag? In deinem Alter bin ich um die Uhrzeit meistens erst heimgekommen.", lache ich ihn an.

Treibjagd wäre, meint er.

Dürfe er das mit gerade mal fünfzehn Jahren überhaupt schon, will ich wissen? Worauf er mir entrüstet erklärt, dass er vor zwei Wochen achtzehn geworden wäre und auch schon den Führerschein gemacht hätte. Ich mache mir gleich eine Gedankennotiz, meinen Wagen nicht mehr vor dem Haus stehen zu lassen. Jedenfalls nicht genau gegenüber der Garagenausfahrt von Marcels Eltern. Und dann erklärt er mir stolz, dass die Treiber dafür sogar etwas Geld von den Jägern bekommen würden und ein paar Kilo Hasenfleisch – und vermutlich am Abend, bei der Jagdpartie, einen Batzenrausch, ergänze ich in Gedanken. So ist das üblich, bei uns am Land. So war das immer, so wird es immer sein. Amen!

Ob er gar keine Angst hätte?, frage ich naiv, was ihn zum Lachen bringt. „Jetzt redest du wie meine Mama!", meint er. „Die sagte auch, ich solle mich von den besoffenen Sonntagsjägern nicht über den Haufen schießen lassen."

„Ach, das brauchst du weniger zu fürchten als eine Alkoholvergiftung!", flachse ich zurück. „Die Flaschen treffen aus fünf Metern nicht einmal einen stillstehenden Bullen." Wir lachen beide und wissen nicht, wie unrecht ich habe.

Eine halbe Stunde später höre ich schon vom Wald her lautes Rufen und das Schlagen der Stöcke auf Bäume, mit dem die Treiber Krach machen, um das Wild aus dem Wald zu scheuchen, auf dass es in panischer Angst zwischen den Reihen der Jäger hindurch stürzend dann von jenen aus eben dieser Angst erlöst werde. Und da krachen auch schon die ersten Schüsse. Das Glück für die Hasen ist, dass die Jäger im Ort wirklich grauenhafte Schützen sind. Bei der letzten Ortsmeisterschaft im Eisstockschießen wurden sie noch hinter den Kindergartentanten letzte. Was ein entsprechendes Nachspiel im Wirtshaus hatte, wie man sich denken kann. Statt „Ein Prosit der Gemütlichkeit" haben dort zu Ehren der Jäger alle „Ich geh mit meiner Laterne / und meine Laterne mit mir / Vom Sieg da bin ich so ferne / die Tanten, die zeigen es mir" gesungen. Ja, das hängt ihnen sicher noch ein paar Jahre nach.

So eine Treibjagd ist aber in erster Linie ein gesellschaftliches Ereignis. Man trifft sich beim traditionellen, ehrenvollen Waidwerk, der mit „Sauhäudan" gefüllte Flachmann macht die Runde, es werden Informationen ausgetauscht, was manche böse Menschen aus Unwissenheit als „Tratscherei" diffamieren. Durch eine Überzahl an Gewehren samt daran befindlichen Jägern wird sichergestellt, dass auch möglichst viele der gefährlichen Hasen von ihrer Daseinsqual erlöst werden, frei nach dem Motto: „Aus fünfundzwanzig Büchsen Schrot / ist auch des schnellen Hasen Tod!" So wird zudem sichergestellt, dass in einigen Monaten keine arbeitslosen Osterhasen zum beschäftigungspolitischen Strukturproblem werden können.

Am Nachmittag oder frühen Abend kehrt dann der Triumphzug mit dem erlegten Vieh an den Traktoranhängern lärmend und frohlockend in den Ort zurück, wo die Wirtin schon darauf wartet, den Jägern zur Jagdpartie Hasensuppe aus dem Packerl und Hasenbraten aus der Supermarkttiefkühlabteilung servieren zu dürfen.

Alles in allem gelebtes Brauchtum!

Da auch die Waidmänner in unserer Gemeinde mit der Zeit gehen müssen und die Sicherheitsanforderungen immer strenger werden, kommen nur noch selten gleichsam als Beifang erlegte Treiber auf den Teller. Auch zufällig auf der Straße neben dem Feld vorbeifahrende Autolenker wurden schon lange nicht mehr dem Gott der Jagd geopfert, weil man die Straße jetzt klugerweise mittels zweier geeignet postierter Polizisten für die Dauer des Gemetzels absperrt.

Ich mähe also in derartige Gedanken vertieft meinen Rasen – eigentlich eher das darauf befindliche Herbstlaub – als das Geknalle urplötzlich abbricht. Ob schon alle Hasen ihr schrotbedingtes Kilogramm Übergewicht verabreicht bekommen haben? Das wäre dann aber schnell gegangen. Naja, was weiß man schon? Ich mähe weiter.

Fünf Minuten später höre ich das Folgetonhorn der Rettung. Meine Nachbarin, also Marcels Mutter, hört es anscheinend auch, weil sie in vorahnender Panik aus dem Haus gestürzt kommt, noch in ihren Morgenmantel gewandet, und sich ins Auto setzt und in Richtung der Jagdgesellschaft wegbraust.

Jetzt werde ich aber auch neugierig. Schließlich geht es um den Nachbarsbuben, oder? Das ist dann eigentlich keine Neugier oder gar Sensationsgeilheit, nein, das ist echte Sorge! Ich setze mich auf mein Fahrrad und bin drei Minuten später am Einsatzort, trotz eindeutig zu wenig Luft im Hinterreifen und in meinen Lungen.

Es bietet sich mir ein Bild des Grauens, und ich bedaure, am Morgen so leichtfertig geäußert zu haben, diese Sonntagsjäger würden nicht einmal einen stillstehenden Bullen treffen. Gut, es waren zwar mehr als fünf Meter, aber der arme Dorfpolizist hat dafür jetzt im wahrsten Sinne des Wortes den A.... offen.

Gott sei Dank ist wenigstens den meisten Hasen nichts passiert!

Die ungeschminkte Wahrheit

Es fing alles so harmlos an. Und jetzt? Jetzt stehe ich vor den Trümmern. Aber der Reihe nach.

An einem wunderschönen Freitagnachmittag – ich arbeite freitags ja normalerweise bis etwa vier Uhr, aber diesmal kam ich früher nach Hause, weil ich noch den Rasen mähen wollte – saß ich mit meiner Frau bei einem Espresso auf der Terrasse und mähte den Rasen. Es ist schon eine tolle Sache, wenn man dafür einen Roboter hat, nicht wahr? Als ich das Ding damals vor einigen Jahren gekauft hatte, war sie ja äußerst skeptisch gewesen, und sie hatte diese Zweifel auch recht deutlich artikuliert:

„Jetzt bist du sogar schon zum Rasenmähen zu faul!"

Ja, man kann Zweifel auch mit einer Feststellung ausdrücken. Frauen zumindest können das. Aber mittlerweile muss sogar sie zugeben, dass dieser Roboter, den wir liebevoll „Robby" nennen, eine fantastische Sache ist. Macht er den geliebten Ehemann doch frei für wichtigere Arbeiten. Das war zwar ursprünglich nie so geplant gewesen. Aber hilft dir, du armer Mann, wenn du kannst!

Diesen Freitag schien sie jedoch in gnädiger Stimmung zu sein, und so schlürfte ich genüsslich meinen Ristretto, rauchte meine Pfeife und ließ mir die Frühherbstsonne ins Gesicht scheinen. Ein perfekter Nachmittag, zumal ich es bislang ganz gut hinbekommen hatte, ihre kleinen Problemchen einerseits mit langjährig eingeübter, geheuchelter Aufmerksamkeit von einem Ohr zum anderen ohne lästige Interferenz mit meinem Gehirn durchzureichen und dabei manchmal Sätze wie „Mhm!" oder „Recht hast du!" per Zufallsprinzip von mir zu geben, während meine Gedanken aber ganz woanders waren: im Terrassen-Kaffee-Pfeifen-Nirvana nämlich!

Wir Ehemänner sind da nach einigen Jahren alle sehr geübt. Wenn wir unsere Sache gut machen, fällt diese vorgespielte Aufmerksamkeit den Frauen nicht einmal mehr auf, zumal unsere Frauen ja ohnehin so mit sich selbst beschäftigt sind, während sie uns ihre „Vorfälle" erzählen, dass da kaum noch Rechenleistung für die Analyse des ehemännlichen Verhaltens bleibt. Frauen haben nämlich die Eigenschaft, diese Geschichten nicht zum Zwecke der Informationswietergabe zu erzählen, sondern weil sie beim Erzählvorgang selbst die Angelegenheit das erste Mal wirklich durchdenken – und schlussendlich verstehen. Deshalb braucht man auch kein schlechtes Gewissen zu haben, wenn man nicht aufpasst. Die Erzählung dient ja demnach der Frau selbst, man ist gleichsam Zeuge eines sprachinduzierten, femininen Rückkopplungsdenkprozesses.

Man darf dabei aber nicht vergessen, die Triggerlevel für die Alarmwörter korrekt zu justieren. Alarmwörter sind meistens keine einzelnen Wörter sondern beispielsweise Ausdrücke wie „Kannst du mir ..." oder „Wir ... heute am Abend ..." oder auch „Wir müssen unbedingt ...".

„Was sagst du dazu?" ist hingegen kein Alarmwort. Das löst automatisch eine per Zufallsprinzip ausgewählte Antwort wie „Ja, bin ganz deiner Meinung!" oder „Na echt? Arg ist das!" aus, wobei auch der Tonfall ihrer Frage eine Rolle spielt. Das geht aber stets ganz ohne Nachdenken, das macht ein gut geschultes Ehemännernervensystem quasi ohne Umweg über das Großhirn direkt aus dem Rückenmark heraus.

Ich huldigte also an diesem Nachmittag mit aktivierten Ehefrauaufmerksamkeits-Heuchelsystem meiner vorwochenendlichen Entspannungsphase als eine wahre Alarmwortlawine über mich hereinbrach und sofort alle Systeme auf DEFCON 3[1] schaltete:

„Schatz, kannst du dann mit mir einkaufen fahren? Ich müsste auch noch in das Beautycenter. Du könntest inzwischen die Lebensmittel besorgen, wenn du Zeit hast!"

Kalt erwischt! In solchen Situationen rächt es sich, wenn man seine Verteidigungsbereitschaft in Verkennung der Lage leichtsinnig auf den niedrigsten Level geschaltet hat. Ich versuchte zwar noch zu retten, was zu retten war, indem ich nach kurzer Überprüfung der Möglichkeiten antwortete:

„Uijegale, meine Liebe, ich muss doch aber noch den Rasen mähen und dann ..."

Ja, Roboter haben auch Nachteile! Was soll man dem entgegensetzen, wenn man in dieser Situation darauf aufmerksam gemacht wird, dass das Argument „Ich muss noch rasenmähen!" auf schwachen Beinen steht? Dass sich der Roboter manchmal aufhängt wie jeder Computer? Vergiss es!

Also sitzen wir keine zehn Minuten später im Auto. Mein Fehler! Ich hätte ja auch sehen müssen, dass sie bereits perfekt geschminkt und für das Einkaufen gekleidet mit mir auf der Terrasse saß. Frauen können wirklich sehr hinterlistig sein, wenn sie deine Verteidigungslinien aushebeln wollen!

---

[1] DEFCON = DEFense CONdition. Das amerikanische Verteidigungssystem kennt hier fünf Level, wobei DEFCON 5 in Friedenszeiten der Standardlevel ist, während DEFCON 1 einen im Gang befindlichen Atomkrieg kennzeichnet.

Während der Fahrt hatte ich Zeit, meine Fehler zu analysieren und eine Strategie auszuarbeiten, die sicherstellen würde, dass mir so etwas nicht noch einmal passieren könnte. Sie erzählte zwar immer noch diverse Dinge, aber – siehe oben!

Als ich sie im Beautycenter abgeliefert hatte – und Schönheitssalons, wie man die früher nannte, sind neben Schuhgeschäften *der* Alptraum für uns Männer – erledigte ich die Einkäufe. Nach einer Liste natürlich. Männer kann man anders unmöglich einkaufen schicken, weil sie einerseits alles Wichtige vergessen würden und andererseits dazu neigen. dafür lauter unnötiges Zeug in den Einkaufswagen zu stellen, wie Bier beispielsweise. Oder ein preisgünstiges Set von Schraubenziehern, mit denen sich Dachfenster bei der Montage verspreizen lassen-

Und dann ging es mit den beiden schweren Einkaufstaschen rauf in den ersten Stock des Einkaufszentrums, wo der manifestierte Alptraum jeder Männerseele vor einigen Monaten seine Pforten geöffnet hatte. Meine Hoffnung, da zumindest keine Bekannten zu treffen, entpuppt sich als Wunschtraum, weil vor der Tür bereits Martin, der Pechvogel vom Dienst, auf mich wartete. Wie ich sofort erkannte, hatten sich unsere Frauen den Termin schon lange vorher ausgemacht.

Ein Fehler, liebe Damen! Denn dieser Zeuge machte es mir unmöglich, gute Miene zum bösen Spiel zu machen. Er zwang mich regelrecht dazu, so richtig den Macho heraushängen zu lassen, um meine stammtischliche Glaubwürdigkeit nicht zu gefährden.

Wir betraten also den Restaurationsbetrieb für in die Jahre gekommene Ehefrauen und wurden von unseren besseren Hälften gleich überschwänglich begrüßt. Das war auch gut so, weil wir sie sonst unter ihren Schlammmasken nie im Leben erkannt hätten. Auch nicht an der Kleidung, fragt ihr? Soll das ein Scherz sein?

„Schatz, ich habe mir eine Schlammmaske machen lassen. Glättet die Haut und macht sie frisch!", meinte meine Ehefrau.

„Ja, sieht man!", antwortete ich. „Der Effekt ist deutlich. Zumindest bis die Maske beginnt abzubröckeln."

Und *jetzt* herrscht DEFCON 1.

Cat People

Mein Name ist Franz. Eigentlich heiße ich ja Franz Joseph, aber alle Welt nennt mich immer nur „Franzi". Wobei ich „Franz" vorziehe. Es klingt respektvoller und männlicher. Was für mich übrigens ein Thema ist, das ich gerne vermeide, seit man mir im frühen Jugendalter die Glöckchen demontiert hat. Ohne mich zu fragen. Auch ohne meinen Boss zu fragen – ich nenne ihn zwar „Boss", aber in Wahrheit ist er eher so etwas wie ein Dienstbote, der für mein leibliches Wohl zu sorgen hat. Ihr wisst ja, wie die Menschen sagen:

„Ein Hund hat einen Herrn, aber eine Katze hat Personal!"

Ich bin ja im Grunde genommen selbst schuld, dass ich so mir nichts, dir nichts kastriert worden bin. Was laufe ich auch mit neun Monaten weg? Es ging mir ja nicht schlecht bei meinem Boss. Aber nein, Franz muss die Welt erkunden. Und dann habe ich mich verlaufen und eine Pensionistin hat mich in ihrem Garten jaulen gehört. Klar, ich hatte eben Hunger! Und mein Boss nicht da, um mir dieses leckere Pastetchen hinzustellen. Und eine Schale gewässerte, lauwarme Milch. So, wie ich das eben mag. Na, da jault man dann halt schon mal ein wenig, oder?

Die Olle dort hat mich geschnappt und ins Haus getragen. War anfangs gar nicht so schlecht. Ich durfte da sogar aufs Sofa. Bei meinem Boss darf ich nur in den Fernsehsessel, den sich seine Chefin mal um ein Heidengeld gekauft hat. Jetzt liegt da meine Decke drauf, und die Chefin ist davongelaufen. Scheint also auch was von einer Katze zu haben. Was an und für sich gar nicht so schlecht für mich ist, weil mich die wegen jeder Kleinigkeit immer gleich zu diesem Weißkittel geschleppt hat, und der hat mich dann gestochen, auf dass ich mir das merke und in Zukunft weniger jammere.

Womit sich der Kreis schließt. Also die alte Frau, der ich mit meinem Gejaule den Mittagsschlaf verdorben habe – Menschen schlafen fast so viel wie wir Katzen, vor allem, wenn sie alt werden – also die Alte hat mich gleich am nächsten Tag zu einem anderen Weißkittel geschleppt. Ich dachte schon, der sticht mich jetzt, und das war's dann, aber nein, es kam deutlich schlimmer. Zuerst hat er mich gepiekst. Das habe ich ja schon gekannt. Aber dann ist mir ganz schwummrig geworden, und auf einmal – schnipp, schnapp, aua – waren meine Anhängsel weg. Seitdem miaue ich nur noch leise, wenn ich etwas will. Wer weiß, was mir sonst noch abgeschnitten werden würde?

Drei Tage später kam die Chefin und hat mich abgeholt. Sie hatten Zettel an die Bäume mit den Lichtern oben drauf geklebt, ihr wisst schon, diese Bäume ohne Äste, die immer so nach Hund stinken und deren Spitze im Finstern leuchtet. Auf den Zetteln war ein Bild von mir. Das hat die Schnippschnapptante gesehen und meinen Boss angerufen, und der hat dann seine Chefin geschickt, damit sie mich holt. Als ich sie gesehen habe, habe ich der Alten noch schnell auf die Couch gepinkelt, damit sie mich nicht vergisst. Es war klug, damit zu warten, bis die Chefin mich holt, sonst hätte mir die womöglich noch die Ohren abschneiden lassen. Oder was weiß ich was noch. Sie hat dann auch fast geweint, als ich ging. Vermutlich, weil sie sich jetzt eine andere Katze zum schnipseln suchen musste.

Meine Chefin hat dann mit dem Boss mal wieder gestritten. Wegen meiner. Das erste Mal haben sie gestritten, als sie mich als Baby vom Bauern holte. Ich war eigentlich ganz froh, weil der sonst immer mit den kleinen Geschwistern zur Regentonne ging, und dann habe ich sie nie mehr gesehen. Aber mein Boss war sauer, er sagte was von „Katzenallergie". Aber ich mag ihn. Er weint immer gleich vor Rührung, wenn ich auf seinen Schoß hopse. Muss ich ja, seit die Chefin fort ist. Die hat nie geweint, nur das eine Mal, als sie mich mit der

Maus in diesem wunderbar weichen und duftenden Schaffel mit Wäsche gefunden hat. Und dann ist sie damit fluchend gleich wieder in den Keller gegangen.

Diesmal hatten sie gestritten, weil die Chefin die alte Frau am liebsten wegen Sachbeschädigung angezeigt hätte. Alter! Ich bin keine Sache! Laut Gesetz schon, sagte die Chefin. Und als dann der Boss der Schnippschnappalten auch noch den Tierarzt bezahlt hat, der mir meine Männlichkeit geraubt hatte, da war sie fuchsteufelswild. Wegen des Friedens in der Nachbarschaft, hatte der Boss gemeint. In dem Fall war ich eher auf der Seite der Chefin und habe ihm als kleine Warnung in seinen Fotorucksack gekotzt. Da war dann er fuchsteufelswild.

Außer dem Boss sind ja noch zwei kleine Bosse im Haus. Der Oberboss ruft sie immer mit „Philipp, Clemens, Hausaufgabe machen!". So heißen sie vermutlich. Aber sie hören selten auf diesen Namen. Auf „Miau" hingegen hören sie immer, außer sie sitzen vor diesem Pezehdings. Dann stellen sie mir immer gleich neues Futter hin. Sogar, wenn ich das alte noch nicht aufgefressen habe. Das ist beim Boss anders. Den muss ich mir diesbezüglich noch erziehen, aber er wehrt sich jetzt schon seit Jahren ziemlich erfolgreich, da helfen nicht einmal Erinnerungen am Wohnzimmerteppich.

Trotzdem – das krieg ich schon noch hin. Letztens hat er mir das Futter zwei Tage stehen lassen, bis er es wegwarf. Wenn ich dann um seine Beine streife, stellt er mir nur Trockenfutter hin, weil er weiß, dass ich das hasse. Also bin ich durch die Katzenklappe im Keller raus und habe einen Flugratzen gefangen. So nennt der Boss die grauen Dinger, die immer „Gurr gurr" machen. Die schmecken grauslich, aber als Erziehungsmaßnahme sind sie perfekt. Zuerst beiße ich ihnen, nachdem ich mich ein wenig mit ihnen gespielt habe natürlich, den Kopf ab. Nein, nicht im Garten. Dazu kommen sie mit mir, mehr oder weniger freiwillig, in den Waschkeller. Den Kopf lege ich dann zum Ausbluten auf das Schaffel mit der Wäsche. Dann rupfe ich ihnen die Federn aus und verteile sie im ganzen Haus. Okay, ein wenig Blut ist auch hier dabei. Und am Ende fresse ich sie widerwillig und ein paar Stunden später würge ich sie im Wohnzimmer wieder heraus. Vorzugsweise in die Pantoffel vom Boss. Oder auf den Perserteppich. Ich Depp ich.

Wäre doch gelacht, wenn ich ihm das nicht beibringe, dass ich frisches Futter zu bekommen habe, wenn ich ihn eh schon so deutlich darauf hinweise, oder?

Manchmal kratze ich auch im Bad an den Handtüchern. Dann weint mein Boss nach dem Händewaschen wieder. Das ist irgendwie lustig. Ich sehe ihn dann immer mit dem jahrelang eingeübten Ich-wars-nicht-Blick an, ohne weitere Konsequenzen befürchten zu müssen. Menschen sind ja so einfach manipulierbar!

Wenn der Boss und Philipp-Clemens-Hausaufgaben-Machen nicht im Laden sind, muss ich trotzdem nicht hungern. Ich habe mir nämlich schon seit langer Zeit mit meinem treuseligen Blick ein paar Nachbarn angelacht. Da ist einmal die Schinkenfrau. Die besuche ich dann zuerst. Die gibt mir immer Wurst oder Schinken. Ich liebe Schinken, allerdings keinen verbrannten. Rauchschinken oder Speck nennt der Boss das. Wie die Menschen das verdorbene Zeugs essen können, entzieht sich meinem Verständnis völlig. Am liebsten habe ich aber sowieso gekochtes Huhn. Das muss man auch nicht mehr rupfen.

Wenn die Schinkenfrau nicht zuhause ist, gehe ich zur anderen Nachbarin. Die mag ich noch mehr. Da darf ich sogar im Bett schlafen. Gut, ich frage eh nicht, aber beim Boss ist die Tür immer zu, bei dieser Frau und ihrem Mann nicht. Dafür pinkle ich ihr aber auch nie hinein, das hebe ich mir für die seltenen Gelegenheiten auf, wenn mein Boss seine Schlafzimmertür zu schließen vergisst.

Außerdem hat diese Frau immer diese guten Dinger, wo die Katzen im Bildkasten sogar glatt durch die Wand springen. Ihr wisst schon, in diesem Flimmerbildkasten, in den die Menschen stundenlang hineinschauen können, was ich auch nie kapieren werde. Da sieht man manchmal eine Katze, die hüpft einfach mit dem Kopf durch die Wand, um die knusprigen Dinger zu bekommen. Ich habe das nur einmal versucht ... ich hasse diese Weißkittel mit ihren Spritzen!

Die Frau gibt mir auch oft anderes Katzenfutter. Manchmal versteckt sie weiße Scheibchen darin. Ich mache ihr halt die Freude und schlucke diese Brocken dann auch. Als ich es mal nicht getan habe, hat sie mir das weiße Scheibchen in den Mund gesteckt. Das war grauslich! Aber der Boss und sie haben darüber gesprochen und seitdem weiß ich, dass ich dann keinen Husten habe. Ich habe nämlich Asthma, sagte einer dieser Weißkittel, bevor er mich – mal wieder – stach. Mein Boss war ganz überrascht. „Eine Katze mit Asthma?" fragte er.

„Ein Kater!", verbesserte ihn der Weißkittel. Ich erkannte ihn jetzt an der Stimme wieder.

„Miau!", sagte ich. Was so viel heißen sollte wie: „Leider kein Kater mehr, du Arschloch!"

Manchmal muss ich ja fast lachen, wie sich die Menschen bemühen, dass ich mich bei ihnen wohlfühle. Als wenn das ein Wettkampf wäre! Dabei sollten sie wissen, dass wir Katzen uns nie bestechen lassen. Wir kennen nämlich nur ein Gesetz: Wir tun, was wir wollen, wo wir wollen und wann wir wollen!

Wie bitte? Ob ich stubenrein bin? Was soll die Frage? Ich bin eine noble Katze und kein dahergelaufener Pinscher! Natürlich bin ich stubenrein. Sogar gartenrein. Ich verbuddle mein Geschäft immer sehr, sehr sorgfältig im Gemüsebeet. Dort erntet der Boss eh nie was. Der kauft das Grünzeug lieber im Supermarkt. Diese Menschen sind echt zu komisch!

Nur manchmal, wenn er es ganz zu bunt treibt und mir kein frisches Futter hinstellt, dann wähle ich die Blumentöpfe im Wintergarten für mein Geschäft. Mit der Fußbodenheizung hat das dann den Effekt, dass sich keine andere Katze mehr ins Haus wagt. Das ist auch gut so.

Das Haus ist schließlich *mein* Palast und der Boss und Philipp-Clemens-Hausaufgaben-Machen sind *meine* Diener!

Euer Franz-Joseph I.

Blacklist Hitman

Ihr wisst, was ein Hitman ist, oder? Richtig! Ein bezahlter Killer. Einer, der Jobs erledigt, für die andere nicht die Verantwortung übernehmen wollen, weil sie sauber dastehen sollen. Nun, ganz so arg ist der in dieser Geschichte vorgestellte Kerl nicht – es kommt niemand zu Tode – aber seine Tätigkeit geht ein wenig in die Richtung. Nennen wir ihn Johannes Schmied, denn sein wahrer Name (Johannes Rudolf Schmid) ist streng geheim. Aber das ist hier ein österreichisches Buch, daher bleiben wir beim landesweit üblichen „Hannes". Klingt auch flüssiger, finde ich. Ob der Verlag extra für meine deutschen Leser eine Variante mit Hans-Rüdiger Schmidt druckt, weiß ich noch nicht. Ich werde jedenfalls mit ihm verhandeln.

Den Hannes kenne ich schon lange. Ich ging mit ihm zur Mittelschule. Ein ganzes Jahr lang hatten wir viel Spaß da. Unsere Lieblingsbeschäftigung im Englischunterricht war das Zirkellotto. Kennt ihr nicht? Nun, da nimmt man einen Zirkel, am besten mit einer langen, scharfen Spitze, und spreizt dann die Finger. Wer am schnellsten zehnmal zwischen die Finger piksen kann. Fünf Finger haben vier Zwischenräume, das sind dann also ... ähm ... wir spielten das auch in Mathe, Moment!

„Jungs, wo ist der Taschenrechner?"

Ah, hab's schon! Das sind also 40 Stechvorgänge bei zehn Durchgängen. Weil man laut Regel in jeden Zwischenraum einmal treffen muss, damit es gilt und immer wieder an der gleichen Seite beginnen muss. Mein Rekord stand bei siebenkommazwei Sekunden. Hannes hat es nie unter acht geschafft, ohne sich zu stechen. Er hat trotzdem oft weniger als acht Sekunden gebraucht. Das sieht man heute noch. Seinen Ehering brachte er bei der Hochzeit kaum auf den Finger rauf. Jetzt wünscht er sich, er würde ihn herunterbringen. Klappt auch nicht, sagte er mir, aber dazu komme ich gleich.

Lustig war es mit Hannes. Schade, dass er am Ende der fünften Schulstufe dann beschlossen hat, sein Wissen an die uns folgende fünfte Schulstufe weiterzugeben statt in der Klasse zu bleiben! Es war ohne ihn einfach nicht mehr das Gleiche!

Kürzlich treffe ich ihn also wieder, den Hitman Hannes, wie wir ihn damals schon genannt haben, weil es einfach ein Hit war, ihm zuzusehen, wie er immer wieder seine Finger getroffen hat, was auf Englisch ja auch „to hit" heißt. Eine Doppeldeutigkeit quasi! Wenn man das mit dem „ihn wieder treffen" berücksichtigt, sogar eine Dreifachdeutigkeit! Ist eben ein bedeutendes Buch, das ihr da lest!

Ich frage den Hannes natürlich gleich, was er beruflich macht, worauf er ganz geheimnisvoll tut, sich zu mir beugt – ah, er hatte Knoblauchsuppe zu Mittag – und mir ins Ohr haucht, dass er jetzt einen sehr verantwortungsvollen Job hätte, für eine große, staatliche Organisation. Mit Pensionsanspruch und Prämien, sagt er.

„Alter!", sage ich. „Tolle Sache! Hätte eigentlich damals nicht damit gerechnet, dass du überhaupt einen Job bekommst!" Und natürlich will ich ein paar nähere Details wissen. Wir gehen also ins Gasthaus, um bei ein paar Bieren sein Schweigegelübde zu lösen. Oder den Amtseid. Was auch immer!

Das wissen ja viele gar nicht, dass der liebe Gott und sein Chef, der Verfassungsgerichtshof, dich von jedem Eid entbinden, wenn du mehr als fünf Bier innerhalb von zwei Stunden getrunken hast. Etwas Ähnliches gilt auch, wenn du mit Frauen im Bett landest. Ich weiß aber nicht genau, ob man da auch fünf ... ist aber jetzt egal!

„Und was genau machst du für diese ... ähm ... staatliche Organisation?", bin ich schon beim zweiten Bier neugierig.

Nun, er hätte sich dem Kampf gegen die Schwarzarbeit verschrieben, meint er. Und lacht, als er hinzufügt, dass er ausgerechnet für die *Schwarzen arbeitet*. Schon lustig, oder? Naja, ich tu mal so und lache. Noch weiß ich zu wenig. Jedenfalls wäre er immer auf der Suche nach Pfuschern und Leuten, die es mit der Gewerbeordnung nicht so genau nähmen. Das sei in der Tat manchmal gar nicht so offensichtlich, fährt er fort, weil darunter auch Vorkommnisse fielen, in denen jemand wirklich glaube, nichts Falsches zu machen. So hätte er letztens einen Bäcker anzeigen müssen, der vor Ostern ein paar Exemplare eines Rezeptbuchs für Kekse verkauft hatte. Eh nur für eine Kundin, die so ihr erstes Buch unter die Leute bringen wollte, aber Gesetz sei nunmal Gesetz. Ohne das Buchhändlergewerbe anzumelden ginge da gar nichts! Da könnte ja jeder kommen! Vom fehlenden Beweis „Mängelexemplar" ganz abgesehen, weil sie die Bücher verbilligt hergegeben hatte, was gegen die Buchpreisbindung verstoße. Na, jedenfalls war sie ein paar Tausender los und er um zehn Prozent Provision reicher geworden. Ob ich übrigens wüsste, dass die Banken genau aus diesem Grund die Schecks abgeschafft hätten? Na, klingelt's? Genau! Wegen der Scheckbücher!

Jetzt brauche ich mein Erstaunen nicht einmal mehr zu heucheln. Nein, wusste ich nicht. Und mache mir eine geistige Notiz, meine Bücher vom Friseur und vom Bäcker wieder abzuholen. Sonst krieg ich dort noch Hausverbot, und das wäre am Sonntag fatal. Da hat nämlich außer dem Bäcker nichts offen. Der Friseur kümmert mich da weniger.

„Bist du ... arg!", entfährt es mir. „Und was ist dir da sonst noch so untergekommen?"

Na, schon so einiges, erklärt er mir. Ob ich gewusst hätte, dass ein Farbenhändler zwar Pinsel verkaufen dürfe aber – und jetzt käme das „Aber" – wenn er Marderhaarpinsel verkaufe und ein Schild dazu stelle: „Aus biologischem Material" würde er schon wieder blechen. Weil „biologisch" eben ein Begriff sei, den der Staat streng schütze. Und weil wir grad von Mardern redeten: Lustig wäre auch das Gesicht des Automechanikers gewesen, der „Antimarderspray" verkauft hätte. Dazu brauche man nämlich eine eigene Genehmigung, vom Giftschein ganz abgesehen, außer man wäre Apotheker. Und den Apotheker habe er auch schon erwischt, als er in der Kosmetikabteilung auch Haarbürsten verkauft hätte. Et cetera.

Mir steht der Mund offen, was Maria derart interpretiert, dass ich ein weiteres Bier will. Sie versteht mich halt. Aber Hannes ist jetzt so richtig in Fahrt gekommen.

Diese Nebengewerbe, fährt er fort, seien für ihn auch eine Goldgrube. So dürfe ein Maler nur maximal in 15 % seiner Zeit Wände verputzen, ein Hotelier brauche für das Abholen der Gäste vom Bahnhof einen Taxigewerbeschein, und ein Grafiker, der in mehr als 15% seiner Zeit zum Beispiel Homepages erstelle, mache sich auch strafbar. Und, und, und!

„Und was verdienst du da so pro Monat, als Denunziant?", frage ich ihn. Wir sind jetzt beim fünften Bier, die magische Geheimnisverratsgrenze gilt als geöffnet.

Naja, so fünftausend bis achttausend blieben schon hängen. Fixum plus Provision. Spesen extra, verstehe sich. Und das mit dem Denunzianten sei eine böse Auslegung, gell? Er bevorzuge den Ausdruck „Blacklist Hitman", den er selbst kreiert habe.

„Und da hat dir nie jemand Schwierigkeiten gemacht?" Maria, mein Mund steht offen! Maria!

„Naja,", schaut er jetzt traurig drein, „der Pfarrer hat mich aus der Kirche geworfen und exkommunizieren lassen, was vor allem bei der Firmung meiner kleinen Tochter unangenehm gewesen war."

Natürlich bin ich jetzt geschockt und will wissen, wie denn so etwas hatte passieren können. Ich kenne zwar eine Menge Leute, die sich selbst exkommuniziert haben, sie nennen es „Kirchenaustritt aus Gewissensgründen", ich nenne es „zu geizig für die Kirchensteuer", aber ich kenne niemanden, der ausgetreten worden ist! Außer dem Hannes halt.

Das ist ihm jetzt aber sichtlich peinlich. Maria! Wo bleibst du denn?

Etwas später rückt er dann doch damit heraus. Er hat doch tatsächlich den Herrn Pfarrer angezeigt, weil der bei der Messe Brot verteilt hat, wozu er eine Gasthauskonzession benötigt hätte.

„Und dafür bist du gleich exkommuniziert worden?" Ich kann das gar nicht glauben. Selbst der Frankenkönig Heinrich hatte damals vor seinem Canossagang mehr ausgefressen, bevor er schließlich rausgeworfen wurde aus dem Schoß der heiligen Mutter Kirche.

Er zögert. Ich bin psychologisch erfahren genug, nicht noch einmal nachzuhaken. Und in der Tat rückt er kurz darauf ganz von selbst mit der Wahrheit heraus:

„Also eigentlich hat der Pfarrer sich zuerst nur verteidigt, dass das ja kein Brot sei, sondern vielmehr der lebendige Leib des Herrn. Aber als ich ihm daraufhin damit drohte, ihn wegen Kannibalismus und Nekrophilie auch noch anzuzeigen …"

„Nur gedroht?"

Hannes errötet, was mir alles sagt.

„Warst du wenigstens erfolgreich mit deiner Klage?", rutscht es mir heraus.

Er sieht mich traurig an.

„Nein. Der Landeshauptmann hat es abgewürgt. Der war ja selbst mal Religionslehrer."

Tja, kein Wunder. Der Hannes wäre auch der Allererste gewesen, der schon im Diesseits von der Kirche eine Provision bekommen hätte.

Duftölparty

Endlich Freitag! Die Arbeitswoche war wieder ein Wahnsinn, unglaublich stressig! Aber Freitag ist unser Tag! Da haben wir, wie ihr ja alle wisst, unseren Männerstammtisch beim Dorfwirtn. Und weil wir eben alle mittlerweile umweltbewusst geworden sind (und weil der Yannick gerade seinen Führerschein für sechs Monate zur amtlichen Aufbewahrungsstelle gegeben hat), machen wir das jetzt immer mit einer Fahrgemeinschaft. Das funktioniert so, dass immer einer von uns die anderen abholt. Zurück fahren wir dann mit Mehmed und Yilmaz. Das sind Vater und Sohn, die haben ein Taxiunternehmen. Einer bringt uns zurück, der andere das Auto. Klappt hervorragend!

Diesen Freitag war ich dran. Ich fahre also beim Martin vorbei, dem verheirateten Pechvogel, ihr wisst schon: Venedig und so. Wobei das mit dem Pech jetzt ursächlich nichts mit dem „verheiratet" zu tun hat, im Gegenteil! Seine Frau ist ja eigentlich eine recht liebe Frau. Die freut sich immer, wenn der Martin mit uns zum Stammtisch fährt. Sie sagt das zwar etwas rustikal, aber dahinter stecken sanfte und äußerst liebevolle Gedanken:

„Endlich seh ich dich mal einen Abend nicht, du Trottel!"

Meinte sie halt letztens. Ich hatte es durch die geschlossene Haustür gut verstanden. So verständnisvoll sind die wenigsten Ehefrauen, was Männerstammtischaktivitäten betrifft! Vielleicht hängt es aber auch damit zusammen, dass sie ein Partyfan ist. Jeden Freitag gibt es bei ihr eine andere Party. Tupperparty, Dildoparty, Modeschmuckparty, Parfumparty, Teeparty (man glaubt gar nicht, wie viele unterschiedliche Aufbrühgetränke es gibt!), Dessousparty (da wollte Martin ausnahmsweise nicht zum Stammtisch, sie hat ihn aber rausgeworfen. Er saß schon auf den Stufen, als wir ihn holten) und diesen Freitag ganz speziell: DUFTÖLPARTY!

Ja, das gibt es! Esoterische Öle, oder wie das Zeug heißt. Die sind gut gegen alles! Damit kann man nicht nur den Geruch von Katzenpisse im Teppich vertreiben, nein, das hat heilende Eigenschaften, erklärte mir Martin, während die Sanitäter gerade seine Frau mit einem anaphylaktischen Schock in den Wagen hoben. Und das kam so:

Ich hatte mich, was normalerweise so gar nicht meine Art ist, etwas verspätet. Um sechs hole ich üblicherweise die Jungs einen nach dem anderen ab, aber diesmal kam mir was dazwischen. Genau genommen ein Baseball zwischen die Augen. Ich hatte nämlich mit meinen Söhnen im Garten ein wenig Curveballs geübt. Also ich der Pitcher, Sohn Nummer eins der Batter (weil das am sichersten ist, er trifft meine hammerharten Fastballs sehr selten und wenn, dann fliegen die überall hin, nur nicht zu mir zurück) und Sohn Nummer zwei der Catcher.

Aber diesmal warf ich eben die langsameren Kurvenbälle. Und die trifft er öfter. Jedenfalls oft genug. Peng! Voll gegen die Marille, ein lupenreiner Beanball, könnte man sagen, nur dass nicht der Werfer den Schlagmann am Kopf erwischt hatte sondern umgekehrt. Was mich augenblicklich ausgeknockt hatte.

Als ich wieder zu mir kam, meine Söhne hatten zwischenzeitlich auf Wurf/Fangtraining umgestellt, weil man zu zweit und mit nur einem Ball ja schlecht Schlagtraining machen kann, war es fast sieben. Ich also ins Haus, umgezogen, ins Auto und ab. Hinter mir hörte ich noch eine Scheibe klirren und zuerst Sohn Nummer eins rufen „Alter! Der war zu hoch!", dann Sohn Nummer zwei lachen und dann meine Frau fluchen. Das möchte ich hier jedoch nicht im Detail wiedergeben. Es ist aber auch verständlich, dass sie erregt war. Wenn dich am

Klo durch das eh so kleine und vor allem geschlossene Fenster ein Baseball von der Schüssel fetzt, da ist ein „Scheiße!" eine durchaus passende Reaktion. Da wäre ich ja auch angefressen! Sauer war sie ja schon vorher, weil sie auch gern zur Duftölparty gegangen wäre, aber bei Schere-Stein-Papier verliert sie eigentlich immer gegen mich.

Ich fahre also mit brummendem Schädel und einem gewaltigen Horn zwischen den Augen beim Martin vor und überlege mir, wie ich die Beule den Jungs erkläre, da laden sie gerade seine Frau in den Krankenwagen. Natürlich drängt sich da sofort eine einzige, zentrale Frage auf:

„Servus Martin. Kommst jetzt nicht mit zum Stammtisch?"

Nein, wie ich auf diese Idee käme? Sie sei ja eh in guten Händen. Und wenn ich bitte noch zwei Minuten Geduld hätte – so lange brauche er schon, bis er alle sechs Duftöltanten rausgeworfen hätte.

Mir wurde ganz warm ums Herz. Unser Martin! Auf den war in jeder Situation Verlass! Sogar in einer solchen Stunde! Seit den Serieneinbrüchen lässt bei uns in der Siedlung nämlich keiner mehr gerne sein Haus alleine.

Aber mein Kopf brummte jetzt bedenklich. Dagegen musste ich dringend was nehmen.

„Hast Du was gegen mein Kopfweh, Martin?"

„Klar!", antwortete er. „Moment, ich hol's schnell!"

Er stürmte rein und kam nach zwei Minuten mit einem kühlen Bier wieder heraus. Mein Martin! Aber leider eine Minute zu spät! Rhabarbara, die inzwischen auf Duftöltante umgesattelt hat, hatte mich unter ihre Fittiche genommen und rieb mein Horn mit Calendulaöl ein. Das zwischen den Augen, meine ich!

Und bevor ich mich recht wehren konnte, steckte sie mir auch schon einen Nasenspray in das linke Nasenloch und pfffff pfffffffff pfffffffffffffffff! Keine Ahnung, was das war, aber es hat sofort geholfen. Und wie! Die Kopfschmerzen waren im Nu weg, fast so schnell wie mein Bewusstsein.

Im Krankenhaus wachte ich vom Piepsen des Monitors auf, an den ich angeschlossen war. Der Arzt stand mit ernster Miene an meinem Bett.

„Da haben Sie nochmal Glück gehabt!", meinte er. „Wussten Sie nicht, dass sie auf" – den lateinischen Ausdruck für die Pflanze weiß ich nicht mehr – „allergisch sind? Und dann volle Pulle in die Nase. Da freut sich der anaphylaktische Schock auf Sie wie ein Vierjähriger auf Weihnachten! Glücklicherweise war der Krankenwagen schon vor Ort."

Ich fragte ihn, wie diese Pflanze auf Deutsch heißt, auf die ich so allergisch reagiere. Sollte man doch wissen, nur für alle Fälle, oder?

„Na klar!", meinte er jovial. „Es war ein Hopfenextrakt. Genau genommen ein ätherisches Öl aus Hopfen. Passen Sie mit Hopfen in Zukunft bloß auf! Wo haben Sie überhaupt diese unglaubliche Beule her? Das würde mich echt interessieren!"

Als ich in Gedanken die Mengen an Hopfen überschlage, die mein Körper schon verarbeitet hat, in veredelter Form versteht sich, verlässt mich mein Vertrauen in die Schulmedizin abrupt, und ich höre kaum noch, wie meine Frau meint:

„Das erklärt dein samstägliches Kopfweh natürlich. In Zukunft also kein Stammtisch mehr!"

Ich werde dem Arzt noch ganz genau zeigen, wie man zu so einer Beule kommt! Versprochen!

Die Wal-Kommission

Keine Angst – ich habe die Rechtschreibung nicht verlernt. Zumindest nicht das Wenige, was ich mal darüber wusste. Und hier ist eben keine Wahlkommission gemeint, sondern eine Wal-Kommission. Inklusive Deppenbindestrich. Die Korinthenkacker – ich bin ja selbst manchmal einer – unter euch können sich also sofort wieder künstlich abregen, okay?

Diese Geschichte spielt übrigens in der Zukunft. So ein wenig wie in Star Trek (meinem meist deutschsprachigen Leserpublikum vermutlich eher unter dem Titel "Raumschiff Enterprise" bekannt) schreiben wir das Jahr 2019. Der österreichische Wähler ist immer noch – wie das Raumschiff in der Serie – unterwegs in den unendlichen Wieten des Bundespräsidentenwahlkampfs. Captain Kirk war das für ganze fünf Jahre. Wir haben also noch zwei vor uns, in denen wir fremde Klebstoffgalaxien entdecken und uns mit Warpgeschwindigkeit durch unbekannte Wahlkartendimensionen kämpfen werden, bis wir endlich wieder einen flotten Sternenadmiral (in „Admiral" steckt das lateinische Wort für „bewundern" drinnen, in „Sterne" steckt vor allem Wasserstoff und Helium, also viel heißes Gas, drinnen) haben werden.

Dabei schien sich im November 2016 schon alles in eitle Wonne aufzulösen wie die künstlichen Fingernägel meiner Frau in Aceton (eine ganz andere Geschichte), als die neuen Wahlkarten für den ich-weiß-nicht-mehr-genau-wievielten-Wahltag wieder die alten Wahlkarten waren, ohne überkandideltes Doppelkuvert, dafür wieder mit einem einfachen Klebestreifen aus einem heimischen Klebstoff, also nicht diesem extragalaktischen deutschen Mist, der uns die Verschiebung im Oktober eingebracht hatte. Aber das Einzige, was dabei eitel war, waren dann schlussendlich der Wahlkampfleiter eines der beiden Kandidaten mit seinem gepflegten Dreitagesbart, der dem Wähler echte Männlichkeit suggerieren sollte, um von mangelnden Inhalten abzulenken, wie der Wahlkampfleiter des anderen Kandidaten meinte, dessen Hornbrille vermutlich ein Übermaß an Intellekt suggerieren sollte, um von mangelnden Inhalten abzulenken, wie der Dreitagesbärtige im Konter feststellte. Kurz: im Kern war es ein auf hohem ethischen und intellektuellen Niveau geführter, sachlicher Wahlkrampf gewesen.

Und just in dem Moment, als in den Herzen und Hirnen der Österreicher und Österreicherinnen ein erster Trieb eines kleinen, verletzlichen Hoffnungspflänzchens zu gedeihen begann, dass nämlich diese Wahl tatsächlich noch im Dezember 2016 würde geschlagen werden, und dass dieses Wahlergebnis tatsächlich noch im Jänner 2017 würde amtlich und vor allem gültig, ja sogar endgültig werden, just in diesem Moment also, schlug das Schicksal erneut mit erbarmungsloser Härte zu und stellte die Weichen zurück auf das Anfechtungsgleis.

Es hatte sich nämlich herausgestellt, dass man Wahlkarten mit einer ungültigen Passnummer anfordern konnte! Oh nein, das war nicht das Werk eines dämonischen Hackers oder gar eines notorischen grünen oder blauen Querulanten, nein, nein, die Reithuber Fanny aus Dumpfling hatte sich schlicht und einfach vertippt, als sie die Wahlkarte angefordert hatte. Nun hatte die Fanny in ihrem ganzen Leben noch nie eine Wahlkarte benötigt, sie hatte auch so immer den Weg zur Stimmabgabe gefunden, was in Dumpfling auch nicht schwer war, weil man praktisch ins Gasthaus stolperte, wenn man am Sonntag aus der Kirche kam. Das lag ja gleich daneben, weshalb es auch „Kirchenwirt" hieß, und da war seit Menschengedenken auch das Wahllokal untergebracht.

Und die Fanny hatte auch immer gewusst, wen sie wählt: den fescheren Kandidaten. Nur beim Kreisky hatte sie einmal eine Ausnahme gemacht, weil der Androsch so fesch gewesen war als Finanzminister („und weil mir der Kreisky die Pension zahlt!")

Aber aus eben diesem Grund wusste sie diesmal einfach nicht, wen sie wählen sollte, den mit den schlechten Zähnen aber sonst sympathischen Älteren (Und er war ein gestandener Mann, das muss man schon noch sagen dürfen!) oder den So-wahr-ihm-Gott-helfe-Jünger mit dem schlechten Bein, der immer so süß redete, dass es einem die Ohren verklebte, was unter uns gesagt bei den Wahlkarten wünschenswert gewesen wäre und nebenbei dem Wort „Kandidat" (da steckt der Wortstamm für „süß" drinnen) erst Sinn verlieh.

Es war eine Wahl der Qual, wie Fanny fand! Typisch „Wähle das kleinere Übel!" Und um sich also die Sache in Ruhe überlegen zu können und nicht zu einer überhasteten Entscheidung in der Wahlkabine gezwungen zu sein, bestellte sie das erste Mal in ihrem langen Leben eine Wahlkarte. Über das Internetz, das ihr kürzlich der elfjährige Enkel eingerichtet hatte, nachdem dessen Vater nach sechsstündigem Installationsmarathon verzweifelt ausrief: „Irgend ein Trottel hat das Internet gelöscht!" Michael, der kleine Neffe also, hatte dann einfach das Ethernetkabel vom Router in den PC gesteckt und zwei Sekunden später sah die erstaunte Oma den „Herrn Google" in allen Farben des Regenbogens leuchten und der Michael bekam einen Zehner, was mich sogleich über meinen Stundenlohn nachdenken lässt.

Tags darauf saß die rüstige Fanny-Oma nun also vor dem PC und der Internetseite *wahlkartenantrag.at* und bestellte ihre Wahlkarte. Weil sie aber ihre neue Lesebrille verlegt und diese erst wiedergefunden hatte, indem sie sich auf selbige gesetzt hatte, musste sie den Antrag mit der alten, schwächeren Brille ausfüllen, und so passierte der Schlamassel mit der falschen Passnummer, der schlussendlich zu einer falsch zugesandten Wahlkarte und am Ende zu einer neuerlichen Wahlanfechtung geführt hatte. Der dreitagesbärtige Wahlkampfleiter wusste mittlerweile ja schon, wie man so etwas macht.

Neuer Wahltermin also Februar 2017! Der musste allerdings verschoben werden, weil der Webseitenprogrammierer der Wahlkartenanforderungsseite erst aus dem wohlverdienten Urlaub zurückgeholt werden musste und dann den Fehler wochenlang einfach nicht finden konnte. Und noch einen Skandal, da war man sich einig, konnte dieses Land nicht verkraften!

Was ein Irrtum war. Konnte es doch. Ein Verfassungsjurist hatte nämlich festgestellt, dass die allererste Stichwahl seiner Meinung nach doch gültig gewesen war und beim europäischen Gerichtshof Klage eingebracht, der dieser stattgab. Also eigentlich gab er ihr zwar statt, aber verfassungsrechtliche Probleme ergaben nun, dass der doch gültig gewählte Bundespräsident nicht fristgerecht angelobt worden war, was leider eine Neuwahl nötig machte. Und zwar eine mit allen Kandidaten!

Da kam nun aber eine andere Kandidatin in die Stichwahl! Was wiederum der gewählte aber nicht angelobte Bundespräsident beim Verfassungsgerichtshof anfocht. Der gab ihm auch Recht und so hatte Österreich nun eine äußerst prekäre Situation mit einem rechtmäßig gewählten aber nicht angelobten Präsidenten und einem Kandidatenpaar, das alle nur „Hänseln und Granteln" nannten, weil sie sich einen so erbarmungslosen Stich(elei)wahlkampf lieferten, den Frau Granteln im Dezember 2018 schließlich gewann.

Sie war nun also auch gewählt und nicht angelobt. „Hamma schon zwei!", sagten die einfachen Leute.

Die Rechtsstreitereien dauerten dann bis 2019, ehe man sich auf eine Lösung einigte, bei der beide zu gleichen Teilen das höchste Amt im Staate ausüben sollten. Das bedurfte allerdings einer Verfassungsänderung, die mit einer Volksabstimmung einhergehen musste, zu deren Beschluss eine parlamentarische Mehrheit erforderlich war, was aber die mittlerweile erstarkte Partei des Verlierers lange verhinderte. Jedenfalls bis eine andere Partei auch noch die Zünglein-an-der-Waage-Abgeordneten einer Kleinpartei zum Übertritt überreden konnte. Eine Angelegenheit, die diese bürgerliche Partei mittlerweile mit einer gewissen Routine beherrschte, nicht wahr?

Und jetzt ist also Volksabstimmungswahlkampf 2019. Und auch da gibt es wieder Wahlkarten. Soweit so gut. Mit Klebstoff kannte man sich mittlerweile aus, auch mit der Antragseite im Internet. Was sollte da noch schiefgehen?

Leider gibt es immer wieder etwas, das schiefgehen kann. Die Druckerei, die die Wahlkarten auslieferte, hatte einem rechtschreibschwachen Praktikanten die Drucksetzung anvertraut, weshalb jetzt auf den Karten „Walkarte" steht. Was laut der Verliererpartei einen krassen Fall von Wahlmanipulation darstelle.

Und so hat man nun also die Wal-Kommission einberufen. Alles klar?

Hot Line

Immer wieder ärgern wir uns über Hotlines. Das sind Einrichtungen, die unsere Eltern noch nicht einmal kannten, aber uns machen sie wahnsinnig! Egal, ob der Internetzugang nicht funktioniert (auch wenn sich dann herausstellt, dass die Putzfrau nur den Router ausgesteckt hat) oder die Telefonrechnung zu hoch ist (weil der Nachwuchs eine coole Nummer ausprobieren musste, die ihm ein Klassenkollege empfohlen hat, eine richtige „hot line" eben) – man kommt zwar durch, hängt dann aber in einer Warteschleife mit Berieselungsmusik, was besonders in der Adventzeit unheimlich nerven kann, wenn man „Last Christmas" siebenmal hintereinander hört, bevor einem die mechanische Stimme mitteilt, dass man „nun der nächste ist, der mit einem Mitarbeiter verbunden wird". Dann sind es nur noch vier oder fünf Durchgänge mit George Michael, die man aushalten muss, bevor einem der Mitarbeiter mitteilt, dass er da leider, leider nicht helfen kann. Ob er zu einem Kollegen verbinden darf? Könnte aber ein paar Minuten dauern!

Das nennt man dann wohl Fortschritt.

Worüber wir selten nachdenken, das ist die andere Seite der Telefonverbindung. Auch da sitzt ein Mensch! Und er oder sie macht sich einiges mit, wie mir Rudi letztens mitteilte. Der Rudi ist Frührentner, weil er ein Nervenleiden hat, aber ihm war fad in der Pension, zumindest seit seine Frau ihm verboten hatte, im Haus Dinge zu reparieren. Das war auf die Dauer einfach zu teuer geworden. Ich glaube, ich habe euch schon einmal etwas über Rudi (mentär) erzählt, oder?

Jedenfalls sitzt er jetzt an einer Hotline für einen großen Onlinevertrieb. So einen weiblich kriegerisch klingenden, hab' den Namen vergessen. Und dem Rudi taugt das total, weil er den Job von zuhause erledigen kann. Er soll nämlich den Leuten gar nicht helfen, nein, er dient nur als lebender Telefonboxsack. Was das ist? Na, des Rudis Job ist es, sich anpflaumen zu lassen, auf dass sich die Leute abreagieren mögen, um schlussendlich dergestalt befriedigt und aufgebaut das eigentliche Problem zu vergessen. „Sich Luft machen" nennt das der Psychologe, und darum heißt Rudis Jobbeschreibung korrekterweise auch „Telefonischer Emotionscoach". Was den Rudi total stolz macht, weil er endlich Kohle dafür bekommt, was er bislang in dreiunddreißig Jahren Ehe immer kostenlos machen musste.

Und weil jeder Sandsack irgendwann auch mal seinen Frust abladen muss, bin ich Rudis „wöchentlicher stammtischlicher Emotionscoach" geworden, wofür ich leider keine Kohle bekomme, was die Frage aufwirft, ob Rudi mir intellektuell nicht doch weit überlegen ist?

Letztens sitzen wir also wieder beisammen, und Rudi erzählt wieder ein wenig aus seinem schier unerschöpflichen Fundus an Heißdrahtgeschichten.

„Stell dir vor!", sagt er gerade, „Letztens habe ich eine Lehrerin am Rohr, die hatte Probleme mit ihrem neuen PC."

Rudi sagt immer „am Rohr", wenn er eigentlich „am Ohr" meint und PC spricht er aus wie „Päh Zäh". Und dann erklärt er, was die arme, softwaregeplagte Lehrerin von ihm wollte.

„Die Tussi hatte ziemliche Probleme mit dem Installieren eines Schulprogrammes. Zum Drucken von Zeugnissen. Das Ding heißt ARISTOTELES und das hat sie auch von uns gekauft, deshalb konnte ich sie nicht gleich abwimmeln, was ich aber sowieso nicht darf, weil ich ja dazu da bin, mich hauen zu lassen. Also verbal, meine ich."

„Cooler Name für ein Schulprogramm!", finde ich. „Wusstest du übrigens, dass Aristoteles der Lehrer von Alexander dem Großen war?"

„Na, das passt!", meint Rudi. „Der ist dann irgendwo im Urlaub in Asien an Fieber gestorben, weil ihn das alles so aufgeregt hat mit seinem Lehrer, oder? Und wenn er den Knoten seiner Schuhe mal nicht aufgebracht hat, musste er ihn durchschneiden."

Ich verkneife mir jetzt eine Aufklärung zu Alexanders Eroberungen und dem Gordischen Knoten und beschließe, das mit der intellektuellen Überlegenheit doch noch einmal zu überdenken.

Er erzählt weiter. Die Installation dieses Programms lief über drei CDs, sagt er. Anfangs wäre noch alles gutgegangen, aber dann wäre die Meldung gekommen „CD 2 einlegen", und ab da lief nichts mehr.

Rudi macht jetzt eine dramaturgische Pause und trinkt einen Schluck Bier.

Jedenfalls habe sich nach zwanzig Minuten Telefonberatung herausgestellt, dass die gute Frau Schuldirektorstellvertreterin die zweite CD einfach auf die erste draufgelegt habe, weil in der Meldung am Schirm nichts davon gestanden hatte, dass man die erste CD entfernen müsse.

Ich spucke den Schluck Bier, den ich gerade genommen habe, lachend wieder aus. Sorry Rudi!

Nun, sie hätte ihn dann noch ein wenig beschimpft, aber ein Anruf wegen der dritten CD sei ausgeblieben, meint er. Dafür dann am nächsten Tag wegen etwas anderem.

Ich beneide ihn nicht um diesen Job.

„Und was war das?" Eigentlich will ich das gar nicht wissen, aber dem Rudi hilft es, und wozu hat man Freunde?

Naja, sie hätte dann angerufen und wäre furchtbar aufgeregt gewesen, weil sie nach nur siebenundzwanzig Minuten – die blöde Kuh habe das echt gestoppt! – in der Warteschleife endlich drangekommen sei, um ihm ihr Problem mit dieser „dämlichen Software" zu erörtern, worauf er sofort seine eingeschulte Deeskalationsstrategie ausgepackt und ihr erklärt habe, dass „herrlich" von „Herr" komme und „dämlich" von ... nun, die Strategie habe irgendwie nicht funktioniert.

Ich will jetzt natürlich wissen, welches Problem das gewesen sei.

Naja, der Schreibtisch wäre zu klein geworden. Sie wäre mit der Computermaus schon über die Tischkante hinausgefahren und immer noch nicht am Menü angekommen. Er hätte ihr dann sofort eine pragmatische Lösung vorgeschlagen, dass sie den Wohnzimmertisch daneben stellen solle, aber in diesem Moment wäre sein Sohn bei der Tür hereingekommen und hätte gemeint: „Maus hochheben und absetzen!" Und damit hätte er ihr Problem dann schlussendlich gelöst.

Ich muss echt aufpassen, wann ich trinke. Schon der zweite Prust-Spuck-Bier-Verlust an diesem Abend. Und ich werde das mit Rudis intellektueller Überlegenheit nicht mehr überdenken müssen!

Eigentlich ist meine Aufnahmefähigkeit für heute ziemlich erschöpft, aber Rudi hat noch ein Highlight für mich. Gestern habe ein Kerl angerufen, der sich aufgeregt habe, dass eine kürzlich bestellte CD seinen sündteuren CD Player ruiniert habe. Nach längerem Diskutieren habe Rudi dann nach dem Interpreten und dem Titel gefragt, um die Angelegenheit zu prüfen.

„Kein Problem!", sagte der Kunde. „Steht ja drauf. Die CD heißt TRENNSCHEIBE und der Interpret EDELSTAHL."

In Rudis Beruf muss man eben FLEXibel sein.

Männerkrippe

Die Orthografie kann manchmal ein echtes Problem sein. Warum heißt das überhaupt „Orthografie"? Naja, ich kann nicht griechisch, außer im Urlaub und da auch immer erst nach zwei Litern Retsina, aber ich glaube, die Silbe „ortho" bedeutet irgendwie „recht". Orthogonal ist ja rechtwinkelig, das muss so sein. Und „Grafie": Da steckt das Schreiben drinnen. Fotografie ist ja schließlich auch das „Schreiben mit Licht", oder?

Egal – die Krippe oben ist orthografisch korrekt. Weil es hier nicht um eine Krankheit geht – jedenfalls nicht primär – sondern um das Zeugs, das die Frauen so gerne zu Weihnachten ins Wohnzimmer stellen. „Deko" nennen sie das. Mario Barth deckte mal in einer seiner Shows auf, dass sie dabei selbst nicht immer so genau wissen, was und warum sie dekorieren. Aber das hier ist keine Geschichte über Frauen. Das ist heute eine reine Männersache, jawohl!

Als ich noch verheiratet war, hatten wir die Weihnachtsdekodiskussion jedes Jahr wieder. Vor die Haustüre gehört unbedingt ein Gesteck aus Tannenzweigen, damit man sich dann beim Eintreten daran reiben und schön nass machen kann, wenn es – wie in unseren Breiten zu Weihnachten immer – mal wieder heftig geregnet hat. Sonst macht man sich halt harzig. Drinnen muss es nach Zimt und Weihrauch riechen, damit man auch nicht vergisst, dass man das Weihnachtsgeschenk für die Frau noch kaufen muss. An den Fenstern kleben Weihnachtsmänner aus traditioneller, vollbiologischer Klarsichtfolie. Die Dinger kann man rückstandsfrei wieder abziehen, klärt mich meine Frau auf. Was die Dinger aber nicht wissen, weshalb man zu Maria Lichtmess dann mal wieder in die Apotheke pilgern muss, um Aceton zu besorgen.

Am Küchentisch steht seit letztem Jahr jetzt kein echter Adventkranz mehr. Der Küchentisch ist ja neu, nachdem vor zwei Jahren der Kranz am vierten Adventsonntag mitten im familiären Singen von „Alle Jahre wieder" mit einem genau in den Rhythmus der Musik passenden „wuuuuusch" in Flammen aufgegangen ist und die gerade erst gepflegten Augenbrauen meiner Frau in den Adventkranzhimmel mitgenommen hat. Und auch den alten Tisch in den Möbelhimmel. Jetzt haben wir einen biologischen Adventkranzersatz. Das ist so ein Ensemble (ich würde dieses Wort dafür nie gebrauchen, aber am Weihnachtsmarkt hat meine Frau es so genannt). Dieses Vorweihnachtszeitmonster ist ganz aus Buchenholz gemacht, mit Zapfen und Christbaumkügelchen dekoriert und hat vier feuerfeste Schalen für Teelichter, die jetzt die Kerzen ersetzen. Sieht hübsch aus im Dunkeln. Zumindest, solange die Lichter nicht angezündet werden.

Im Wintergarten steht schon der Christbaum. Dreimeterachtundsiebzig hoch. Der einzige Punkt, wo ich mich durchsetze. So ein wenig wie der Typ aus „Es weihnachtet sehr", ihr wisst schon: die Familie Griswold. Chevy Chase spielt den Chaoten, ich liebe den Film. Vor allem die Szene, wie er den Fünfmeterbaum in die zweimeterfünfzig hohe Wohnung quetscht. Und nein, unser Wintergarten ist zwei Stockwerke hoch, die Tanne passt also artgerecht rein, ohne sie zu einer Deckenkletterpflanze verbiegen zu müssen.

Wenn sie beleuchtet ist, die Tanne, und dafür verwende ich sechs Ultrahighpower-Halogen-Lichterketten und muss extra die Stereoanlage im Wintergarten abklemmen, weil sonst dauernd die Sicherung fällt, dann illuminiert sie die halbe Siedlung. Da bleiben draußen auf der Straße die Leute stehen und staunen! Wir hatten deswegen schon drei Auffahrunfälle vor unserem Haus, aber die Klage habe ich gewonnen. Und mit der Leiter ist der Baum ja auch in zwei Tagen aufgeputzt, das ist es mir wert. Zumindest, wenn die Leiter nicht umfällt, aber das ist eine andere Geschichte.

Wie gesagt – gegen meine Tanne kann sich die gesamte Barbiepuppenhausdeko meiner Frau nicht behaupten. Da ein Väschen mit Glitzerzeugs, dort ein Strohstern, da ein Tellerchen mit Nüsschen – lächerlich! Wenn ich die Startupprozedur für die Baumbeleuchtung initiiere, dann werden diese ganzen Dekodinger unter der Lichtlawine glatt erstickt. Was? Ja, eine Startupprozedur braucht es leider schon. Eine gefinkelte. Ihr wisst schon – wegen der Sicherung. Wenn die Lichter dann mal brennen, passt es eh, nur die Einschaltspitzen verkraftet die alte Installation nicht immer.

Aber meine Frau schlägt heuer zurück. Eine Krippe will sie, meint sie. Kannste haben, sage ich, ich bin eh krank, gib mir einfach einen Kuss. Was sie mit einem Kosewort abtut, das ich hier nicht wiedergeben möchte.

Nein, eine schöne, große, beleuchtete Krippe will sie, sagt sie. Beleuchtet? Hmmm, ich gebe zu, sie hat mich gerade geködert. Ob wir diesen Samstag mal fahren könnten? Eine ansehen? Mir schwant Fürchterliches. Das wird sicher eine sehr traditionelle Krippe, mit in Kinderarbeit in Bangladesh handgeschnitzten Holzfiguren. Nicht, dass ich was gegen Kinderarbeit hätte, denn wenn man das Zeug nicht kauft, müssen die höchstens noch schneller verhungern, aber ich möchte eine Krippe mit etwas mehr Pep!

Also stimme ich in einem Anflug von Hinterlist zu und beschließe, zwischenzeitlich eine meinen Ansprüchen entsprechende Krippe zu besorgen und meine Frau in Anwendung einer eigentlich typisch weiblichen Methode gleichsam vor vollendete Tatsachen zu stellen.

Eine richtige Männerkrippe muss her!

Der PC wird angeworfen, Dr. Google gefragt, der verlinkt mich anstatt mich nur mit einer Holzkrippe zu linken, und ich habe eine Vision. Mann! Was für eine Krippe! Genial! Sofort klicke ich auf „Jetzt bestellen" und kümmere mich nicht um die 3299,- EUR, ja, ich sehe den Preis nicht einmal!

*

Heute Donnerstag – das Schicksal meint es gut mit mir, weil meine Frau arbeitet und ich frei habe – kommt das Paket. Natürlich packe ich es sofort aus und montiere ... äh stelle alles auf.

Drei Stunden später ist alles fertig. Grandios! Famos! Extraordinär! Meine Frau wird Augen machen! Ah, da kommt sie! Voller Freude nehme ich sie an der Hand und führe ihr alles vor.

Schau Schatz, die Krippe. Cool oder? Das Design der Hirtenhöhle postmodern als gerade einstürzende Twintowers finde ich einfach genial! Hast du die Maria gesehen? Ja, genau, ist die Pam Anderson in ihrem roten Baywatchbadeanzug, geil oder? Wenn du ihr auf den Kopf tippst, singt sie ein Weihnachtslied. Der Hammer, nicht wahr?

Ich tippe ihr auf den Kopf. Pam singt „Like a Virgin", wie passend!

Das kannst du übrigens auch bei allen anderen Figuren machen. Der Herodes ist sowieso der Coolste – wenn du dem auf sein Rambostirnband tippst, singt er „Highway to Hell", hahaha! Und Josef – tippe den mal an – der jodelt „Stop Cheating On Me!" Ich finde das so passend! Ah ja, und der farbige Weise aus dem Morgenland – dem reißt es „Ebony and Ivory" raus, herrlich, oder? Aber der Gipfel ist der Engel. Tipp drauf, ja trau dich!

Gespannt warte ich. Sie tippt.

Der Engel singt: „Sweet Child of Mine" und zeigt im Rhythmus der Musik headbangend auf das Baby in der Krippe. Dazu fährt die Lightshow ab, dass ich Angst um die Sicherungen habe. Ich war noch nie so stolz!

Das, meine Liebe, ist eine Männerkrippe! Heuer habe ich mich mal durchgesetzt, denke ich – aber das sage ich jetzt natürlich nicht!

*

Weihnachten ist dann trotzdem recht nett. Wir sitzen vor der neuen Holzkrippe und singen „Stille Nacht". Meine Männerkrippe steht schon in Ebay. Da steht sie lange. Irgendwie traut sich keiner sie zu kaufen. Was für Waschlappen diese Männer doch sind!

Noch eine Männerkrippe!

Das Thema, wenn einmal aufgenommen, lässt einen eben nicht so schnell wieder los. Ich hatte die letzte Geschichte, also die vom weihnachtlichen Männerkrippenfiasko, auf Facebook gepostet. Mit relativ wenig Resonanz. War irgendwie klar:

Der abendländischen, christlichen Mehrheit war es zu frevelhaft. Den Millionen gemeingefährlichen, islamistischen Bedrohern war das Essay sprachlich zu unverständlich. Den Männern war es zu peinlich und den Frauen fehlte der Neuheitsgehalt in der Geschichte. Ein klassischer Rohrkrepierer also.

Aber!

„Aber" ist immer gut. Das Wort lässt sich herrlich verwenden, um eine Aussage ins Gegenteil zu relativieren, ohne sich gleich auf eine Position festnageln zu lassen. „Ich bin kein Rassist, aber <hier eine beliebige rassistische Aussage einfügen>" oder „Ich bin eigentlich recht objektiv, aber <hier passt alles rein, mit dem man jemanden ohne jede objektive Grundlage diskreditieren möchte>"

Also: Die Geschichte fand wenig Resonanz, ABER einen interessanten Kommentar gab es doch: Jemand hatte den Begriff „Männerkrippe" total falsch verstanden! Nein, nicht als die bekannte, fast immer beinahe tödliche Krankheit, die Männer befällt, wenn sie mit der Frau einkaufen gehen sollen. Obwohl es mit Einkaufen zu tun hat. Nun, das Missverständnis war, dass man „Männerkrippe" als eine Institution aufgefasst hatte, bei der frau[2] den unbequemen Mann auf Zeit unter Aufsicht abstellen kann, ohne dass dieser gleich etwas anstellen kann. Also im Prinzip eine Hort für große Kinder. Natürlich mit einer Horttante, die knapp vor der Pension steht und möglichst an die zweihundert Kilogramm wiegt, was aus zwei offensichtlichen Gründen sehr praktisch ist: Erstens wegen der fehlenden Versuchung für die Schutzbefohlenen und zweitens wegen der Durchsetzungskraft bei Widerspenstigen.

Ich gebe zu, dass ich nicht einmal wusste, dass es so etwas überhaupt gibt! Wie bitte? Nein, nein, nicht die schweren Horttanten, ich meine die Institution an sich. Aber (wieder dieses „aber"): Es gibt sie tatsächlich, wie mich eine schnelle Internetrecherche lehrte. Und zwar in der Shopping City in der nahegelegenen Stadt. Beziehungsweise knapp außerhalb der Stadt. Die Städteplaner haben sich dabei schon etwas gedacht, diese Shoppingcenter etwas außerhalb der Innenstädte zu bauen. Das hilft, die alteingesessenen Läden in der Innenstadt auszuhungern, auf dass man die Lokale dann gewinnbringend an schwerst steuerzahlende Konzerne wie bestimmte amerikanische „Coffee to go" Läden oder Mobiltelefonfirmen mit angebissenen Früchten vermieten kann. Zumindest bis die dann mangels Kunden in die Einkaufszentren am Stadtrand auswandern. Es folgt eben alles einer höheren, wirtschaftlichen Logik.

Und hier schließt sich der Reigen wieder. In diesen Zentren kann man dann etwas über die „modern economy" lernen. Zum Beispiel über den Unterschied zwischen „Käufer" und „Zahler". Erstere sind

---

[2] „frau" ist hier kein Tipp- oder Rechtschreibfehler sondern mein Beitrag zur Feminismusquote in diesem Buch!

meistens weiblich, zweitere ihre jeweiligen Lebensabschnittspartner, abgekürzt LAP, oder verniedlicht: Lapsch.

Und hier liegt das marketingtechnische Problem begraben: Wie schafft es das Einkaufszentrum, dass die Männer einerseits nicht beim eigentlichen Akt des Einkaufs zur Störsubstanz werden aber andererseits beim Akt des Bezahlens ihren Verpflichtungen nachkommen können?

Da dieses Problem schon so alt wie die Ehe selbst ist, erfand ein mit allen Wassern gewaschener Engländer die Kreditkarte. Sie machte die körperliche Präsenz des Mannes beim Akt des Kaufs fürderhin unnötig, solange er der Dame seines Herzens das kleine Stück Plastik anvertraut. So weit so gut. Nur leider ist das dafür nötige Verhaltensmuster „Traue deiner Frau" bei den meisten Männern nicht so weit ausgebildet, dass sie die angesprochene Angetraute (das kommt eben nicht von „Ich traue ihr!" sondern eher von „Ich trau mich nicht nein sagen!") so ganz mutterseelenalleine mit dem unschuldigen Plastikkärtchen in den Dschungel der unredlichen Schuhverkäufer und Modegeschäfte entlassen würden.

Was ein Dilemma generiert: Einerseits soll die Frau ungestört und damit marketingtechnisch besser beeinflussbar einkaufen können, andererseits soll der Zahler (nennen wir ihn ab jetzt beim wirklichen Namen und nicht bei Euphemismen wie LAP) nicht allzu weit entfernt sein, damit er kein schlechtes Gefühl haben muss, wenn er ihr „die Kreditkarte kurz überlässt". Es reicht eh, wenn er das Gefühl bei der nächsten Monatsrechnung haben wird. Kreditkartenrechnungen sind in unserer Zeit gleichsam die Monatsblutung der Ehemänner, was im Sinne der Gleichbehandlung auch durchaus zu begrüßen ist. Die Tage nach der Rechnungslegung bis zum Monatsersten werden dementsprechend dann als „postmonetäre Spanne" (PMS) bezeichnet.

Kein Dilemma ohne Lösung, sagen die Marktforscher. Ganz im Sinne der Shaolinphilosophie mache man aus einer Schwäche eine Stärke und – schaffe Männerkrippen!

Damit sind alle Schwierigkeiten beseitigt, oder? Ja, aber (sic!) eine kleine gibt es doch noch: Man muss es schaffen, dass sich Männer dort wohlfühlen und nicht ungeduldig werden, damit die Frau in Ruhe einkaufen kann. Auch dieses Problem ist lösbar, und aus diesem Grunde sieht die Männerkrippe im Einkaufszentrum wie folgt aus:

Am Eingang begrüßt den Zahler ein Fotomodel, Haare bis zur Hüfte, enges Top, Panties, bezauberndes Lächeln, knallrote Lippen, und heftet ihm einen Button mit seinem Namen an, während ihm dahinter ungesehen eine weitere Mitarbeiterin die Brieftasche entwendet und sie seiner Frau übergibt. Keine Angst meine Damen, die Empfangsdame sieht der Zahler erst beim Abholen wieder, damit man ihm die Brieftasche unauffällig wieder zustecken kann. Außerdem ist sie sicherheitshalber transsexuell, ja, gute Männerkrippen bieten diesen Service!

Der Zahler geht dann weiter in den Aufenthaltsbereich. Dort läuft auf einem Großbildsystem mit Dolby Surround der Sender „Eurosport", ein Zimmer weiter steht ein zweites System, auf dem Actionfilme gezeigt werden. Nur für Platincardkundinnen gibt es auch eine Lounge mit Erotikfilmen, die sich speziell dann empfiehlt, wenn die Frau des Hauses gedenkt, die Kreditkarte heute einmal etwas heftiger als sonst üblich auszuschöpfen. Der dermaßen abgelenkte LAP wird nach dem Genuss derartiger Filme weniger Fragen stellen, sondern eher damit beschäftigt sein, seinen Pullover so tief wie möglich über den Hosenbund zu ziehen. Der neue Nerz seiner Frau wird ihm dann überhaupt nicht auffallen. Um diesen Effekt gegebenenfalls noch zu verstärken, ist in der Platinlounge auch eine gut ausgestattet Hausbar verfügbar.

In jedem Aufenthaltsraum stehen natürlich gekühlte Getränke, Zeitschriften (Playboy ist äußerst beliebt und schlägt das Motorjournal immer wieder um Längen) und Knabbereien bereit. Der Zahler muss dafür nur seinen Button an ein Erfassungsgerät halten, es wird automatisch über die Kreditkarte abgerechnet (was seiner Frau nebenbei ein gutes Argument für die Höhe der Kreditkartenrechnung in die Hand gibt).

Für jüngere Zahler gibt es eine Lounge mit Spielkonsolen, die natürlich ebenfalls über den Button abgerechnet werden.

Und für absolute Exoten gibt es sogar – man lese und staune – eine Bücherecke! Wenn ihr aber jemals dieses Buch dort finden solltet, dann hat der Betreiber des Einkaufszentrums geschlampt.

Oder es selbst nicht gelesen.

Eine nachhaltige Weihnachtsfeier

Könnt ihr euch noch an Karo erinnern? Ja genau, die kleine, hübsche und trinkfeste Frau, die es geschafft hatte, in unsere Männerstammtischrunde aufgenommen zu werden, indem sie mit Bravour alle unsere Prüfungen bestanden hatte.

Sie hatte sich mittlerweile bei uns gut integriert, das muss man schon sagen. Und so dachten wir daran, nachdem unsere Vereinskassa seit Jahren irgendwie nicht und nicht voller wurde, obwohl wir immer alle brav einzahlten, ihr den Posten des Kassiers zu übertragen. Frauen haben ja ein Händchen für pekuniäre Aufgaben, wie man weiß. Sie schien ein wenig überrascht zu sein, nahm dann aber an. Als wir ihr mitteilten, dass dazu auch die Ausrichtung der Weihnachtsfeier gehörte, lachte sie:

„Scheißkerle! Da habt ihr mich ja ordentlich hereingelegt! Prost! Auf Ex!"

Langsam wurde Karo ein Problem. Mit ihr beim Biertrinken mitzuhalten, das hält kein Mann auf Dauer ohne veritablen Leberschaden durch. Aber wir ließen uns nichts anmerken. Jedenfalls merkte man die erste Stunde meistens nicht viel. Ob man später etwas merkte, das weiß ich nicht. Da fehlt mir die Erinnerung. Muss ich mal die Karo fragen!

„Okay!", meinte sie und wischte sich den Schaum von der Oberlippe. „Ich organisiere die Feier. Aber ich sag' euch gleich: Ich bin jetzt eine Grüne. Das wird eine umweltverträgliche, nachhaltige Feier!"

Na soll sie doch, dachten sich die meisten von uns. Im Endeffekt steht ein Christbaum im Raum und wir essen und trinken und danach plärrt der CD Spieler das unvermeidliche „Stille Nacht". Umweltverträglich oder nicht, daran wird sich nicht viel ändern. Und es war ja noch ein paar Monate hin.

Wie Man(n) doch irren kann!

Karo nahm ihren Job als Kassier sehr ernst. Jeder, der bei einer Runde als letzter ausgetrunken hatte, musste einen Euro in das neue, grüne Sparschwein am Tisch werfen. Wenn er es nicht genau hatte, wurde nicht herausgegeben. Nachdem ich so einen Fünfer und Markus zwei Zehner losgeworden war, bevor er sich mit einer Ausrede verdrückte (wohl, weil er nur noch einen Fünfziger in der Geldtasche hatte, wie ich mit einem Seitenblick festgestellt hatte, als er den letzten Zehner in das Schwein steckte), kam zum nächsten Abend keiner von uns ohne genügend Kleingeld. Man(n) ist ja lernfähig! Und Karo war sowieso nie die letzte beim Austrinken.

Einen Monat vor Weihnachten war das Schwein so voll, dass nichts mehr hineinpasste. Wir öffneten es und sahen, dass es eine nette Weihnachtsfeier werden würde. Genug Kohle!

Wie Man(n) doch irren kann!

„Na Karo, erzähl mal, wie die Feier ablaufen wird!", forderte Karli sie auf.

„Keine Chance!", erwiderte sie. „Das wird eine Überraschung. Prost! Auf Ex!"

Markus trank gar nicht mehr sondern warf gleich den Euro ins mittlerweile geleerte Schwein. „Die Alte nervt langsam mit ihrem ‚auf Ex!', dass es nicht mehr ärger geht! Das hält ja keine Leber auf Dauer aus!", murmelte er so leise, dass nur ich es hören konnte.

„Wenn deine Leber schlapp macht, wird die Weihnachtsfeier gerade das Richtige für dich!", antwortete Karo, die anscheinend bessere Ohren hatte als wir dachten, schnippisch lachend und verteilte die Einladungen zur Weihnachtsfeier. Natürlich auf Umweltpapier gedruckt.

Weihnachtsfeier!

Datum: 9. Dezember 2016
Uhrzeit: 19:00 pünktlich!

Für das leibliche Wohl wird gesorgt. Und wie!
Und für die Umwelt wird auch gesorgt werden, weil es sich um eine CO_2-neutrale, umweltfreundliche Feier handeln wird!

Bitte nehmt das ernst und erscheint zu Fuß
oder benutzt das Fahrrad!

Und dann kam der Tag der Feier!

Natürlich waren wir alle neugierig und dementsprechend pünktlich, sodass die Feier schon um 19:45 starten konnte. Und selbstverständlich nahmen wir das Umweltdingsbums ernst und kamen wie üblich mit dem Auto. Dem Treibstoff waren ja eh mittlerweile 5% Biodiesel beigefügt, das musste doch reichen!

Schon beim Betreten der Gaststube fiel uns ein großes Whiteboard auf, an dem eine Tabelle befestigt war. Als wir kamen, fragte uns Karo sofort, wie wir hergefahren wären und trug uns allen 20 Minuspunkte auf das CO_2 Konto ein. Allen außer Fredi und mir, weil der mit mir mitgefahren war. Der bekam daher nur zehn Minuspunkte und ich ebenfalls. Und dann erklärte sie uns den Ablauf:

Alles, was wir hier taten oder nicht taten, aßen oder nicht aßen, tranken oder nicht tranken, würde am Umweltkonto vermerkt werden. Mit Pluspunkten oder mit Minuspunkten. Salate, Gemüse, direkt gepresste Säfte gäben Pluspunkte. Fleisch, Süßes, Alkohol gäben Minuspunkte. Besondere Pluspunkte gäbe es, wenn wir uns auf den Hometrainer in der Mitte des Raumes setzten, der mit einem Generator zur Stromerzeugung für Beleuchtung, Saftpresse und Bierkühler verbunden wäre. Wenn nicht – auch okay, dann ginge eben irgendwann das Licht aus und das Bier würde warm und der elektrisch beleuchtete Bio-Weihnachtsbaum, natürlich einer im Topf und nicht abgeschnitten, würde dunkel werden. Für eine Stunde radeln (wobei die Leistung festgelegt war, sie dachte wirklich an alles) gäbe es zehn Pluspunkte.

Ach ja – am Ende der Feier würden die Minuspunkte eins zu eins in Euro umgerechnet die zu bezahlenden Beträge ergeben. Pluspunkte würden hingegen in Euro ausgezahlt.

Alter! Was hatten wir uns dabei gedacht, sie zum Kassier zu machen?

Sofern am Ende Geld übrigbliebe – und davon ginge sie aus, meinte sie – würde dieses natürlich in ein nachhaltiges Umweltprojekt investiert werden.

Da brauchte ich gleich mal ein kühles Bier. Die fünf Minuspunkte waren mir zu diesem Zeitpunkt wurscht! Dann mal was essen, Schweinebraten mit Knödel, elf Minuspunkte, dazu ein Salat, plus ein Punkt, danach Mousse au Chocolat, acht Minuspunkte. Ab auf die Toilette, minus zwei Punkte für das Spülungswasser, raus eine Zigarette rauchen, minus ein Punkt pro Zigarette. Also ab aufs Rad. Fünfzehn Minuten, dann völlig fertig, plus zweikommafünf Punkte und die Saftpresse rotierte auch wieder.

Zeit für das Weihnachtslied. CD ins Laufwerk, minus zwei Punkte. „Hättest ja auch singen können!", meinte Karo.

„Gäbe es dafür Pluspunkte?", fragte ich.

„Nein, aber für uns Schmerzensgeld!", meinte Karli lachend, sofern man das ein Lachen nennen konnte, weil er seit zwanzig Minuten am Rad saß und dementsprechend keuchte.

Trotz allem war es eine lustige Feier. Am Ende bekam jeder von uns nochmal dreißig Minuspunkte für Heizung, Geschirrspüler und Energie zum Kochen aufgebrummt, aber das machte da schon keinen großen Unterschied mehr am Konto.

Im neuen Jahr würden wir jedenfalls jemand anderen zum Kassier machen, das wussten wir, als wir jeder im Schnitt dreihundertfünfzig Euro an Karo zahlten. Und natürlich hatte sie eine mobile Bankomatkasse dabei, war ja klar. Falls einer nicht so viel Bares dabeihaben sollte.

Ich war der Letzte, der ging. Was denn das für ein Umweltprojekt sei, das mit dem Geld finanziert werden würde, wollte ich noch wissen.

„Hast du beim Vorbeifahren nicht gesehen, dass ich jetzt eine Solarstromanlage habe?", fragte sie grinsend.

Lockvogelangebote

Ich wollte diese Geschichte ursprünglich anders nennen. Nicht viel anders, nur ein bisschen anders. Genaugenommen wollte ich nur zwei Pünktchen über dem „o" von „Vogel" schreiben. Das schien mir aber dann zu eindeutig zweideutig, also blieb es bei „Lockvogelangebote", obwohl es eigentlich – na, lassen wir das jetzt mal weg und den folgenden Text für sich sprechen!

Erinnert ihr euch an Martin, den Pechvogel? Ja? Nachdem wir damals aus Venedig zurückgekommen waren und er entdeckt hatte, dass er einen Sechser im Lotto gemacht hatte, war er für kurze Zeit ja quasi ein Glückspilz gewesen. Bis er bemerken musste, dass sich seine Frau mit dem Lottoschein aus dem Staub gemacht hatte, da war er wieder ein Pechvogel gewesen. Bis er dann bemerkt hatte, dass es ihm ohne sie gut ging, da war dann wieder der Glückspilz angesagt. Bis sie zurückgekommen war, als das Geld – es war nicht so viel, weil es viele Sechser gegeben hatte – aufgebraucht gewesen war. Jetzt ist er wieder Martin, der Pechvogel. Das Leben schlägt manchmal schon eigenartige Kapriolen, nicht wahr?

Seine Frau, Marianne heißt sie, aber alle sagen nur Mary zu ihr, ist an und für sich eine recht nette Frau und ein umsorgendes Eheweib. Martin hat es nicht schlecht bei ihr, nein, das kann man echt nicht behaupten. Es gibt Kanarienvögel, denen es schlechter geht! Ohne Mary wäre er vermutlich schon lange völlig am Sand. Sie kümmert sich um alles, sogar um seine Finanzen, und hat eigentlich nur eine negative Eigenschaft: Sie ist unglaublich eifersüchtig! Wenn Martin eine andere Frau länger als eine Sekunde ansieht, so wie wir Männer das alle tun, also zuerst auf den Hintern, dann auf die beiden Augen, je größer, desto länger der Blick, bei Doppel-D-Augen auch schon mal eine Minute, dann auf die Figur, dann auf die Schuhe und am Ende, wenn noch Zeit ist, vielleicht sogar kurz in die Augen, dann zuckt Mary aus. Aber richtig! Dabei ist Martin eine treue Seele. Er betrügt seine Frau nie. So wie er aussieht, ginge das auch kaum. Martin ist die typische graue Maus!

Nach Venedig habe ich ihn ja länger nicht gesehen. Aber heute, am Samstag, kommt er zu mir und läutet zu nachtschlafener Zeit an der Türe.

„Alter!", sage ich, „Weißt du wie früh es ist? Spinnst du, mich zu wecken?"

Oh sorry, daran hätte er nicht gedacht, zumal es ja schon elf sei, aber er müsse jemandem sein Leid klagen. Ob ich kurz Zeit hätte für einen Kaffee?

„Klar!", sage ich, bitte ihn herein und sehe jetzt, wo sich meine Augen langsam ans Tageslicht gewöhnen, dass er ein monströses Veilchen mit sich herumträgt. Ich sage nichts – noch nichts – und setze die Kaffeemaschine in Gang, hole die irische Goldmünze und mache mich daran, uns einen Männerkaffee zu kochen. Wozu die Goldmünze dient? Altes Rezept für Irish Coffee. Man legt eine Goldmünze in die Tasse, eine irische muss es sein, lässt darüber starken Kaffee in die Tasse laufen, bis man die Münze nicht mehr sieht. Dann Irish Whiskey, bis man sie wieder sieht. Tolles Rezept, tolles Getränk. Nur was für echte Männer!

Ich will ihn gerade wegen seines violetten Auges fragen, da fängt er von selbst an zu erzählen:

Also, seine Frau, die eifersüchtige Mary, hätte total durchgedreht, aber da müsse er ausholen und ein paar Wochen zurückgehen, wenn ich so viel Zeit hätte? Klar habe ich die. Also fährt er fort zu erzählen:

Vor etwa zwei Wochen habe er auf ihrem Laptop einen Virenscanner installiert. Normalerweise würde er ja nie seiner Frau hinterherspionieren, aber plötzlich sei da ein Messagefenster aufgepoppt, und dann habe er eben die gesamte Kommunikation kurz überflogen. Seine Frau hatte mit einer Freundin geschrieben und ihr gegenüber den Verdacht geäußert, dass der gute Martin sie betrügen würde. Sie würde dem jetzt nachgehen, worauf ihr die gute Freundin geraten hatte, einen Lockvogel einzusetzen. Also einen professionellen. Von der Website „lock-voegel.com". Die würd gegen Bezahlung von ein paar Hundertern junge, sehr hübsche Frauen auf die Männer ansetzen, um festzustellen, ob diese auf solche Reize in einer Form reagierten, die für einen Ehemann unzulässig wäre.

Zuerst wäre Mary davon nicht begeistert gewesen, vor allem als sie die „Erfolgsstatistik" gesehen hatte, worauf etwa 92% der Männer den Reizen der Lockvögel erliegen würden, aber dann hatte doch ihre Eifersucht gesiegt. Sie ließ also ihre Freundin wissen, dass in den nächsten drei Wochen drei Lockvögel Martins eheliche Treue auf eine Probe stellen würden. Zumal die Agentur nur dann Geld nehmen würde, wenn die Lockvögel Erfolg hätten.

„Alter!", sage ich, „Das ist doch super, dass du das gesehen hast. Du wimmelst die Käfer ab, und deine Mary wird auf ewig von deiner Treue überzeugt sein!"

Ja, ja, so schlau wäre er auch gewesen, aber leider habe ihm das Schicksal mal wieder kräftig reingeschissen, meinte er darauf. Aber alles der Reihe nach.

So vorbereitet, praktisch mit der vollen Rüstung des Wissens gewappnet, was auf ihn zukommen würde, wäre er die folgenden Wochen wachsam gewesen. Und in der Tat habe ihm schon zwei Tage später eine dieser Erinnyen versucht ein Bein zu stellen. Sie war im Einkaufszentrum „ganz unabsichtlich" an ihn angestoßen und hätte ihren Korb fallen lassen. Natürlich hätte er als Gentleman geholfen, die Sachen aufzuheben, wobei sie ihm beim Bücken „ganz unabsichtlich" einen tiefen Einblick unter ihren kurzen Rock gewährt habe. Keine Unterwäsche, natürlich nicht. Dann hätte sie ihn aus Dankbarkeit auf einen Kaffee eingeladen, nein keinen irischen, aber am Ende hätte sie die Serviette genommen und darauf ihre Telefonnummer und Emailadresse gekritzelt, samt einem Herzchen. Die Emailadresse wäre „sexyhexy@gmx.at" gewesen, na, geht's noch blöder?

„Puhhhhh!", mehr fällt mir dazu nicht ein.

Das könne man laut sagen, meinte Martin. Elferweib auf der zehnteiligen Skala, wenn ich wisse, was er meine.

Und ob ich weiß, was er meint!

Und dann hätte er ihr knallhart gesagt, dass er glücklich verheiratet sei, seine Frau liebe und nie betrügen würde. Und hätte ihr die Serviette auf ihre Tischseite zurückgeschoben, gezahlt und wäre gegangen. Sie hätte tatsächlich feuchte Augen bekommen und noch gemurmelt, dass sich seine Frau einen Mann wie ihn sicher nicht verdient hätte. Keine Frau hätte sich so einen Engel verdient. Worauf Martin geantwortet hatte, es sei umgekehrt, er hätte sich vielmehr eine Frau wie seine Mary gar nicht verdient. Sie sei ein wahrer Engel!

„Gut gemacht, Martin!", nickte ich. „Man muss sie mit ihren eigenen Waffen schlagen! Wie hieß der Lockvogel?"

„Karola", meint er, dann fährt er fort zu erzählen.

Also Nummer eins erledigt. Zwei Tage später habe sich in der gemischten Sauna eine „Adrianna" an ihn herangemacht. Als sie zu zweit drinnen gewesen wären, denn am Dienstag sei da immer wenig los. Das sei schon ziemlich fies, ja geradezu gemein, meint er. In der Sauna! Mann! Die habe einfach angefangen sich zu berühren und ihn dabei angelächelt. Natürlich habe er da einen Ständer bekommen, war ja auch ein Zehnerweib, aber im Wesentlichen habe er die Furie auf die gleiche Art abgewimmelt. 2:0!

Ich kann meine Bewunderung für diese übermenschliche Anstrengung kaum verhehlen. Was für eine Selbstbeherrschung!

Eine also noch. Und die hätte tags darauf zugeschlagen.

„Ah! Daher das Veilchen?", will ich wissen.

„Quatsch!". Und er erklärt, was geschehen ist. Die Tussi hätte ihn beim Friseur angemacht. Auch ein tolles Weib, vielleicht eine Neunkommafünf, aber er hätte da jetzt schon Routine gehabt und sie ebenfalls abblitzen lassen. 3:0! Knallhart!

„Ähm, ja und? Warum dann das blaue Auge?" Ich kapiere gar nichts mehr.

Martin seufzt. Naja, das wären die drei gewesen. Und natürlich hätte er abends kurz den PC kontrolliert, da wäre gestanden, dass Mary einen absolut treuen Mann hätte, sowas wäre bislang noch nicht vorgekommen, keine der beiden Lockvögel hätte eine Chance gehabt. Die Dritte war also scheinbar noch nicht in die Berichterstattung eingeflossen, das war ja aber auch erst an diesem Tag gewesen. Seine

Frau war daraufhin zuckersüß und lieb, der beste Sex seit langem, inkl. ... nun ... ähm ... Sachen, die sie sonst ablehne.

„Krass, Mann! Du bist zu beneiden!", stöhne ich und denke mit Neid an mein Sexleben. Oder an das, was andere unter Sexleben verstehen.

Tja, das wäre also ausgestanden gewesen, nicht wahr? Martin sieht traurig aus. Und er habe daraufhin auch wirklich eine tolle Woche gehabt, keine Nörgelei seiner Mary, nur liebevolle Zuwendung. Wenn er nach Hause gekommen sei, hätte sie schon sexy angezogen mit dem Essen gewartet, inkl. Nachspeise im Schlafzimmer oder manchmal auch gleich auf dem Küchentisch. Einfach genial!

Er sieht meinen fragenden Blick und fährt fort.

Aber dann hätte er beim Einkaufen – nun, also, es wäre eine Gelegenheit gewesen, nicht wahr? Keine Zehnerfrau, eher nur sieben, aber irgendwie interessant. Witzig und auch irgendwie sexy. Und nachdem seine Frau ihm nun blind vertraute, warum nicht? Also für den Abend in ihrer Wohnung verabredet. Hingefahren, vorher noch rasiert, überall, und das neue Eau de Toilette drauf, wo sie in der Werbung sagten, man wäre damit unwiderstehlich.

„Du gerissenes Aas!", entfährt es mir lachend!

Von wegen! Er lässt den Kopf hängen. In der Wohnung hätte nämlich nicht nur die Sieben sondern auch seine Frau auf ihn gewartet.

„Das waren doch dann vier Lockvögel! Mann, die Frauen sind so gerissen und gemein!" Ich bin schockiert über eine derartige Hinterlist.

„Nö!", sagt er. „Waren nur drei. Die erste gehörte nämlich gar nicht dazu. Die Karola im Kaufhaus war einfach Zufall. Was mir jetzt auch nicht mehr hilft, weil Mary mir die Hölle heiß macht und jeden meiner Schritte kontrolliert."

Arme Sau. Und wie zum Beweis läutet es in diesem Moment an der Tür. Als ich aufmache, steht Mary da. Ja, dein Mann ist hier. Nein, sonst niemand. Willst du hereinkommen? Tut sie tatsächlich, überprüft jedes Zimmer und geht wieder, ohne viele Worte zu machen. Ich möchte jetzt echt nicht in Martins Haut stecken. Nicht um viel Geld!

Aber ich bin sein Freund und daher tröste ich ihn mit einem weiteren Irish Coffee.

Als er mich verlässt, steht Mary unten mit dem Auto und wartet auf ihn.

Und ich schreib jetzt mal ein Email. An sexyhexy@gmx.at. Kontakt aufnehmen. Ich schreibe über meinen armen Freund Martin, dem es gerade so schlecht geht, weil seine Frau ihn betrogen habe. Und dass er mir erzählt hätte von ihrer Begegnung im Kaufhaus, und wie süß er sie gefunden hätte. Und nein, er wüsste nichts davon, aber vielleicht könnte es ihm helfen, mit jemandem Einfühlsamen zu reden. So wie ihr. Aber zuerst müssten wir beide uns treffen, um das alles zu planen, ja?

Was? Ja, wozu hat man Freunde. Ich bin da ziemlich selbstlos und werde Sexy Hexy mal genau abchecken, bevor sie Martin gar noch gefährlich werden kann. Wenn er raus dürfte ohne Bewachung, hahaha!

Ja, da bin ich wirklich selbstlos, denke ich, als ich am nächsten Tag das Eau de Toilette aus dem Schrank nehme.

Under Cover

Es gibt ein Geheimnis der Frauen, das noch kein Mann je gelüftet hat. Wobei das Wort „lüften" hier eigentlich sogar ganz gut passt. Na, ahnt ihr schon, worum es geht?

Noch nie hat eine Frau einem Mann wahrheitsgemäß darüber Auskunft gegeben, warum das weibliche Geschlecht stets zu zweit oder zu dritt auf die Toilette abzischt. Männer wollen ja beim Pinkeln lieber alleine sein. Ihr müsst das mal beobachten, liebe Damen, wie wir Männer uns am Pissoir immer so weit wie möglich auseinanderstellen und auch den Blick auf das immer bemitleidenswerte Anhängsel unseres Pinkelnachbarn tunlichst vermeiden. Wir wollen ihn ja schließlich nicht unnötig verlegen machen. Mein Lehrer in der HTL, bei dem wir statistische Mechanik hatten, hat uns damit das Bestreben eines Gases erklärt, das ja aus vielen Molekülen besteht. „Die Gasmoleküle versuchen, sich im Raum möglichst gleichmäßig zu verteilen.", meinte er. Das sei so wie bei Männern auf einer Herrentoilette. Und später, beim Physikstudium, kam mir der Vergleich von Fermiteilchen in den Sinn. Das sind alle Elementarteilchen mit halbzahligem Spin. Man könnte sagen, die drehen nur halb so viel durch wie andere. Diese Teilchen wollen auch immer möglichst viel Abstand voneinander haben. Elektronen zum Beispiel.

Das ist natürlich auf den Frauentoiletten anders. Zumindest noch so lange, bis sich diese Frauenpissoirs durchsetzen, die ja schon längst erfunden wurden. Und das werden sie. Schon rein emanzipatorisch bedingt. Aber bis dahin wird noch einiges an Spülwasser die Muscheln hinunterstürzen. Frauen sind also, um im Bild zu bleiben, eher keine Fermiteilchen, die verhalten sich wie sogenannte Boseteilchen. Das sind die ohne Spin (okay, der Vergleich hinkt jetzt ein wenig) oder mit ganzzahligem Spin (da kommen wir der Sache schon näher). Diese Boseteilchen (Bose, nicht böse) hauen sich nach Möglichkeit immer auf ein Packerl, wie die Wiener zum Drang sich zusammenzuballen, sagen.

Was? Ja, ja, damit ist die Physiklektion auch schon beendet, keine Angst! Es geht hier ja auch nur um den unerklärlichen Herdentrieb beim weiblichen Toilettenbesuch und nicht um die vergleichsweise logische Teilchenphysik. Wobei ich mich immer frage, was das schwerer zu lüftende Geheimnis wäre.

Fragte, nicht frage. Denn kürzlich habe ich den Schleier der Unwissenheit von diesem mystischen Thema gezogen. Wir waren bei einer gemischten Gesellschaft in einer netten Bar zu Gast. Gemischt? Nun, die Truppe war eine Emulsion aus eingefleischten Veganerinnen (diese Formulierung war jetzt ein generischer Feminin!) und Vertretern der „Veganer zweiter Ordnung" (die essen vegan und Veganer). Es war aber auch eine Mischung aus Frauen und Männern, weil es das zehnjährige Hochzeitsjubiläum von Frankie und Leonie war. Wie die Zeit vergeht! Ich weiß noch genau, wie ich in der Kirche weinte, als Frankie die Fingerschellen angelegt worden waren. Naja, er lebt noch. Sogar vegan seit einiger Zeit. Er vegetiere, meinte Karli dazu und biss mit wenig Genuss in sein Tofuschnitzel. Auf dieser Feier gab es nämlich nur vegane Kost. Und das Bier nur in kleinen Gläsern. Furchtbar! Karli und ich haben uns immer gleich zwei davon herstellen lassen, um Dehydrationsproblemen vorsorglich aus dem Weg zu gehen.

Und weil das im Fasching war, trugen wir alle Masken. Und wir hatten uns als Thema „Star Wars" gewählt. Karli war Darth Vader, Martin, unser Pechvogel vom Dienst, hatte sich als Chewbacca verkleidet und hatte – natürlich – das Pech, dass die Heizung im Gasthaus auf

Vollgas lief. Der Schweiß rann ihm unten bei seinem Kunstfellkostüm heraus, so schnell konnte er die Mineralstoffe und Flüssigkeit oben gar nicht nachfüllen, mit diesen kleinen Biergläsern. Als was ich verkleidet war? Ich hatte ein tolles Kostüm. Nachdem nämlich Han Solo bereits verliehen gewesen war, blieb für mich zwangsläufig entweder Prinzessin Leia oder C-3PO. Der Roboter schien mir zu unhandlich, also … nun, ich bin ein wenig groß für Prinzessin Leia, aber ich tat mein Bestes.

Aber auch bei veganer Kost kommt irgendwann der Punkt, an dem man im Stoffwechselsystem Platz schaffen muss. Und auf einmal sprangen, wie auf Kommando des Imperators, fast alle Frauen auf und strömten zur Toilette.

Karli gab mir einen Stoß mit seiner Lichtschwertattrappe:

„Alter! Das ist die Chance! Jetzt könntest du endlich die Weiber belauschen, worüber die auf dem Klo reden!"

Nachdem ich ihn darauf aufmerksam gemacht hatte, dass man nicht „Weiber" sagt sondern „Damen" griff ich seinen Vorschlag auf und hängte mich an die Völkerwanderung in Richtung Damentoilette an. Man sollte Darth Vader nie offen herausfordern.

Es war – trotz der vielen kleinen Biergläser, die ich schon geleert hatte – ernüchternd. Zuerst wartet man eine kleine Ewigkeit, bis endlich eine Kabine frei wird. Damit war zumindest das erste Geheimnis gelöst: Warum es bei den Frauen immer so lange dauert, bis sie vom Klo zurück sind. Sie versuchen zwar, durch das Einsparen beim Händewaschen hier etwas Zeit wettzumachen, aber das reicht natürlich nicht. Seit mich mal – noch als Jugendlichen – jemand gefragt hatte, ob mich meine Mutter nicht gelehrt hätte, mir nach dem Wasserlassen die Hände zu waschen und ich geantwortet hatte, nein, sie hätte mir vielmehr beigebracht, mir nicht auf die Finger zu pinkeln, habe ich mir immer nachher die Hände gereinigt, selbst im größten Zustand ethylenbedingter Umnachtung! Frauen machen das anscheinend nicht. Das würde ich mir für die Verabschiedung merken. Lieber ein Küsschen auf die Wange statt des Händeschüttelns!

Als ich dann endlich in meiner Kabine saß und lauschte, was da geredet werden würde, zahlte sich die ganze Mühe schließlich doch mehr als aus. Es war erschütternd. Wir Männer glauben ja, bei diesen Gesprächen ginge es ausschließlich um uns.

Geschlagene zwanzig Minuten lernte ich nun, was Frauen wirklich wollen. Mel Gibson hat im ganzen Film, in dem er die Gedanken der Damen belauschen konnte, nicht so viel gelernt wie ich in diesen eintausendzweihundert Sekunden auf der Damentoilette!

Als ich schließlich zurückkam, wollten alle wissen, was ich gehört hatte. Aber ich war und bin mir meiner Verantwortung als Auserwählter bewusst.

„Ihr seid noch nicht so weit, die große Wahrheit zu verkraften!", sprach ich salbungsvoll mit meiner würdigsten Prinzessin-Leia-Stimme und ließ sie dumm sterben.

Was, liebe Leser? Ihr wollt auch wissen, was Frauen auf der Toilette so reden?

Ihr seid noch nicht so weit. Da müsst ihr vorher noch viele Bücher von mir lesen!

Nachbarschaftliche Zusammenarbeit

Einmal im Jahr setze ich mich gerne mit Rüdiger auf ein Bier zusammen. Rüdiger ist Anwalt und vor vielen Jahren aus Deutschland nach Österreich gekommen. Anfangs hatte er mit der typisch österreichischen Laissez-faire-Mentalität ja so seine Probleme: „Mach' ma scho, Chef!" – sowas kann dich als norddeutschen Fischkopp an den Rand der Verzweiflung bringen, vor allem beim Häuslbauen. Aber irgendwie finden die zusammenpassenden Charaktere über kurz oder lang auch immer zusammen, oder? Und so hat sich der ehemalige Wirtschaftsanwalt in Ermangelung eines Betätigungsfeldes (in Österreich streiten Betriebe nicht so viel, die betrügen sich nämlich so geschickt, dass es nichts Einklagbares gibt) auf Nachbarschaftsstreitigkeiten umgesattelt.

Bei diesen jährlichen Treffen plaudert er dann immer aus dem juristischen Nähkästchen. Da vergehen Stunden wie im Fluge! Ich sagte ihm schon oft: „Rüdiger, schreib' darüber ein Buch!" Er schreibe lieber Rechnungen, meint er dann immer, und so verarbeite halt ich manchmal seine Anekdoten. Ich hoffe, er bekommt davon keinen Wind, sonst schreibt mir der glatt eine gesalzene Rechnung, da kennt der nichts, Freundschaft hin oder her! „Bei der Honorarnote hat Sympathie nichts verloren!", meinte er mal, als ich ihn darauf ansprach. „Oder hast schon mal versucht, einen Ferrari mit Sympathie zu bezahlen?"

Ich bin also vom Rüdi, wie ich ihn liebevoll nenne, so einiges gewohnt, aber die Geschichte, die er mir letzten Sonntag erzählt hat, habe ich anfangs nicht glauben wollen. Sie ist aber wirklich wahr, Satirikerehrenwort!

Er vertrat einen älteren Herren, ehemals Bediensteter am Bauhof einer nicht genannten oberösterreichischen Gemeinde (wer jetzt an Dumpfling denkt, ist selber schuld und liegt zudem falsch). Der Pensionist, Rüdi sagt immer „Pensionäääär", da kommt der Piefke durch), nennen wir ihn Max, lag sich dauernd mit seinem Nachbarn, nennen wir den Moritz, in den beiderseits nur noch spärlich vorhandenen Haaren. Sei es, weil der eine glaubte, dass der andere seiner Schneeräumpflicht im August nicht nachgekommen wäre oder umgekehrt der andere dem einen vorwarf, beim sonntäglichen Grillen (mit dem Elektrogrill!) zu viel Rauch zu produzieren.

Jedenfalls vertrat der Rüdi den Max vor Gericht, was bedeutete, dass sie sich praktisch jede Woche einmal sahen. Wie gute, alte Freunde. Mit dem Unterschied, dass sich gute Freunde keine Honorarnoten schreiben. Aber auch mit der Übereinstimmung in Bezug auf die Tatsache, dass Rüdi seinen Max keinesfalls verlieren wollte. Auf solche Freunde schaut man sich als Anwalt besser!

„Weißte", sagte Rüdi in seinem charmanten Mischdialekt aus Hamburger Hafenkante, Berliner Schandmaul und Favoritener Würstlstand zu mir, „der olle Wappler hat es schon seit Jahre nich mehr hinjekriecht, mir zu überraschen. Oba letztes Mal – geh leck!"

Und dann erzählte er. Ich gebe es der Einfachheit hier aber in Hochdeutsch wieder, diese Piefke versteht bei uns ja sowieso keiner, weder verbal noch sonst.

Letzten Herbst beobachtete der Max also den Moritz wie immer durch sein Fenster. Er hatte sich vor einigen Jahren zu diesem Zweck einen Hochstuhl mit elektrisch verstellbarer Lehne basteln lassen, inklusive Richtmikrofonanlage und digital vernetzter Videokamera, zur Beweisaufnahme – im Falle des Falles. Mittlerweile hatte er zwanzig Terabyte an Beweismaterial gesammelt, mit einem 512 bit Schlüssel

DES gescrambelt. Ja, der Max war letztens sogar schon für einen Vortrag zum Heeresnachrichtendienst eingeladen worden. Auf seine Erfahrung zu verzichten, das konnte sich bei den Sparmaßnahmen im österreichischen Bundesheer niemand mehr leisten.

Aber ich schweife ab. Max saß also seit drei Stunden hinter seiner einseitig verspiegelten Wohnzimmerfensterscheibe und fragte sich, was Moritz da draußen tat. Immer wieder bückte dieser sich, hob etwas auf und ließ es dann entweder wieder fallen oder warf es über den gemeinsamen Zaun in Max' Garten. Dann notierte er sich jedes Mal etwas. Schließlich konnte Max seine Neugier nicht mehr zügeln und ging – während die Videokamera weiter alles aufzeichnete – in den Garten, um Moritz zur Rede zu stellen.

„Was machst du da, bist jetzt komplett narrisch geworden?"

Moritz, der hundertmal geschworen hatte, mit „dem Depperten da mein Lebtag lang kein Wort mehr zu reden", dieses Versprechen aber hundertundeinmal gebrochen hatte, notierte sich wieder etwas, sah dann auf und meinte zu Max:

„Ich sortiere die Blätter. Die Kirschblätter sind von deinem Baum, die werfe ich dir zurück. Die Blätter des Birnbaumes sind von meinem, die kriegst du nicht!"

Max hätte es natürlich dabei bewenden lassen können. Wenn Max aber der Typ dazu gewesen wäre, dann wäre Rüdi arbeitslos. Also folgte, was folgen musste:

„Du kennst dich typischerweise mal wieder Nüsse aus! Was auf diene Seite hängt, gehört dir, also auch die Blätter. Die musst du selbst entsorgen!"

Sagte es und warf ihm mit einem schnellen Griff beinahe den ganzen Haufen, den Moritz die letzten drei Stunden durch mühevolles Aussortieren in Max' Garten erzeugt hatte, mit einer schwungvollen Bewegung über den Zaun zurück. Da an diesem Herbstnachmittag eine leichte Brise wehte, verteilte sich das Laub blitzartig, stob noch in der Luft auseinander und regnete sanft zu Boden pendelnd in Moritz' Garten hinunter. Dieser wiederum empfand das natürlich als Akt der anschaulich dargestellten Missachtung seiner dreistündigen Bemühungen. Mal ehrlich, wer würde das nicht?

Also holte er eine Motorsäge und schnitt entlang der Grundstücksgrenze alle Äste von Max' Kirschbaum, was dieser, wie sich im Laufe der nächsten Monate herausstellte, nicht überlebte. Der Kirschbaum, nicht Max.

Danach eskalierte die Lage blitzartig, was Max' Videokamera und Richtmikrophon auch en detail, in Full HD und Dolby 5.2 einfingen. Details, auf die wir hier nicht eingehen wollen. Das Beweismaterial kam eh nie vor Gericht, nachdem Rüdi Max erklärt hatte, dass es angesichts der beidseitigen Eskalationsbemühungen „eher kontraproduktiv wäre, das dem Richter vorzuführen", was Max mit einem „Häh?" beantwortete, worauf Rüdi ihm erklärte: „Wurscht. Wir jönnen es nich nehma!"

„Und was kam also vor Gericht dabei raus?", will ich zu diesem Zeitpunkt der Erzählung von Rüdi wissen.

Der lacht und meint:

„Nun, der Richter, ein langjähriger Golfpartner von mir, hatte am Vortag einen selbst verschuldeten Autounfall gehabt, weil er leicht abgelenkt war, als seine junge Freundin mit ihrem Kopf in seinem Schoß .. ähm ... und war wegen seines kaputten Porsches immer noch ziemlich sauer, obwohl er eh Glück gehabt hatte, dass er nur Blech- und Bambischaden produziert hatte. Nein, kein Reh, seine Freundin heißt Bambi, die hat sich einen Zahn ausgebissen. Meine Güte, der muss einen Harten gehabt haben! Jedenfalls hat er dann folgendes Urteil gefällt:

Im Namen des Volkes ergeht in der Sache blablabla folgendes Urteil:

Max S. wird verpflichtet, in Zukunft von seiner Seite des Grundstücks über den Zaun gewehte Blätter zu verwahren, umgekehrt gilt Gleiches für Moritz H. Sollte der Ursprung eines Blattes nicht einvernehmlich feststellbar sein, werden die Parteien verpflichtet, das Blatt in der Mitte auseinanderzuschneiden, und jeder muss eine Hälfte verwahren.

Jedes Blatt ist zu nummerieren und zu fotografieren, damit eine eindeutige Rückverfolgbarkeit gewährleistet ist.

Die Blätter dürfen erst nach Ablauf von drei Jahren endgültig entsorgt werden. Die Beweisfotos sind sieben Jahre aufzubewahren.

Et cetera, et cetera, ..."

Ich muss gerade ein ziemlich dämliches Gesicht gemacht haben, weil Rüdi lacht und meint:

„Ja, so ähnlich hab' ich bei der Urteilsverkündung auch dreingeschaut. Aber der Richter hat nur gemeint: ‚Wenn das die beiden Trottel nicht so beschäftigt, dass ich sie hier für längere Zeit nicht mehr sehe, weiß ich auch nicht mehr!'"

Eine Meta-Geschichte

Oh nein, ich habe das nicht falsch geschrieben. Es geht hier nicht um ein Längenmaß (wir Männer hassen Längenmaße, vor allem im Bereich von zehn bis fünfundzwanzig Zentimeter!) sondern vielmehr um eine Geschichte über das Schreiben (nun ja, hier eher über das Lesen) von Geschichten. Ich hebe damit die Literatur quasi auf eine Metaebene. Gut, das haben schon einige vor mir versucht, wie zum Beispiel der Dichter Thomas Mann mit seinem Buch "Der Tod in Venedig", aber in dieser Perfektion ist das in der Literaturgeschichte etwas Neues.

Ob ich eingebildet bin? Bildung ist nie *ein*seitig. Was? Ob ich das im Ernst meine? Ja klar. Das Einzige, was ich nie richtig ernst nehme, bin ich selbst. Aber sonst? Schon das meiste, natürlich! Ich stelle eben an meine Leser gerne große Herausforderungen: Wer so wagemutig ist, sich ein Buch von mir zur Hand zu nehmen, der muss selbst schauen, wie er mit der Situation zurechtkommt, nie ganz genau zu wissen, was ich ernst meine und was ironisch. Das ist meine kleine Rache an der Welt, wenn ihr so wollt. Böser, böser Günter!

Für diejenigen von euch, die, geboren aus der Erfahrung, die ersten beiden Absätze soeben wie immer übersprungen haben, weil da sowieso kaum je etwas Wesentliches drinnen steht: Diese Geschichte handelt von meiner Lesung. Echte Fans wissen, dass es schon einmal so eine Geschichte gab, nicht wahr? Die war damals aber ein Traum. Diese hier hingegen ist echt wie ein Dreiundzwanzigeuroschein!

Um die Handlung verstehen zu können, müsst ihr etwas über ein paar sehr persönliche Hintergründe von mir wissen. Ich oute mich jetzt quasi.

Ich habe einen chronischen Schnupfen. Das kommt von meiner Allergie auf Hausstaub, Gräser, Katzen und Politiker. In umgekehrter Reihenfolge. Und ein wenig psychosomatisch ist es wohl auch. Oder der liebe Gott hat für die restliche Welt einfach einen Schutzmechanismus in mich eingebaut. Wenn ich nämlich länger ununterbrochen spreche, beginnt meine Nase zu laufen, und ich muss unterbrechen, um mich zu schnäuzen (Ja, das schreibt man jetzt wirklich mit „ä", furchtbar, oder?).

Vielleicht hängt das aber auch damit zusammen, dass man beim Dauerreden nicht ordentlich atmen kann. Als Mann zumindest. Ich weiß es ehrlich gesagt nicht. Was ich sicher weiß ist, dass die Nase auch rebelliert, wenn ich nervös bin. Und das bin ich bei Lesungen immer. Verständlich oder? Da kann so viel schiefgehen. Zum Beispiel könnte das Publikum so begeistert sein, dass sie mich glatt erdrücken, was dem Schreiben weiterer Geschichten ein jähes Ende bereiten würde. Oder die Zuhörer begännen ergriffen von der lautmalerischen Macht meiner Worte herzzerreißend zu schluchzen. Dann müsste ich auch weinen, weil ich so mitfühlend bin, was die Nase erst recht anspornen würde. Oder jemand vergäße vor atemloser Spannung auf das Schnaufen und erstickt. Ein furchtbarer Gedanke, darum habe ich mich in letzter Zeit eher auf lustige Geschichten beschränkt. Man soll seine Leser nicht dezimieren, sonst verkauft man weniger Bücher!

Gott sei es gedankt, dass von all diesen Katastrophen noch nie eine eingetreten ist! Meiner Nase ist das egal. Wie weiland Hansi Hinterseer immer sagt: „Wenn's läuft, dann läuft's!"

Wobei die Struktur des Publikums bei meinen Lesungen mit jener der Fans bei seinen Konzerten eine gewisse Kongruenz aufweist.

Woran *das* wiederrum liegt, weiß ich auch nicht. Gedankennotiz: Günter, dem musst du mal auf den Grund gehen!

So sitze ich also mit diesen meinen Gedanken vor euch, die kleine Leselampe zielt erbarmungslos auf mein Buch – und blendet mich gnädigerweise, sodass ich nicht sehen kann, wie euch die Begeisterung von den Stühlen reißt, wie ihr von der schieren Macht der Worte bewusstlos werdet (Sagt bloß nicht „einschlafen" dazu!), wie es euch emotional mitreißt, wenn der Karli wieder einmal seine ganz speziellen Erfahrungen mit Frauen macht, wie die Jäger bei der herbstlichen Treibjagd im Rausch den Ortspolizisten mit einem Hasen verwechseln oder wie der Martin vom Pech verfolgt wird.

Ich sitze also mit meinem frisch gewaschenen und gebügelten Taschentuch am Tisch und warte, dass es 19:30 Uhr wird, damit ich endlich loslegen kann, bevor die in der Luft liegende, knisternde Spannung noch zu einer vorzeitigen, funkensprühenden Entladung führt, wie bei einem Teenager, der seine erste sexuelle Erfahrung macht. Ich zähle die Zuhörer und Zuhörerinnen, zumindest soweit ich sie sehen kann, und merke, dass mein Vergleich mit dem Publikum von Hansi Hinterseer auch heute wieder zutrifft. Bärig!

Die Veranstalterin räuspert sich! Mhmrrrmrhmm! Sie begrüßt euch, sie begrüßt sogar mich und merkt an, dass sie jetzt gar keine lange Rede halten möchte. Nein, sie wolle vielmehr gleich das Wort an mich übergeben, und ich möge bitte loslegen mit meiner Lesung aus dem Buch – sie blickt auf den Spickzettel – „Dumpling ist im TV!". Dass sie das „f" unterschlagen hat, nehme ich ihr nicht übel. „Dumpling" heißt ja auf Englisch nichts Anderes als „Knödel", und genau den habe ich gerade im Hals stecken. So gesehen eine absolut korrekte Ankündigung, oder? Aber dass sie statt „Te Vau" die Aussprache „Ti Wi" gewählt hat, das verzeihe ich ihr als selbst ernannter

Hüter der deutschen Sprache nicht und beschließe, sie demnächst mal in einer Geschichte vorkommen zu lassen!

Seit ich nämlich manche Leute in meinen Geschichten auftreten lasse, sind im Umgang mit mir alle sehr zuvorkommend und vorsichtig geworden. Die Schriftstellerei hat durchaus auch ihre Vorteile! Wenn die Leute auf jedes Wort aufpassen, das sie zu mir sagen, dann muss auch ich nicht mehr so viel reden, was wiederum meiner Nase zugutekommt.

Die Veranstalterin hat mich ja vorhin genau „gebrieft", was schon wieder so ein hässlicher Ausdruck aus dem Denglischen ist. Ich solle bitte bei der Auswahl der vorzutragenden Essays ein wenig Rücksicht auf die Publikumsstruktur nehmen, ja? Also nichts sexuell Anzügliches, wenn es gehe. Auch bitte nichts, wo Polizisten auf die Schaufel genommen werden, weil der Vizebürgermeister auch unter den Zuhörern sein könnte, jedenfalls habe er zugesagt, und der wäre nunmal Polizeibeamter. Ach ja, weil wir gerade von Beamten sprächen: Hier im Ort wäre man mit den Gemeindebediensteten sehr zufrieden, also – natürlich nur wenn möglich, die Auswahl der Geschichten obliege natürlich rein dem Autor – auch nichts, was die Beamten vor den Kopf stoßen könnte, ja? Ach noch was: Ob ich wisse, dass diese Lesung von der katholischen Frauenbewegung veranstaltet würde? Bitte, bitte also nichts allzu Negatives über Frauen und Religionen. Außerdem sei die Obfrau Veganerin und ihr Mann Jäger, das passe zwar nicht zusammen, aber unter uns gesagt: Die Ehe existiere eh nur noch am Papier. Trotzdem sollte man diese beiden ... ähm ... Interessensgruppen nicht unnötig vor den Kopf stoßen, nicht wahr? Aber sonst hätte ich alle Freiheiten, wobei natürlich die Politik immer ein heikles Thema wäre, speziell in diesem Ort, weil anzunehmen sei, dass von allen Parteien Sympathisanten, ja sogar Funktionäre anwesend sein könnten. Und natürlich sollte man auf die eventuell anwesenden Jugendlichen Rücksicht nehmen, sie also nicht ... ähm ... auf unpassende Gedanken bringen, gell? In dieser Gemeinde wäre die Welt nämlich noch in Ordnung!

Ich habe bei diesen Ausführungen stets fleißig und mit wissendem Gesichtsausdruck genickt. Die gute Dame hat also ganz offensichtlich nie auch nur eine einzige Geschichte von mir gelesen. Auch gut! Während ihrer Ausführungen arbeitete mein zerebrales Rechensystem auf Hochtouren, um eine passende Geschichte herauszufiltern, was aber nur zum Teil von Erfolg gekrönt gewesen ist. Ich habe nämlich beim besten Willen kein Essay geschrieben, das alle genannten Gruppen auf einmal vor den Kopf stoßen würde. Mist! Gedankennotiz zwei: Unbedingt bald so eine Geschichte schreiben!

Und dann ist es so weit. Halb acht. Ich beginne zu lesen. Keiner verlässt entrüstet den Raum, im Gegenteil, sie unterhalten sich tatsächlich köstlich – oder sie sind die besten Schauspieler, die ich je gesehen habe! Entweder hat die Dame also ihre Pappenheimer nicht gekannt oder deren Leidensfähigkeit gewaltig unterschätzt. Sie scheint daher selbst keine Politikerin zu sein.

Nur als ich mich gerade wieder einmal schnäuze, nachdem ich eben die Polizisten aufs Korn genommen habe, meint der Vizebürgermeister süffisant:

„Das kommt davon, wenn man seine Nase immer in Alles hineinstecken muss!"

Den darauf folgenden Lacher vergönne ich ihm von Herzen.

Impressum:

Inhalt © Dipl. Ing. Günter Leitenbauer

Email: guenter@leitenbauer.net

ISBN: 9-783743-192690

Herstellung und Verlag:

BoD - Books on Demand, Norderstedt

Jede Adaptierung, Aufführung oder andere Verwendung, auch auszugsweise, nur mit schriftlicher Genehmigung des Autors!